ARTEMİS ÇOCUK

YAYIN NO: 2149
MUHTEŞEM DEĞİŞİM
Ingrid Law
Orijinal Adı: *Switch*

İngilizceden Çeviren: Seyhan Dönmez
Editör: Alev Zeynep Şimşek
Kapak Tasarım: Asmin Ayşe Gündoğdu
Sayfa Tasarım: Pınar Demirhan

1. Basım: Temmuz 2020
ISBN: 978 - 605 - 304 - 592 - 2
Sertifika No: 43949

ARTEMİS YAYINLARI
Ticarethane Sokak No: 15 Cağaloğlu / İstanbul
Tel: (212) 513 34 20-21 Faks: (212) 512 33 76
e-posta: editor@artemisyayinlari.com – www.artemisyayinlari.com

Baskı ve Cilt: Melisa Matbaacılık
Çiftehavuzlar Yolu Acar Sitesi No: 4 Bayrampaşa / İstanbul
Tel: (212) 674 97 23 Faks: (212) 674 97 29 Sertifika No: 45099

Artemis Yayınları, Alfa Yayın Grubu'nun tescilli markasıdır.

Muhteşem Değişim

INGRID LAW

ARTEMİS ÇOCUK

Bölüm 1

"LÜTFEN BAYAN FOSTER, GELECEĞİNİZİ gördüm, bu sabunu almamanız gerekiyor."

"Gypsy Beaumont! Olay çıkarmayı kes, *ver şunu bana*."

Ocak ayının ikinci cumartesi günüydü ama Flint's Market'ın çatı kirişlerinde hâlâ kırmızı-yeşil şerit süsler asılıydı. Hoparlörlerden küçük bir çocuğun çaldığı trampetin tamtamları duyuluyordu. Mağazanın önündeki küçük masada Noel satışlarından kalanlar duruyordu: ezilmiş Hanuka parası şeklindeki çikolatalarla dolu fileler; dümdüz olmuş Noel Baba marşmelovları; ambalajı yırtılmış gümüş rengi konfetiler; birkaç çarpık çurpuk, rengi solmuş Noel yıldızı. Bu esnada ben altıncı reyonun ortasında, *bir zamanlar* en iyi arkadaşım olan Shelby'nin annesi ve eski izci liderim olan Bayan Foster'la çekişme halindeydim.

Bayan Foster ve ben küçük bir paket Suds o' Heaven banyo sabunu için savaşırken Shelby, annesinin market arabasını iterek bizden uzaklaştı. Beni tanımazlıktan gelmişti.

Tıpkı son dört aydır yaptığı gibi.

"İzcilik kulübünde örnek vatandaşlığı size böyle mi öğrettik Gypsy?" diye sordu Bayan Foster.

Bayan Foster'la birer tarafından yapıştığımız sabun paketine daha sıkı asılarak "Örnek bir vatandaş olmaya çalışıyorum," dedim.

Bayan Foster anlamıyordu. Anlayamazdı da. Paketi daha sert çekmeye başladı. "Ne yaptımsa sana izcilik prensiplerini benimsetemedim Gypsy. Hep çok sorumsuzdun."

Paketi bir ben çekiyordum, bir o.

"Çok hayalperesttin."

Bir ben, bir o.

"Çok... çok *tuhaftın*. Annenle baban nerede?" Bayan Foster kendisi için bir merdivenin tepesindeki kaygan muz kabuğu kadar tehlikeli olduğunu bilmediği sabun kalıbını bırakmayan parmaklarımı çözmeye çalıştı.

Bayan Foster'ın sesinin Noel ertesi tam-ta-ta-tam seslerini bastırdığını duyunca başımın belada olduğunu anladım. Babam bağırtıyı duymuş olmalıydı. Herhalde şu anda hızlı adımlarla altıncı reyona koşturuyordu. Bay Flint de muhtemelen bize doğru geliyordu. Mağaza sahibi alışverişe geldiğimiz zamanlarda gözünü biz Beaumont'lardan ayırmazdı. Reyonlarda bir Beaumont varken yazar kasanın ve güç kaynaklarının patlamasından onuncu koridordaki bütün dolma kalemlerin ve marker'ların işin içine karıştığı bir kazaya, pasta bölümünde bir düzine doğum günü pastasını yok eden ve elli somun ekmeği otoparka yağdıran açıklanamaz bir sağanağa kadar her şey olabilirdi.

Bay Flint büyük kardeşlerimden çoğunun ömür boyu mağazasına girmesini zaten yasaklamıştı.

Anlaşılan sırada ben vardım.

Niyetim olay çıkarmak değildi. Shelby ve annesini görünce babamı manav reyonunda bırakıp peşlerine düşmüştüm. Ben yanından ayrıldığımda babam kel kafasındaki eski yara izini kaşıyarak taze fasulye seçiyor, annem için en iyi fasulyeleri almaya çalışıyordu. Annem hiç bakmadan avucunu taze fasulyelerin en iyileriyle doldurabilirdi ama bugün alışverişi babam yapmak istemişti. Ben de peşine takılmıştım. Büyük hata.

Shelby'yi izleyip uzaktan takip etmiştim. Yeterince dikkatli bakarsam gelecekte süper olgun, kredi kartı taşıyan ve Shelby'nin şamatacı kız grubuyla takılan bir genç kız olduğumu göreceğime emindim.

Nerede bende o şans.

Onun yerine Bayan Foster'ın geleceğini görmüştüm. Gözlüğümün küt burnumun üstünde kaydığını hissedebiliyordum. Sabunu tutan ellerimi bırakmak istemediğimden gözlüğümü yerine itmek için omzumu kullandım. Ya öyle yapacaktım ya da gözlerim kapalı devam edecektim. Yoksa işler daha da kötüleşirdi.

Eğer babam şimdi altıncı reyona varırsa yine *yeteneğimi* kullandığımı anlayacaktı. Oysa kendimi kontrol etmeye çalışmam gerekiyordu. Şu âna odaklanmam gerekiyordu. Diğer insanların özel hayatlarına burnumu sokmamam gerekiyordu.

Ama *yapmam gerekenleri* hatırlama konusunda hiçbir zaman pek iyi olmamıştım.

"Gypsy!" Reyonun bir ucunda babam göründüğü anda diğer ucunda da Bay Flint belirdi. İkisinin de kaşları çatıktı. Aynı anda içeride çalan müzik değişti. Trampetçi çocuğun sıkıcı tamtamları eriyip gitti, yerini kemanların, borazanların ve deli dolu teflerin canlı ritmine bıraktı: *Fındıkkıran Balesi*'nden Rus Dansı. Tanıdık melodiyi duyunca kafamda deve dikeni adamlarla orkide kadınların dansı canlandı. Birden keyiflendim. Ayaklarım hareket etmek için kıvranıyordu.

Müziğin coşkusu ve etrafımı çeviren üç yetişkinin oluşturduğu tehdit kararlılığımı daha da pekiştirdi. Bir çekişte sabunu Bayan Foster'ın elinden aldım. Raftaki bütün Suds o' Heaven kalıplarını kollarıma doldurmaya yetecek kadar oyalandıktan sonra neşeyle koşmaya başladım.

"Gypsy, dur!"

"Duramam baba," diye bağırdım geriye doğru. "Güven bana!" Sabun yığınıma sıkıca sarılarak altıncı reyonda seke seke koşuyordum. Kaygan kutulardan birini dahi düşürmeyi göze alamazdım, hepsini Bayan Foster'dan kaçırmak zorundaydım.

Kendimi orkestranın coşkusuna öyle kaptırmıştım ki ancak Shelly'yi geçince durdum.

"Hadi Shel, gelsene," diye yalvardım etrafında zıplayarak dönerken. "Bana yardım edebilirsin." Tek istediğim daha bir yıldan az zaman önce, ikimiz de İzcilik Kulübünde ve arkadaşken yaptığımız gibi Shelby'yle kol kola girip kıkırdayarak kaçmaktı.

Shelby bakışlarını yere dikti, gözleri kocaman açılmış, yüzü kızarmıştı. Utançtan yerin dibine geçmişti.

Omuzlarımın düştüğünü hissettim ama kaybedecek vaktim yoktu. Bayan Foster'ın geleceği benim ellerimdeydi.

Fındıkkıran Rus Dansı sadece bir dakika sürer. İhtiyacım olan süre tam da bu kadardı. Son tefin *ting-tang* sesi hoparlörlerden yayılmadan deniz ürünleri reyonunu bulmuştum bile. Diğerleri bana yetişene kadar on iki kutu Suds o' Heaven sabunu Bay Flint'in boş ıstakoz akvaryumunun dibini boylamıştı. Filtrelerden harika köpükler fışkırıyordu.

Babam sabunlarla taze fasulyenin parasını, ıstakoz akvaryumunun da temizlik ücretini ödedi. Sonra Bay Flint bize çıkışı gösterdi. Alışveriş edenler elleriyle ağızlarını kapayarak bir şeyler söylüyor ve bize bakıyorlardı.

"Ah, karısı ve çocukları tuhaf olan şu zavallı adam. Tekrar böyle bir şey olması sadece an meselesi."

"Bay Beaumont gibi hoş ve normal birinin çocukları nasıl böyle yaramaz olur aklım almıyor. Her zaman başlarını belaya sokuyorlar. Okula gitmeyip evde eğitim almalarının sebebi de bu zaten."

Dedikoducuların laklakları içime oturdu. Hiç de yaramaz değildik! Evet küçük ve huysuzken Rocket'ın insanlara kasten elektrik verdiği olmuştu. Samson da geçen pazar kilisede istemeden görünmezliğe bürünüp Bay Popplewell'in neredeyse kalpten gitmesine neden oluyordu. Ama bunlar kardeşlerimin kötü olduğu anlamına gelmezdi.

Gözlerim yanmaya başladı ama ağlamamak için kendimi tuttum. Ben yapmam gerekeni yapmıştım. Geleceğe dair gördüklerim gayet açıktı. Eğer Bayan Foster'ı kurtarmak, alışveriş ayrıcalıklarımdan mahrum kalacağım anlamına geliyorsa varsın olsundu.

Babamla birlikte marketin çıkışına doğru yürüyüp indirimli satış tezgâhını geçtik. Yere düşmüş olan birkaç kırmızı Noel yıldızı yaprağını çabucak kapıp düğüm düğüm olmuş saç buklelerimi süsleyen saç bandımın altına tıkıştırdım. Sonra hiç düşünmeden elimi masaya dökülmüş parlak konfetilerin arasından geçirdim. Paltomun içinde terliyordum ve yaptığım çılgın dansla daha da sıcaklamıştım; konfetiler terden ıslanmış avuçlarıma yapışıverdi.

Kendimi tutamadım. Saçımdaki çiçeklerle ve parmak uçlarımda parıldayan gümüşi konfetilerle avunmuş, kaygılarımı unutup kendi etrafımda döne döne dans ederek çıkışa doğru gidiyordum.

"İşte bu yüzden artık arkadaş değiliz Gypsy," dedi Shelby, annesiyle birlikte yanımızdan geçerlerken. Hepimiz aynı anda mağazadan çıkıyorduk. "Öyle utanç vericisin ki insanı yerin *taaa* dibine sokarsın." Bayan Foster kızını otoparka doğru çekerken Shelby omzunun üstünden mağazadaki herkesin duyabileceği kadar yüksek sesle bağırdı:

"Artık on üç yaşındayız Gypsy. Büyüdük! Bir kalıp sabun yüzünden bu kadar acayip davranmak zorunda mısın? Neden hâlâ dans edip çiçek toplayan aptal bir bebek gibi davranıyorsun?"

Shelby'nin hakaretleri kendime olan güvenimin son kırıntılarını da silip süpürdü. Acımasızlığı içimi aydınlatan bütün titrek ışıkları yerle bir etti. Dönmeyi kestim. Kimseyi utandırmak istememiştim. Ben sadece Bayan Foster'ı onu beklediğini bildiğim bir banyo kazasında dirseğini ve iki kaburgasını kırmaktan korumaya çalışıyordum.

Ama Shelby bunu nereden bilecekti? En önemli doğum

günümden hemen önce benimle arkadaşlığı kesmişti. On üç yaşıma girmeden hemen önce. Yaz tatiline gitmiş ve Shelby'yi bir grup yaşça büyük kıza kaptırmıştım, bunlar maskara ve dudak parlatıcısı süren, kısa ve daracık etekler giyen kızlardı.

Shelby'nin gidişini izlerken içimi çektim. Yapacak bir şey yoktu. Hâlâ benimle arkadaş olsaydı bile ona açıklayamazdım. Gerçeği söyleyemezdim. Tanıştığımız günden beri hep Shelby'yle ailemin sırrını paylaşmak istemiştim. Ama uslu durmuştum. Hep susmuştum. Shelby biz Beaumont'ların neden bu kadar farklı olduğunu sorduğunda bile.

Farklı.

Utanç verici.

Bebek.

Söyledikleri kafamın içinde zonklayıp duruyordu. "Özür dilerim baba," dedim, içinde taze fasulye olan tek torbamızla soğuğa çıkarken titriyordum. Kar iri iri yağmaya başlamıştı ama dilimi çıkarıp kar tanelerinin tadına bakma isteğimi bastırmakta kararlıydım, Shelby hâlâ beni izliyor olabilirdi.

Elime yapışıp kalan son konfeti parçalarını da sanki ansızın mikroplara, dikenlere ya da karafatma yumurtalarına dönüşmüşler gibi büyük bir telaşla silkeleyerek temizledim. Bu parıltılardan kurtulmam gerekiyordu. Bebek gibi davranmayı kesmem gerekiyordu.

Babam elimi tutup beni durdurdu. Bana sarılınca hıçkırmamak için kendimi zor tuttum. Beni tekrar bıraktığında gülümsemesini görebileyim diye tek parmağıyla çenemi yukarı kaldırdı, marketteki sabun meselesi yüzünden beni çoktan bağışladığını biliyordum. Ama gözlerinde bir keder vardı.

"Başka insanların korkularının ya da yargılarının seni değiştirmesine sakın izin verme kıpırdak kız," dedi saçımdaki Noel yıldızını düzeltip göz kırparak. "Hadi artık eve gidelim. Daha fasulye yiyeceğiz."

Ev. Evet. Ev tüm dünyadaki en güzel yerdi, keyif kaçıran, insanın içini karartan gıcıkların orada işi olmazdı. Dünyada bunu değiştirebilecek hiçbir şey ve hiç kimse olmadığına emindim. Oysa çok geçmeden bazen sadece tek bir kişinin her şeyi değiştirebileceğini öğrenecektim. Hayatı tepetaklak edebileceğini.

Bölüm 2

BENİMKİ GİBİ AİLELERDE -ÖZEL yeteneklere sahip ailelerde- değişim hızlı olur. Okyanus kıyısındaki evimizden taşındığımızda ben daha minik ayaklarla tahterevalliye biniyordum. Annemle babamın başka seçeneği yoktu, erkek kardeşim Fish on üçüncü doğum gününde körfezde bir kasırgayı tetiklemişti, bu yüzden de Fish'in fırtına yaratma özelliğiyle fazla zarar veremeyeceği bir yerde yaşamamız gerekiyordu.

Neyse ki büyükbabam da bizimle gelmişti. Aslında annemle babam Colorado'ya taşınmayı düşünüyordu. Babamın çocukluğunu geçirdiği evin yakınına.

Büyükanne Pat'in yakınına.

Patrice Beaumont akla gelebilecek en somurtkan, en sihirle alakası olmayan büyükanneydi. Ama Colorado hâlâ günbatımının batısındayken Büyükbaba Bomba'nın gözleri parıldadı ve yoldan saptık. Kimse ağzını açmaya fırsat bulamadan büyükbabam toprağı hareket ettirip esnetmek için kendi yeteneğini kullanarak Nebraska'yı kuzeye doğru itti, Kansas'ı bir tekmede daha da güneye yolladı. Böylece ülkenin tam göbeğinde bir parça toprak sahibi olduk. Yeni evimize *Kansaska-Nebransas* diyorduk ve orada mutluyduk.

Büyükbaba Bomba artık yok, üç ay önce cennete çağrıldı, ben on üç yaşıma basıp *yeteneğimi* keşfettikten hemen sonra. Ama evimizdeki odası hâlâ boş duruyordu. Kimse orayı ellemek istemezdi. O dört duvarın içindeki hava çok fazla sevgiyle doluydu. Çok fazla sihirle. Sırf nasıl koktuğunu hatırlamak için sık sık burnumu büyükbabamın odasının kapısından içeri sokardım, güneşte ısınmış kumların ve taze toprağın kokusu toza ve hatıralara dönüşürken hüzünlenirdim.

Flint's Market bozgunundan sonra Büyükbaba Bomba'nın odasına saklandım, küçük kardeşim gelmesin diye de kapıyı kilitledim. Hâlâ sefil öğleden sonramı düşünüp üzülürken Büyükbaba Bomba'nın bana verdiği son doğum günü kartını hatırladım. Kartın içine bir sürü X ve O serpiştirilmişti. Bu tuhaf öpücüklerin altına büyükbabam Shakespeare'den bir alıntı yazmıştı, el yazısı titrek ve eğikti:

Ne olursa olsun,
zaman en kötü günün de sonunu getirir.

Büyükbabam artık büyüdüğüm için zor günlerin beni beklediğini biliyor olmalıydı. Şu an hayatta olup yanımda otursaydı Büyükbaba Bomba'nın ne söyleyeceğini tahmin edebiliyordum. Gülümseyerek kafamın tepesini öper ve "Seni çok seviyorum Gypsy kızım!" ya da "Seni neşelendirecek bir hikâyeye ihtiyacın var galiba," derdi. Sonra da gözleri parıldayarak sonu gelmez hikâyeler anlatmaya başlardı. Başka kadınların kavanozlara şeftali doldurduğu gibi Büyükanne Dollop'un da kavanozları radyo dalgalarıyla doldurduğundan söz ederdi. Ya da on üçüncü doğum gününde Missouri Nehri'ne düşen ve tepeden tırnağa altın tozuyla kaplı olarak nehirden çıkan ilk özel yetenekli atamız olan Eva Mae El Dorado adlı öncü kızın hikâyesini bir kez daha anlatırdı. Kız bundan sonra nerede altın varsa bulmuştu. O zamandan beri yetenekli çocuklar on üçüncü doğum günlerinde hep olağan dışı şeyler yaşamış, bu özel aileler bir pastanın üstüne serpiştirilmiş şekerler gibi haritaya yayılmıştı.

Benim on üçüncü doğum günüm de kendi mucizelerini beraberinde getirmişti.

On bir ekim sabahında güneş gecenin koyu mavi örtüsünün altında geç saatlere kadar pineklemiş, o özel günümde uyanmaya nazlanmıştı. Yüzerek düşler diyarını terk ederken ayak parmaklarımı oynattım, vücudumun başka bir kısmını hareket ettiremeyecek kadar uyuşuk ve rahattım. Aşağıdan annemle babamın sesleri geliyordu. Annem kahvaltı için özel bir şeyler pişirmekle meşguldü. Babam özel doğum günlerinde kullandığımız kırılmaz tabaklarla masayı hazırlıyordu.

Kız kardeşim Mibs, nişanlısı Will Meeks'le birlikte daha sonra gelecekti. En büyük erkek kardeşlerim Fish ve Rocket da geliyorlardı. Fish yeni karısı Mellie'yi de getiriyordu. Çok geçmeden Samson pastamın üstündeki on üç minik alevin cazibesine kapılan bir pervane gibi saklandığı yerden çıkacak ve Tucker da istediği kadar yüksek sesle "İyi ki Doğdun" şarkısını söyleyecekti. Herkes beni kıvılcımlar, kucaklaşmalar ve büyük bir yaygara eşliğinde kutlayacaktı.

Yetişkin kardeşlerimin hepsi kendi yetenekleriyle ilgili maceralar yaşamıştı. Samson bile heyecandan payına düşeni almıştı. Samson'ın yeteneği ona görünmezlik gücünü veriyordu, hatta daha da fazlasını. On altı yaşındaki münzevi kardeşim hayaletmişçesine görünmez olduğunda pil gibi şarj olur, bir dokunuşla diğer insanlara aktarabildiği manevi bir güç depolardı. Geçtiğimiz yaz bir kahramanlık anında Samson bütün gücünü harcamıştı, aylardır görünmez olmakta zorlanıyordu. Bu onu aynı zamanda son derece huysuz yapıyordu. Doğum günümün sabahı Samson hâlâ yeteneğine eski gücünü kazandırmaya çalışıyordu. Ama en azından harika bir olaya tanıklık etmişti. Nefes kesici bir drama ve heyecan.

Şimdi, nihayet, eğlenme zamanı bana gelmişti.

Sabah uyuşukluğumun verdiği tembel mutluluğa rağmen günün getireceklerini düşününce heyecandan titriyordum. Kumruların ve meleklerinki kadar güzel bir çift kanadımın çıkacağını hayal ediyordum. Ya da babamla balığa gidip yayın balığı yerine şekerden kolyeler yakalıyordum. Dans ederek bulutlara çıktığımı hayal ediyordum. Ay yürüyüşüyle parıldayan aya doğru gidiyordum.

Yatakta uzanırken kendi kendime düşünüyor, farklı hissedip hissetmediğime karar vermeye çalışıyordum. Ama kendimi tıpkı eskisi gibi hissediyordum, yine aynı bendim. Artık güne başlamamın uygun olacağını düşünerek penceremden süzülen güneş ışığına gözlerimi kırpıştırarak kalkıp gerindim.

Benim bulanık pencerem... tamamen bulanık odamın penceresi.

"Hay bin davul tokmağı," diye fısıldadım kendi kendime. "Görüşüm gitgide kötüleşiyor! Eğer bu kadar bulanık görmeye devam edersem annemle babam bana kesin gözlük alacak." Ailemde başka kimse gözlük takmıyordu. Büyükannem Pat'den başka kimse. Ve Patrice Beaumont'la bir ortak özelliğim daha olsun istemiyordum. Zaten Büyükanne Pat'in ehlileştirilemez buklelerini miras almıştım, benimkiler ayçiçeği balı rengindeydi, onunkiler ise bir hemşirenin ayakkabıları ya da süzme peynir kadar beyazdı. İkimiz de sivri çeneli ve açık tenliydik; gerçi büyükannenin yanakları artık süte atılmış buruşuk meyveler gibiydi. Doğum günlerimiz bile aynıydı!

On yaşımdan beri büyükanneden doğum günü kartı almamıştım. Benim için sorun değildi. Büyükanne Pat'in gönderdiği kartların içinden sadece kırışık bir dolarlıklar ve iğneli sözler çıkardı. Büyüyüp olgunlaşmakla ilgili sözler. Göze batmamak ya da farklı olmamakla ilgili sözler.

Büyükanne bizi sevmezdi. Kıvrak zekâyı ve özel yetenekleri onaylamazdı. Fish'in düğününe bile gelmemişti.

Hâlâ gözlerimi kırpıştırıp göz kapaklarımı ovuşturarak odaklanmaya çalışıyordum ki küçük Tuck odama daldı.

"Neden hâlâ yataktasın Gypsy?" diye sordu Tucker. "Kalkman gerekiyor. Neden biliyor musun?" Kardeşim yaklaşıp yatağıma doğru eğildi. "Çünkü bugün senin DOĞUM GÜNÜN!" diye bağırdı. Sonra da ekledi, "Annem waffle yapıyor Gypsy! Waffle!"

Yedi -neredeyse sekiz- yaşında olan Tuck'ın kendi yeteneğine kavuşmasına daha yıllar vardı ama bu benim doğum günümden ötürü heyecanlanmasına engel olmuyordu.

"Ben on üç yaşıma girince," -Tucker yatağıma sıçrayıp zıplamaya başladı- "umarım beni kediye çeviren bir yeteneğe sahip olurum." Kardeşim yatak yaylarını gıcırdatarak zıplarken sarı saçları bir aşağı bir yukarı inip kalkıyordu. "Hey! Belki de volkan gücün olur Gypsy!" Tucker yere atlayıp odamda ateşe basmış gibi hoplayıp zıplamaya başladı.

"Sıcak lavlar! Her yer sıcak lavlarla kaplı! İmdat, yardım edin, imdat!"

Kıkırdadım. Kendimi tutamıyordum. Tucker tam bir soytarıydı.

Tuck'ın çığlıkları evin geri kalanını da ayağa kaldırdı. Önce Samson gelip eşikte uzun bir gölge gibi durdu. Tam o anda Tucker durup kendini yere attı ve yatağımın altına yuvarlandı.

"Dikkat et Samson!" diye bağırdı Tucker. "Gypsy'nin kafasından sıcak lavlar fışkırıyor."

"Püskürüyor, *fışkırıyor* değil," dedim kahkaha atarak.

"Lav. Gerçekten mi?" Samson'ın yeni kalktığı belliydi, boğuk sesi cansız ve her zamankinden daha umursamaz çıkıyordu. Esneyerek kapının pervazına yaslandı, görünmez olacakmış gibi hafifçe saydamlaşmıştı.

"Ne oldu? Birine bir şey mi oldu?" Samson'ı itip odaya giren babamın sesi gergin çıkıyordu. Elindeki tencere kapağını kalkan gibi tutuyordu, diğer elinde ise büyük tip yangın söndürme tüpü vardı. Fokurdayan magmalarla savaşmaya hazırdı.

Odayı gözden geçirince babamın omuzları gevşedi. "Demek lav falan yok. Oh, neyse!"

Tam her şeyin yolunda olduğunu söyleyecektim ki bulanık görüşümde tuhaf bir şeyler olmaya başladı. Ne zaman babamın yüzüne odaklanmaya çalışsam yüz hatları dönmeye başlıyordu. Aynı şey Samson'a baktığımda da oluyordu. Beynim tarçınlı rulo çörek fabrikasında kaybolmuş bir burgu makarna gibiydi, her şey durmadan dönüyor, dönüyor, dönüyordu.

Dönüp Tucker'a baktığım zaman tek görebildiğim hareketli imajlardan oluşan bir girdaptan ibaretti. Saatin ters yönünde dönen bu başdöndürücü girdap birden durup saat yönünde dönmeye başladı, sonra da kristal berraklığında bir sahneye dönüştü. Sahne zihnimde sessiz sinema gibi oynamaya başladı. Bana gösterdiği ise...

Tucker'dı.

Ama Tucker daha büyüktü.

Pastasındaki on üç mumu üflüyordu, sonra... *Olamaz!*

Gözlerimi sımsıkı kapatıp başımı iki yana salladım. Göz kapaklarımı ovuşturdum. Diğer insanların göremediği şeyleri görmek gibi bir yeteneğim vardı ama bu defa farklıydı. Bu biraz fazla abartılıydı.

Annem odaya girip babamın yanına geçerken gözlerimi kırpıştırıp duruyordum. "Bence artık yangın söndürücüyü bırakabilirsin Abram," dedi annem tencere kapağını babamın elinden alarak.

Sonra bana dönüp gülümsedi.

"Günaydın tatlım. Endişelenme. Bugünün Gypsy harikalığında bir gün olacağına eminim!" Annem her zaman doğru kelimeleri bulurdu. Ne de olsa o *kusursuzdu*. Sahip olduğu yetenek onu böyle yapmıştı. Annem asla dağınık ya da pasaklı görünmezdi. Asla tökezlemez, düşmez ya da kızarttığı ekmekleri yakmazdı. Bu yüzden yeteneğim zirve yapınca çok, çok şaşırdım.

Annemin zarafetten yoksun görüntüleri zihnimden geçmeye başladığında neredeyse yataktan düşecektim. Gözlerimi kırpıştırarak saat yönünün tersine dönen bir yayığa benzeyen bulanıklığın içine doğru bakınca annemi küçük bir kız olarak gördüm. Okul müdürünün odasının önündeki bir bankta oturuyor, üstü başı darmadağın olduğu halde gayet mutlu görünüyordu. Çorapları düşmüş, ayakkabı bağcıkları çözülmüştü. Saç örgülerinin yarısı açılmıştı. Bir dizinde bant yapışıktı ve gözü morarmıştı. Okulun kabadayısıyla üç raunt dövüşmüş ve kazanmış gibi görünüyordu.

Şaşkınlıkla gözlerimi kırpıştırdım ama kendimi anneme bakmaktan alamıyordum. Önümdeki görüntü girdabı birden sarsılıp yön değiştirdi ve saat yönünde dönmeye başladı, sonra da yepyeni bir sahnede durdu. Bu bambaşka bir görüntüydü.

Annemi tam olarak şimdiki haliyle görüyordum, üzerindeki gömlek bile aynıydı. Yalnız bu görüntüde annem her iki tarafında uzun çam ağaçları olan bir yolda duruyordu, çam ağaçlarına bir çekicinin parlak ışıkları vurmuştu. Geceydi. Kar yağıyordu. Annem bitkin görünüyordu. Bir elinde yarısı yenmiş bir parça kek vardı, saçlarına, tişörtüne, hatta yanağına kekin kreması bulaşmıştı. Steyşın arabamız arkasında duruyordu, arabanın burnu bir hendeğe gömülmüştü.

Gözlerimi kapattım ve yarım saat boyunca açmayı reddettim; başka bir baş döndürücü görüntüyle karşılaşmadan hiçbir şeye birkaç saniyeden fazla bakamıyordum.

Oltaya takılmış şekerden kolyeler yoktu.

Kanatlar yoktu, ay ışığı dansı da yoktu.

Yeni yeteneğim bana isteğim dışında insanların geçmişini ya da geleceğini görme gücü vermişti ama hangi görüntüyü göreceğime ben karar veremiyordum. Annem kontrolü sağladıktan sonra bunun hallolacağını söyleyerek beni rahatlatmaya çalıştı. Benzersiz yeteneklerimin patronu olmayı öğrendikten sonra.

"Yeni bir dizi yeteneği yönetmeyi başarmak daima zaman alır Gypsy," dedi annem.

Doğum günüm sona ermeden Hebron'daki gözlük uzmanı tarafından benim için yapılan yepyeni mor ve parıltılı bir gözlüğün sahibi oldum. Gözlük seçmeme yardımcı olmak için ailem de benimle gelmişti. Hepsi de şişe dibi kalınlığındaki lenslerin gözlerimi dev gibi göstermediğine yemin etse de ben gerçeğin farkındaydım. Ama gözlük işe yaradı, görüşümü düzeltip yeni kâhin yeteneklerim üzerinde hemen hâkimiyet kurmamı sağladı. Görüşüm düzgün olduğu sürece girdaplar yoktu. Burgaç yoktu. Gözlüklerimi taktığım zaman yeteneğim uzakta kalıyordu.

Tabii bu beni yeni gözlüklerimi burnumun üstünde aşağı kaydırıp insanların geleceklerine bir göz atmaktan alıkoymuyordu. Üç ay sonra Flint's Market'ta, Bayan Foster'ın gelecek bir zamanda küvette çok kötü düşeceğini de böyle görmüştüm. Yeni bir kalıp Suds o'Heaven sabununa basıp kayacaktı.

Koridordaki kablosuz telefon çalınca şimdiki zamana, Büyükbaba Bomba'nın odasındaki karamsar düşüncelerime geri döndüm. Tucker kapının önünden, "Ben bakarım!" diye bağırdı. Bir an sessizlik oldu, sonra kardeşimin sesi evin içinde tekrar çınladı.

"Baba! Hey baba! Bayan Kim diye biri seninle konuşmak... hayda! Galiba telefonu kadının yüzüne kapattım."

Koridorda ayak sesleri duyuldu, ardından babamın sesi geldi. "Telefonu bana ver Tuck. Gidip Gypsy ya da Samson'dan akşam yemeğine kadar seninle oynamasını istesene."

"Ama baba!" Tucker sızlanırken telefon tekrar çalmaya başladı. "Gypsy beni büyükbabamın odasından dışarı attı, yeteneğini geri aldığından beri Samson'ı da hiç bulamıyorum. Hep görünmez oluyor. Keşke benim de şimdiden yeteneğim olsaydı. En küçük olmaktan nefret ediyorum."

O akşam yemek masasında yemeğimle oynuyordum. Aç değildim, konuşmak da istemiyordum. Tek istediğim oturup bu berbat günün bitmesini beklemekti.

Babam da sessizdi, aklının endişe verici düşüncelerle dolu olduğu belliydi. Annem herkesi şaşkınlık ve endişeye sürükleyecek kadar sakardı. Kızartma dolu tencereyi yemek odasında elinden düşürünce ve buna rağmen halı tüyleriyle çeşnilendirilmiş yemeği tabaklarımıza koyunca Samson'la şok içinde birbirimize baktık. Tatlı olarak brownie yapmaya kalkmıştı ama gizemli Bayan Kim aradıktan sonra babamla kapalı kapılar ardında konuşurken fırının zamanlayıcısını duymamıştı. Brownie'ler yenmeyecek kadar yanmıştı.

Kafamda marketteki olaylar ve görüntüler dönüp durduğu halde bir şeyler döndüğünün farkındaydım. Yolunda gitmeyen bir şeyler vardı. Gerçekten vardı. Tucker ve Samson'ın da aynı şeyi hissettiğini biliyordum. Tucker huysuzlanıyordu, Samson da bulaşıkları yıkamama yardım ettikten sonra anında görünmez oldu. Kansaska-Nebransas gerilim içindeydi. Sanki kapının önünde kocaman, kötü bir kurt pusuda bekliyordu.

Bölüm 3

ERTESİ SABAH KİLİSEDE PAPAZ Meeks, Bayan Foster için dua etti. Çabalarıma rağmen Shelby'nin annesi bir gece önce küvette kayıp düşmüş, iki kaburgasını ve dirseğini kırmıştı. Flint's Market'tan çıktıktan sonra başka bir yerden Suds o'Heaven sabunu bulmuş olmalıydı.

Bayan Foster evde yatıyordu ama Shelby babasıyla birlikte kiliseye gelmişti. Papaz Meeks'in duası boyunca oturduğu sıradan dönüp dönüp kızgın gözlerle bana baktı, sanki annesinin başına gelen kazadan dolayı beni suçluyordu.

İçimi çektim. Doğum günümden sonraki üç ay içinde gördüğüm tek bir kötü geleceği bile değiştirememiştim. Tucker'ın bir bilye yutacağını görmüş, tüm aileyi seferber edip evdeki bütün bilyeleri toplamıştım. Kardeşime gördüklerimden bahsetmiş, yenilemeyecek nesneleri ağzından uzak tutmasını söylemiştim. Yine de Tucker bankadaki çiçek saksısında bulduğu yeşil bilyeyi bile bile ağzına atmıştı.

"Göğdün mü Gypthy?" demişti cam küre ağzındayken konuşmaya çalışarak. "Bilye ağzımdayken..." *Gulp!* "Haydaa."

Aklıma değiştiremediğim daha başka şeylerin anıları üşüştükçe Papaz Meeks'i iyice dinlemez oldum: Bizim postacının bir köpek tarafından ısırıldığını görmüştüm ve bu gerçekleşmişti, postacı birkaç gün sonra geldiğinde eli sarılıydı. Kütüphaneci Leeba Goldstein'ın evlilik yüzüğünü lavaboya düşüreceğini görmüştüm. Ellerini yıkamadan önce yüzüğünü asla çıkarmamasını tavsiye ettiğimde bana teşekkür etmişti. Ama aslında yüzükten kurtulma fikrini aşıladığım için teşekkür etmişti bana. Anlaşılan Bayan Goldstein boşanma davası açıyordu.

Girdabın saat yönünün tersine dönüp bana geçmişi göstermesini daha çok seviyordum. Geçmiş yaşanıp bitmişti. Onu değiştirmek için yapabileceğim hiçbir şey yoktu.

Kilise ayininin kalanını diğer insanların hayatlarından oluşan bir panoramada kendimi kaybederek geçirdim. Parıltılı gözlüklerimin üstünden bakıyor, Bay Popplewell'in küçük bir çocukken sokak beyzbolu oynadığı eğlenceli eski zamanları seyrediyordum ki annem beni dürttü.

"Lütfen bizimle şu anda kalmaya çalış Gypsy," diye fısıldadı, o anda herkes ayağa kalkıp "İbadete Zaman Ayır"ı söylemeye başladı, sabah ayininin son ilahisiydi bu.

Gözlüklerimi itip yerine oturttuktan sonra ayakkabılarımı arandım. Onları ayağımdan çıkarıp oturduğumuz sıranın altında bir yerlere göndermiştim. "Yemin ederim dinliyordum," diye fısıldadım anneme.

"Öyle mi?" Annem açık sarı bir saç telini yüzünden çekip sert bakışlarını üstüme dikti. Sonra kazayla ilahi kitabını yere düşürdü. Hırkasında delik, bluzunda da kahve lekesi olduğunu fark edince kaşlarımı çattım. Benim *mükemmel* annem nereye gitmişti? Sanki annemin yeteneği tersine dönmüş gibiydi.

"Senin için endişeleniyorum tatlım," diye mırıldandı annem, bu arada cemaatin geri kalanı ilahiyi söylüyordu. *"İbadete zaman ayır, hayat hızla akıyor..."*

Annem ilahi kitabını almak için eğilirken kafasını öndeki sıraya çarpınca yüzümü buruşturdum. Annem alnını ovalayarak doğruldu, bitkin bir halde iç geçirdi. Yine de hiçbir şey olmamış gibi konuşmaya devam etti.

"Artık hiç bizimle değil gibisin Gypsy," dedi. "Her zaman ya geleceğe ya da geçmişe bakmakla meşgulsün."

Anlaşılan arkamızdaki kadın ayin sırasında konuştuğumuz için kızmıştı, öne doğru eğilerek çok çok yüksek bir sesle: "*İBADETE ZAMAN AYIR, RUHUNU SAKİNLEŞTİR...*" diye bağırdı, galiba bizi bu şekilde susturmaya çalışıyordu.

Annem dönüp kadına dik dik baktı. "Asıl sen ruhunu sakinleştir, Myrna Lee," dedi. Sonra da dilini çıkardı. Ne olmuştu da annem böyle farklı davranıyordu bilmiyordum ama bir yandan da onun bu yeni hali hoşuma gidiyordu.

Ayinden sonra Tucker deli gibi donut masasına koştu; Samson her zamanki gibi görünmez olmuştu, annemle babam da salonda cemaate katılmıştı. Annemle babamın peşinden giderken kapının girişinde durdum. Shelby'nin pencerenin yanına toplanmış büyük kızların yanına gidişini izledim. Kızlar birbirlerine ayakkabılarını ve ojelerini gösteriyor, telefonlarıyla fotoğraf çekiyorlardı.

Ayaklarıma baktım. Lanet olası! Ayakkabılarımı yine içeride unutmuştum. Ayak parmaklarımı kalın gri halının içine doğru büktüm ve Shelby ve arkadaşlarının yalınayak olduğumu fark etmemesi için dua ettim. Tek düşünebildiğim Shelby'nin bana aptalca dans eden, çiçek toplayan bir bebek demesiydi.

Shelby onlara baktığımı fark edince el salladım ve becerebildiğim kadar olgun bir tavırla gülümsemeye çalıştım.

Shelby bana sırtını döndü.

Gözyaşlarımı zor zaptederek tuvalete koşup kapıyı kilitledim.

Birkaç kez derin derin nefes aldıktan sonra yanaklarıma soğuk su çarpıp parıltılı gözlüklerimi düzelttim ve aynadaki yansımamı inceledim. Dün Flint's Market'ta gözlüklerimi çıkarıp Shelby'ye gözlerimi kısarak bakmıştım, arkadaşlıkla dolu mutlu bir gelecek hayal ediyordum. Belki de yanlış tarafa bakmıştım.

Belki de *kendime* bakmalıydım.

Doğum günümden sonraki aylarda kendi geçmişime ya da geleceğime bakmaya hiç cesaret edememiştim. Başka insanların hayatlarına bakarak saatler harcamıştım. Ama gözlüklerim takılı olmadan aynada kendime bakmamaya özen göstermiştim. Bunun gizlenmiş hediyeleri Noel'den önce bulmak kadar korkunç olduğunu düşünüyordum. Kendimle ilgili görmemem gereken şeyleri görmekten korkuyordum. Bilmemem gereken şeyleri bilmekten.

"Eğer kendi gözlerinin içine bakıp geleceğinle yüzleşemiyorsan," dedim aynadaki yansımama, "ne zaman büyüyeceksin?"

Aynaya bakmanın zamanı gelmişti. Kusursuz bir genç kız olmak için ne kadar beklemem gerekeceğini görme vakti gelmişti, sadık arkadaşlar edinmek için. Ne olursa olsun benden ayrılmayacak arkadaşlar. Bebek gibi davranmayı ne zaman bırakacağımı görme vakti gelmişti.

Yavaşça gözlüklerimi çıkarıp katladım ve lavabonun yanına koydum. Sonra... aynaya baktım.

Döne döne zihnime üşüşen görüntüler kanımı dondurdu. Kendimi eli ayağı tutmayan, şeytan arabası kadar beyaz bukleleri olan ve altı kat yüksekliğinde yıkık dökük bir saat kulesinin taş ve çimentodan yapılmış ve buz tutmuş küçük çıkıntısının üstünde dengesini sağlamaya çalışan yaşlı bir kadın olarak gördüm.

Kar bulutları bir anlığına dağıldı ve parlak bir dolunay devasa saatin yuvarlak yüzünde yansımaya başladı. Saatin kadranları vaktin tam gece yarısına yaklaştığını gösteriyordu. Kulenin içinden kendime bakıyor gibiydim. Saatin yüzeyindeki Romen rakamlarıyla yazılmış altı ve dokuzun arasına, camın kırıldığı boşluğa bir kamera yerleştirilmişti sanki, kadrajda uzanan kolların ve kavrayan parmakların görüntüsü vardı. Kırmızı palto giymiş birinin kolları saatin kırık dökük yüzünden aşağı uzanıyor beni kurtarmaya çalışıyordu. Ama yüzünü göremiyordum. Sadece kırmızı ceket kolları vardı.

Belki de kuş beyinli bir bebek gibi davranmamayı asla öğrenemeyecektim. Bir kulede mahsur kalmış yaşlı bir kadın olarak bile çok komik görünüyordum. Naftalin toplarının ve eski 25 sentlerin renginde upuzun bir parti elbisesi giymiştim, üstümde ayrıca tavşan kürkünden yapılmış pejmürde bir ceket vardı, ceketin tek ponponu yakasından sallanıyordu. Elbisemin eteklerinin altından ayağıma büyük gelen iki Sorrell kar botu görünüyordu. Parmak eklemlerim kocaman ve kemikliydi, ay ışığında çok tuhaf parlıyorlardı. Buruşuk dudaklarımda mercan rengi ruj vardı ve yuvarlak, yaşlı kadın işi gözlüklerimin arkasındaki gözlerim dalgın bakışlarla gölgelenmişti. Bu da yetmezmiş gibi kafamda yapay elmaslarla süslü, kırık bir taç vardı, elmasların bir kısmı düşmüştü. Taç geride kalan boşluklarla eksik dişleri olan bir ağıza benziyordu.

Sert bir rüzgâr sessizce elbiseme çarpıyor ve dengemi kaybetmeme neden oluyordu. Soluğumu salınca ağzımdan buharlar çıktığını gördüm. Sonra dudaklarım sessiz, şaşırmış bir O şeklini aldı.

Dehşet içinde aynadaki görüntüme bakarken gelecekteki benin kaydığını, sonra da düşmeye başladığını gördüm, eteklerim başıma geçmiş, cılız beyaz bacaklarım ve büyükanne paçalı çiçekli donum ortaya çıkmıştı.

Bir çığlık atarak gözlerimi kapattım. El yordamıyla gözlüklerimi bulup şimdiki âna, kilise tuvaletine dönmeye hazırlandım.

Sonuna kadar görmeyi beklemiyordum. Sonuma kadar. Düştüğümü izlemeyi planlamamıştım. Keşke hiç görmemiş olsaydım: saat kulesini... tacı... o korkunç iç çamaşırını. Keşke hayatımın son anlarının bile utanç verici olacağını hiç öğrenmeseydim.

O anda bu gördüklerimin gerçekleşmesine neden olabilecek her şeyden kaçınmaya karar verdim, bunlar başıma en az altmış yıl sonra gelecek bile olsa. Her türlü parıltıdan, dantelden, kürk ceketten uzak bir hayat sürecektim.

Ve her zaman ayağımı yere sağlam basacaktım.

Bölüm 4

"ANNENİZLE BİRLİKTE SİZE SÖYLEMEMİZ gereken bir şey var." Kiliseden döner dönmez babam oturma odasında bir aile toplantısı düzenledi. Kanepede Samson'la Tucker'ın arasına tünedim. Babam karşımızdaki koltuğa, şöminenin yanına oturdu. Keşke babam şömineyi yakmış olsaydı; korkunç saat kulesi görüntülerini kafamdan atamıyordum, tüylerim diken diken oluyordu.

Annem oturmak istemedi. Onun yerine odada volta atmaya başladı. Akrabalarımızın fotoğraflarıyla dolu karşı duvara olan uzaklığı ölçüyormuş gibi ayaklarına bakarak ileri geri gidip geliyordu. Her geçişinde dirseğini kazayla rengârenk çerçevelere çarpıyor, düzgünce sıralanmış aile fotoğraflarını yamuk yumuk ediyordu.

Babam kafasındaki yara izini ovalıyordu. Kız kardeşimin yeteneğine kavuştuğu doğum gününden önce geçirdiği ve ölmekten kılpayı kurtulduğu araba kazasından beri neredeyse on yıldır bu izi taşıyordu.

Babamın konuşmaya başlamasını beklerken Tucker kulağıma, "Belki de Disneyland'a seyahat kazanmışızdır," diye fısıldadı. Küçük kardeşimin elini tutup sıkarken keşke ben de bu kadar umutlu olabilsem diye geçirdim içimden.

Samson bu düşüncemi sezmiş olacak ki uzun ince parmaklarıyla diğer elimi tutup biraz daha güçlü hissetmemi sağladı. Biraz daha sakin. Her ne oluyorsa bunun babamın bir gün önce yaptığı telefon konuşmasıyla ilgili olmasını diliyordum, benimle ya da Bayan Foster'la ilgili bir şey olmaması için dua ediyordum. Ya da Flint's Market'la. Ya da sabunla.

"Üzgünüm çocuklar," dedi babam sonunda. "Anneniz ve ben bunu uzun uzun konuştuk, kolay olmayacağını biliyoruz ama Büyükanne Pat'i bizimle yaşaması için yanımıza getirmeye karar verdik."

Nefesimi tuttum.

Samson boğuluyormuş gibi bir ses çıkardı.

Tucker'ın gözleri dehşetle açıldı. Parmaklarını çabucak elimden çekip poposunu korumak için elini fitilli kadife pantolonunun altına soktu. Büyükanne Pat'le son görüştüklerinde büyükanne, Tucker'ın poposuna bir şaplak indirmişti. Tucker bunu hiç unutmuyordu.

Annem bize bakmadan volta atmaya devam ediyordu. Ayakkabısının topuğunu tekrar tekrar kilimin kenarına taktıkça irkiliyordum. Şansının yaver gitmediğini biliyordum, böyle volta atmayı kesmezse ayağı takılıp düşecekti. Ama benim daha büyük endişelerim vardı.

Büyükanne Pat? Bizimle yaşamaya mı geliyor?

"Büyükanneniz Büyükbaba Bomba'nın odasında kalabilir çocuklar," diye devam etti babam, halsizce başladığı konuşması giderek hızlanıyordu, tıpkı kasvetli yerlere giden bir ekspres tren gibi. "Sanırım o oda yeterince boş kaldı. Eşyalarını toplayıp annemi buraya getirmek için hep birlikte bu hafta Colorado'ya gidiyoruz."

"Büyükanne Pat iyi değil," dedi annem. "Dün komşuları aradı."

Babam başını salladı. "Bay ve Bayan Kim'in ikisi de doktor, annemin artık kendine bakamayacağından eminler. Hafızası... zihni... şey, iyice bulanmaya başlamış. Ama büyükanne aileden biri ve biz Beaumont'lar birbirimize göz kulak oluruz, öyle değil mi?"

Kimse cevap vermedi. Büyükanne Pat'in Kansaska-Nebransas'a *-büyükbabamın odasına-* taşınacağını düşündükçe göğsümün içinde bomba patlıyordu. Konuşamıyordum. Nefes alamıyordum. İçim dışıma çıkıyormuş gibi geliyordu.

"Büyükanne Pat'i buraya mı... getireceğiz?" dedi Samson usulca. Elimi daha da sıkı tutan eli sıcacık olmuştu, dayanılmayacak kadar sıcak. O kadar sıcak ki yanmaktan korkarak elini bıraktım. Her şey büyük bir hızla tuhaflaşıp kötüleşiyordu.

Küçük Tuck kanepenin üstünde ayağa kalktı. "Ama hep burada kalmayacak, değil mi? Değil mi baba?" dedi. "Büyükanne buraya temelli gelmiyor, değil mi?"

"Evet Tuck, temelli geliyor."

"Hayııır! Büyükanne Pat her şeyi mahvedecek." Tucker hepimizin aklından geçen düşünceyi dile getirmişti. Kanepenin minderlerine ayağıyla vurarak bağırmaya başladı, "Büyükanne bizden nefret ediyor! Nefret ediyor!"

Büyükanne Pat'in bizi sevmediği doğruydu, en azından annemi ve biz çocukları. Babam ise Patrice Beaumont'ın tek çocuğuydu, onun gurur ve mutluluk kaynağıydı. Büyükbaba Walter babam küçükken öldüğü için büyükanne babamı tek başına büyütmüştü ve oğlunun hep başka biriyle evlenmesi gerektiğine inanmıştı. Farklı biriyle. Daha doğrusu çok çok farklı olmayan biriyle. Farklı yetenekleri olmayan biriyle.

Tucker ağlarken annem volta atmayı kesip bize döndü, sanki birden bizi rahatlatması ve her şeyin yoluna gireceğini söylemesi gerektiğini hatırlamıştı. Mükemmel bir anne böyle şeyler yapardı. Ne var ki annem artık *yapması gerekenleri* de hatırlamıyor gibiydi.

"Çocuklar..." diye başladı. Sonra topuğu yüzüncü kez kilimin kenarına takıldı ve annem duvardaki aile fotoğraflarını şangırdatarak yere yuvarlandı. Hepimiz ona yardım etmek için ayağa fırlarken Büyükanne Pat'in çerçeveli bir fotoğrafı paldır küldür yere düştü. Baş aşağı duran büyükanne öfkeyle bakıyor, bizim kadar mutsuz görünüyordu.

Büyükanne Pat'in Büyükbaba Bomba'nın hikâyelerindeki Eva Mae El Dorado ile ilgisi yoktu. Ama belki de düşündüğüm kadar sihirden uzak değildi. Belki onun da bir yeteneği vardı. Belki büyükannemin yeteneği diğer insanların hayatını altüst edebilmekti. Her şeyi arap saçına çevirmek. Bundan sonra olanların başka bir açıklaması yoktu.

"Şey... Kendimi biraz tuhaf hissediyorum." Tucker ne zaman karnabahar görse yaptığı gibi dilini çıkardı. Ama şimdi dili KOCAMANDI. Babamın verdiği haber onda alerjik bir reaksiyona neden olmuş gibiydi. Tucker'ın elleri ve ayakları şimdiden normal büyüklüklerinin iki katına çıkmıştı. Vücudunun geri kalanı da hızla şişiyordu.

Başımı annemden Tuck'a, sonra da Samson'a çevirdim. "Samson! Baksana Tucker'ın elleri ve..."

Ama Samson, Tucker'a bakmıyordu. Anneme ya da babama da bakmıyordu. Bana da bakmıyordu. Ayakta dikilmiş kendi ellerine bakıyordu. Samson sık sık yaptığı gibi yok olmak yerine kızarmaya başlamıştı. Parmakları ve avuçları bir kamp ateşinin korları kadar ya da bir ocağın ateşi kadar parlak bir turuncuya dönüyordu.

Tucker gibi Samson'a da bir şeyler oluyordu.

Kardeşim tişörtünün yakasını çekiştirerek homurdandı: "Burası çok sıcak olmadı mı?"

Babam, "Samson!" diye haykırdığı anda annem de bir çığlık attı, "Tucker!"

Kafası ve omuzları, dizleri ve topukları, burnu ve giysileri... Tucker şimdi normalden üç kat büyüktü. Ve Samson alev almıştı.

"Vay canına!" diye bağırdı Samson sarı-kırmızı alevlerle yanmakta olan parmaklarına bakarak. Sanki on tane mum tutuyor gibi görünüyordu. Az sonra bir çatırtı ve tıslamayla Samson'ın bütün vücudu yanmaya başladı. Normalde koyu renk olan gözleri kıpkırmızı parlıyordu.

Babam bu yangın söndürücüyü nereye koyuyordu? Tam gidip bakmak için koşmaya başlamıştım ki iki adım attıktan sonra durdum. Şimdi ben de kendimi biraz tuhaf hissediyordum.

İçimdeki tuhaf değişim midemin bulanmasına, kendimi halsiz ve tuhaf hissetmeme neden oluyordu.

Yangın söndürücüyü unuttum. Samson'ın alevleri oturma odasını fırına çevirdi. İçerisi yanmış kibrit kokuyordu. Yine de kardeşimin böyle aniden alev alması canını yakmıyor gibiydi. Alevlerle kaplanmış giysileri bile yanmıyordu. Samson yanmıyordu, sadece alevleri o üretiyordu. Ama bu ön kapıdan fırlayıp karların içine dalmasına engel olmadı.

Tucker kapıyla uğraşmadı. Kafası tavana vuracak kadar büyüyünce, "SİZE BÜYÜKANNE PAT HER ŞEYİ MAHVEDECEK DEMİŞTİM!" diye gürledi. Sonra Kool-Aid Man gibi duvarı yarıp arkasında kocaman, Tucker şeklinde bir delik bırakarak dışarı çıktı. Tucker'ın devasa büyüklüğü şok ediciydi -ve sahip olacağını düşündüğüm yetenek kesinlikle bu değildi- ama yaşı çok küçük olduğu için durum daha da şok ediciydi. On üç yaşından önce yetenek sahibi olmak hiç duyulmamış şey değildi: İkiz kuzenlerim Mesquite ve Marisol O'Connell beş yaşlarından beri eşyaları havaya kaldırma yetenekleriyle insanları rahatsız ediyorlardı. Her şeyi değiştiren bu güç her ne idiyse Tucker'ın yeteneğinin erken ortaya çıkmasını sağlamış olmalıydı.

Kendimi hâlâ tuhaf hissederek ve büyümemek ya da ateş almamak için dua ederek kardeşlerimin peşinden giden annemle babamın arkasından dışarı çıktım. Samson yangınını karlarla söndürmeyi başarmıştı, etrafındaki buzlar eriyip su birikintileri oluştururken Samson'ın teninden dumanlar yükseliyordu. Ama Samson kımıldayamayacak kadar şaşkın olduğu için yerde yatmaya devam ediyordu.

Tucker büyüyüp ev kadar olmuştu, bahçede GÜM-GÜM-GÜM koşturuyordu. Mississippi'nin batısında -hatta belki doğusunda da- o güne dek görülmüş en şiddetli öfke nöbetini geçirirken dev kadar olduğunun ya da boyutlarının onu ne kadar güçlü kıldığının farkında değil gibiydi.

Küçük kardeşimin ön bahçedeki ağaçları papatya gibi kopardığını görünce, "Hayır Tuck!" diye bağırdım. Koca kulakları sayesinde beni duyması gerekirdi. Ama duymadı. Ya da duyamazdı. Ya da devasa kadife pantolonunun bacakları birbirine sürterken gök gürültüsü gibi bir ses çıktığı için duyamıyordu. İyi ki Tucker'ın kıyafetleri de onunla birlikte büyümüştü. Yoksa bahçede koşturup dururken hem dev gibi hem de çıplak olacaktı.

Tucker yapraklarını dökmüş iki akçaağaç ve bir mavi ladini yolun karşısındaki tarlaya fırlatırken çaresizce izledim. Eski bir kuş yuvasının ve bir sincabın biriktirdiği palamutların havada uçtuğunu görünce fırlatılan ağaçlarda kış uykusuna yatmış olası küçük hayvanlar için sessizce dua ettim.

Babam bağırdı, "Tuck! Sakin olman gerek."

Annem haykırdı, "Nefes al Tucker! Sakinleşmeye..." Sonra kayıp Samson'ın üstüne düştü.

Tucker'ın öfkesini hiçbir şey durduramıyordu. Bahçedeki alet deposunu tekmelerken tek yapabildiğimiz ağzımız açık izlemekti. Donmuş kuş havuzunu ezerken. Annemin diz boyundaki cüce heykelciğini bir pirinç tanesiymiş gibi kaldırıp atarken... Heykelciği öyle yükseğe fırlattı ki hiçbirimiz nereye düştüğünü göremedik, düştüyse tabii.

Tucker dönüp devirmek ister gibi eve doğru koşmaya başlayınca daha fazla bakamadım. Başımı çevirdim, kalbim göğsümde deli gibi çarpıyordu. Tek istediğim bu korkunç ânı unutmaktı.

Olduğum yere büzülüp gözlerimi kapattım, ellerimi gözlüklerimin üstüne bastırıp bağırmaya başladım: "Dur, dur, dur, dur, DUR!"

Ve oldu. Birden her şey donup kaldı.

Benim dışımda her şey.

Bölüm 5

AİLEMDEKİ HERKES HEYKELE DÖNMÜŞTÜ. Uçarken havada kalan bir kaz sürüsü ufukta donmuş bir V oluşturuyordu. Etrafımdaki her şey ölüm sessizliğine bürünmüştü. Duyabildiğim tek şey kendi soluğumun sesiydi. Bir de nabzım. Kalp atışlarımı saydım: On... yirmi... otuz üç... kırk yedi... elli. Sanki dünya dönmeyi bırakmış, bana zamanın tek bir ânını gösteriyordu: Şu an, hareketsiz ve sabit.

Dünya bir sinema filminden sonsuz bir kış fotoğrafına dönüşmüştü. Korkudan deliye döndüğümü söylememe gerek yok sanırım.

"İmdat!" diye bağırdım. "Yardım edin!" Sesim hareket etmeyen havada tuhaf çıkıyordu. Bir karıştırma kabının içine bağırıyormuşum gibi bana geri geliyordu. Neler olduğunu bilmiyordum. Ne yapacağımı da.

Babamın kolunu çekiştirdim, kıpırtısız bedeni sallanmaya başlayınca bıraktım. Elimi annemin yüzüne doğru salladım, gözünü bile kırpmadı. Samson'ın uzun saçları erimiş kar tanecikleriyle süslenmişti. Yerçekiminden etkilenmeyen su damlacıkları havada asılı kalmıştı. Damlacıklardan birini serçe parmağımla aldığımda hemen titremeye başlayıp eridi. Ama su parmağımdan damladığı zaman sadece bir santim kadar düşebildi. Sonra ben olmadan hareket edemiyormuş gibi yeniden havada asılı kaldı. Büyülenmiş gibi diğer su damlalarına fiske atıp havada biraz süzüldükten sonra yeniden durmalarını izledim. Küçük küreciklerin süzülüp durmasını izlemek beni sakinleştirdi. Umutlandırdı da.

Dokunursam onun da hareket edebileceğini düşünerek parmaklarımı annemin yanağına bastırdım. Kımıldamadı. Samson'ın karnını dürttüm. Kılını bile kıpıdatmadı. Ellerimi babamın omuzlarına koydum.

Hiçbir şey olmadı.

Evimizi yıkmak üzereyken donup kalan Tucker'a dokunmaya da bakmaya da kalkmadım bile. Zamanı durdurmama Tucker sebep olduğu için ona kırgındım.

Zamanı durdurmak mı?

Yaptığım bu muydu?

Çaresizce etrafıma bakındım. "Ya... ya dünya hep böyle kalırsa?" diye kekeledim sesli olarak. Korkudan ve soğuktan titriyordum, dişlerim birbirine vurmaya başladı. Gözlüklerimi çıkarıp anneme baktım, her zamanki gibi bir şeyler görmeyi umuyordum, her şeyin normale döneceğini gösteren bir an.

Gözlerimi fal taşı gibi açtım. Acıyana kadar kıstım. Şaşı bakmayı bile denedim. Ama zihnimde hiçbir görüntü oluşmadı. Dönen girdap yoktu. Geçmişe ya da geleceğe dair baş döndürücü görüntüler yoktu. On üçüncü doğum günümde hak kazandığım yeteneğim gitmişti. Kontrol etmeyi öğrenmem gereken yepyeni bir gücüm vardı, tepetaklak olmuş yeteneğimi yönetmeyi yeniden öğrenmeliydim. Ve bu değişime rağmen görüşüm iyileşme göstermediği için gözlüklerimden bile kurtulamayacaktım.

Yaptığımı düzeltmek arzusuyla zaman donup kalmadan önce gözlerimi nasıl kapayıp *DUR* diye bağırdığımı hatırladım.

Derin bir nefes alıp gözlerimi kapattım ve aklıma gelen ilk zıt anlamlı kelimeyi yüksek sesle söyledim.

"*Devam, devam, devam, devam, DEVAM!*"

Bir gözümü açıp etrafımdakiler hareket etmeye başladı mı diye baktım. Heyhat. Bu kez farklı kelimeler kullanarak yeniden denedim.

"Başla, başla, *BAŞLA*!"

"Kımılda, *KIMILDA!*"

Abrakadabra ve *geri gel, geri gel* diye bağırdım. *Lütfen, n'olur* demeyi bile denedim. Ama hangi kozmik gücü harekete geçirmem gerektiğini bilmiyordum. Büyülü sözleri bulamıyordum.

Hayal kırıklığına uğrayarak bir avuç kar alıp elimde iyice sıkıştırdım. Kartopunu Tucker'ın koca kafasına doğru attım, bana *DUR* dedirttiği için ona kızgındım. Kartopu da su damlacığı gibi sadece birkaç santim gitti, troposferimden çıkar çıkmaz donup kaldı.

Soluğum kesilene, ellerim uyuşana kadar kartopu fırlattım, hava büyük beyaz beneklerle dolmuştu.

Bana hep asla yalnız olmadığım öğretilmişti. Babam bunu söylerdi. Annem gösterirdi. Papaz Meeks bunun üzerine vaazlar verirdi. Ve altı çocuktan beşincisi olduğumdan yanımda hep birileri olmuştu. Hayatımda ilk kez kendimi aydaki bir astronot kadar yalnız hissediyordum.

Üzerimde hâlâ kiliseye giderken giydiğim giysiler vardı, diz çöküp ellerimi birleştirdim ve dua ettim. Tanrı'dan ve meleklerden her şeyin Bayan Kim aramadan, Büyükanne Pat'in hasta olduğunu ve bizimle birlikte yaşayacağını öğrenmeden, Samson yanmadan ve Tucker kocaman olmadan önceki haline dönmesini istedim. Bayan Foster'ı sabun kazasından koruyamadığım için Tanrı'dan özür diledim. Ve kilisedeki kapanış ayininde konuştuğum için.

Dualarıma hemen karşılık bulamayınca ağlamaya başladım. Artık ağlayamayacak hale gelinceye dek ağladım. Sonra gözyaşlarımı da su damlacıkları ve kar taneleri gibi havada asılı bırakıp eve girdim.

Ayaklarım beni otomatikman Büyükbaba Bomba'nın odasına götürüyordu ki odanın artık ona ait olmadığını hatırladım. Orası artık Büyükanne Pat'in odasıydı, yani zaman yeniden akmaya başlarsa öyle olacaktı.

Ben de koşarak odama çıktım, yorganımın altına girip kafamı yastıklara gömdüm.

Bir süre sonra uyuyakaldım. Uyandığımda korkunç bir rüya gördüğüme inanarak neşeyle yataktan fırladım. Ama odamın perdelerini açınca Tucker'ın devasa suratıyla burun buruna geldim. Perdeleri hemen kapadım, hâlâ Tucker'a bakamıyordum.

Ailemi soğukta bıraktığım için üzülerek paltomu ve botlarımı giyip battaniye ve kışlık giysilerle dışarı çıktım. Babamın kafasına bir şapka geçirdim, annemin boynuna atkı sardım. Yünlü eldivenleri Samson'ın ellerine taktım. Tucker için yapabileceğim pek bir şey yoktu, çok fazla büyüktü. Ayrıca ağaçları yerinden söktüğü için ona hâlâ kızgındım.

Ailemle ilgilenmeyi bitirir bitirmez zamanı durdurma numaram oralara kadar etki etmiş mi diye bakmak için anayola yürüdüm. Sadece yolun ortasında zıplarken donup kalmış yaban tavşanına ters ters bakmak için durdum. "Sakın bana yaklaşma Bay Tavşan," dedim, önceki gün ettiğim yemini unutmamıştım, parıltılardan, dantelden ve her tür kürkten uzak duracaktım.

81. Otoyolda sağa sola bakınca hiçbir kıpırtı olmadığını gördüm. Arabalar boş bir çocuk parkında unutulmuş oyuncaklara benziyordu.

Endişeyle alt dudağımı kemirerek eve yollandım.

Gün geceye dönmediği ve saatler tik taklamadığı için göz kırpmak ve kalp atışları yeni zaman birimlerim oldu. Sonunda bu kadar umutsuzluk yeter diye düşündüm. Yeniden hareket etmeye başladıklarında annemle babamın benimle gurur duymalarını istiyordum. Kimsenin denetiminde olmadan da ne kadar sorumluluk sahibi ve olgun olduğumu görsünler istiyordum. Bu amaçla evi toplayıp ödevlerimi yaptım, sıkılınca kalemleri fırlatıp havada asılı kalmalarını izliyordum. Pazar gazetesinin kuponlarını kesmek için elime bir makas aldımsa da kuponlar yerine karikatür köşesindeki kelebekleri kestim, kestiğim kelebekleri tavanla yatağım arasında havada asılı bıraktım.

Tekrar uyuyup uyandığım zaman olgunluğum azalmaya başladı. Karnım guruldıyordu, bir paket çikolatalı kurabiye bulup yedim. Mısır gevreklerini açgözlülükle kutularından kafama dikerek yediğim için saçlarıma Cheerios'lar yapıştı, Corn Chex'ler masanın üstünde asılı kaldı. Meyve suyunu kabından dökemediğim ve musluktan su akıtamadığım için makasla bir süt kutusunu kesip kremsi sıvıyı ellerimle ağzıma götürdüm.

Annemin ayakkabılarını ve elbiselerini giydim. Mücevherlerini takıp makyaj malzemeleriyle makyaj yaptım.

Hatta Samson'ın GİRİLMEZ yazan kapısından girip darmadağınık odasının karanlık derinliklerine bile göz attım.

Gerçek hayatta bir saniye daha geçemeden büyüyüp yaşlanacağımdan ve bir saat kulesinden düşeceğimden korkarak tırnaklarımın uzunluğunu kontrol edip bir cetvelle saçlarımı ölçmeye başladım. Ama bir-iki günden fazla yaşlanmış olamazdım, sadece iki kez uyumuştum.

Zamanı nasıl yeniden başlatacağım dışında en büyük sorunum Tucker'dı. Saatleri yeniden tiktaklatmayı başardığım anda Tucker eve çarpacaktı. Öfkesini dağıtacak bir şey bulmak zorundaydım.

O anda aklıma babamın ayıcık şeker zulası geldi, onları alet çantasının içindeki bir torbada saklıyordu. Annem kötü davranışları ödüllendirmemek gerektiğine inansa da şeker ortaya çıkınca Tucker'ın öfke nöbetlerinin nasıl birden geçiverdiğini herkes biliyordu. Annem dışında hepimiz onu sakinleştirmek için rüşvete başvuruyorduk.

Babamın acil durum ayıcıklı şekerleriyle odamın penceresine döndüm. Sonunda kardeşimle yüzleşmeye hazırdım.

Tucker'a baktığım anda -yani gerçekten baktığımda- ona

olan öfkem yatışıverdi. Devasa boyutlarına rağmen o hâlâ küçük bir çocuktu. Kocaman mavi gözlerindeki yaşlar o kadar büyüktü ki içlerinde yansımamı görebiliyordum. Birden içimden elime bir havlu alıp kardeşimin gözyaşlarını silmek geldi. Sonsuza dek ağlayarak orada durmasını istemiyordum. Zamanı durdurduğumdan beri ilk kez kendimi hazır hissediyordum. Korkmamaya hazırdım. Ne olacaksa olmasına izin vermeye hazırdım.

Gözlerimi Tucker'a dikip ellerimi havaya kaldırarak şeker torbasını pencereden dışarı uzattım.

"Her şey yoluna girecek Tucker," diye seslendim. Sonra Büyükbaba Bomba'nın doğum günü kartıma yazdığı bilgece sözleri hatırlayarak, "Ne olursa olsun!" dedim.

Rüzgârın ıslığını ve uzaktan gelen kaz seslerini duydum. Kendilerini birden kardan adam kıyafetleri içinde bulan annem, babam ve Samson'dan şaşkınlık dolu haykırışlar yükseldi. İçimi bir rahatlama ve bitkinlik sararken dizlerim titremeye başladı.

İçeride kâğıttan kelebekler uçuşarak yatağımın üstüne düşüyordu. Dışarıda ise yaptığım kartopları hız kazanmış, Tucker'a çarpıyordu. Kartopları sayesinde Tucker'ın dikkatini çekecek kadar zaman kazanmıştım.

"Bak Tucker!" diye bağırdım. "Şekerler! Eğer sakin olursan -ve tekrar küçülürsen- hepsini alabilirsin."

"Şeker mi?" Tucker saniyeler içinde tekrar Beaumont'ların en küçüğü haline geldi, kadife pantolonundaki yırtık dışında az önceki halinden eser kalmamıştı.

Rahatlamış bir halde içimi çekerek şekerleri aşağı attım. Tam kafamı içeri sokmuştum ki annemin cücesi mermi hızıyla camın önünden geçti.

Bölüm 6

"VAY CANINA!" DEDİ BABAM. "Bu tam da aynı anda bir sürü on üçüncü doğum günü kutlamak gibiydi!" Sinir bozucu günün sonunda içimizde değişmeden kalan tek kişi o olduğu halde babam sarsılmış görünüyordu. Ama babamın DNA'sı Missouri Nehri sihrinden yoksundu; başımıza gelen bu karışıklıktan etkilenemezdi.

Annemle babam zamanı durdurduğumu öğrenince paniklediler. Kendi başıma kalmış olmamdan ve bana yardım edecek kimsenin olmamasından hiç hoşlanmadılar. Samson odasına girdiğimi anlamıştı. Gözleri öfkeyle parlasa da beni affetti. Tucker, "Bütün kurabiyeleri yedin mi?" diye sızlandı. Sonra yaşadıklarından bitkin düşmüş halde yatağına gidip on sekiz saat uyudu.

İki gün sonra eski steyşın arabamız batıya doğru yola koyuldu, bizi Colorado'ya götürüyordu. Eyaletler arası otoyolda giderken gökyüzü de arabanın içindeki hava kadar kasvetli ve griydi. Samson tıpkı büyümekte olan bir anka kuşunun alevli kanatlarıyla hava atması gibi yeni aldığı ehliyetiyle -ve yeni yeteneğiyle- hava atarak direksiyondaydı. Annem her zaman mükemmel araba kullanırdı, şimdiye dek ne kaza yapmış ne de ceza yemişti. Ama yeteneklerimiz tepetaklak olduktan sonra kimse annemin beceriksiz ayağını gaz ya da fren pedalının yanında görmek istemiyordu.

Annemin mükemmel tavırlarının kilisede Mryna Lee'ye cevap verirken nasıl değiştiğini görmek çok zevkliydi. Ama çoğu zaman annemin kırdığı potları görmek nadir görülen harika bir kelebeğin ezilen kanadıyla çırpınmasını izlemeye benziyordu. Yüreğim parçalanıyor, içim daralıyordu. Ayrıca Samson'ın daha karamsar olmasına, Tucker'ın idrar kesesinin de daha çabuk dolmasına yol açıyordu.

Tucker evden çıktığımızdan beri yedi kez, "Çişim geldi!" diye bağırmış, Samson'ı otoyoldaki bütün benzin istasyonlarında durmak zorunda bırakmıştı.

Kimse Tucker'ın tuvalet molalarından şikâyet etmiyordu. Hiçbirimiz büyükannemin evine çabucak varmak istemiyorduk. Tucker'ın pazar günkü öfke nöbetinden sonra hiçbirimiz onun arabanın içinde büyüyüşünü izlemek de istemiyorduk. Tucker'ın kafasının ön camdan dışarı çıktığını, kollarının ve bacaklarının iki yan camdan dışarı sarktığını, bu haliyle araba şeklinde kabuğu olan dev bir kaplumbağaya dönüştüğünü gözümün önüne getirebiliyordum.

Samson'ın arap saçına dönen yeteneği sayesinde ocakta değil de temmuz ayında gibiydik. Klima gürültüyle çalışıyordu. Paltolarımızı arabanın arka kısmına yığmıştık. Samson araba sürecek kadar büyük olabilirdi ama kibrit çakmayı yeni öğrenmiş bir birinci sınıf öğrencisi gibi davranıyordu. Eski yeteneğini özlüyorduysa bile hiç belli etmiyordu; bu parlak ve yanıcı değişimden büyülenmiş gibiydi.

Samson yüzüncü kez parmaklarını şıklatıp başparmağının ucundan sarı-turuncu bir alev çıkarınca annem, "Lütfen şunu keser misin Samson?" dedi. Samson eskiden pervaneyken şimdi ateş olmuştu.

"Evet Samson, yeter artık," dedim. "Kontrolünü kaybedersen arabayı yakarsın." Samson dikiz aynasından bana bakarak gözlerini devirdi ama dudakları gülümser gibi kıvrılmıştı, bir süreliğine parmak şıklatmaya ara verdi.

"*Sen* kontrolünü kaybedersen Gypsy," dedi Tucker arka koltuğa yaydığı oyuncaklardan kafasını kaldırarak, "yıllarca bu anda sıkışır kalırsın. Yapacak hiçbir şeyin ve sana arkadaşlık edecek kimsen olmadan."

"Hatırlatma Tuck," dedim. Sonra annem yapma deyinceye kadar Tucker'ı gıdıklayıp güldürdüm. Annem güçlü duyguların yeteneği harekete geçirebileceğini biliyordu.

Şimdilik Tucker kendi isteğiyle büyüyemiyordu ama yine de yeni yeteneğiyle fazlasıyla gururlanıyordu.

"O kadar büyük olmak seni korkutmuyor mu?" diye sordum arabamız yol almaya devam ederken. Tucker'ın oyuncak askerleri ve en sevdiği peluş kedisiyle oynuyorduk. Kedi canavar zannedildiği için saldırı altındaydı ve sonunda askerler tarafından kurtarılıyordu.

"Asla!" dedi Tuck koltukta sergilediğimiz karmaşık savaştan başını kaldırmadan. "Dev gibi olmak harikaydı. Her şeyi yapabilecek kadar büyüktüm! Amaaa..." Tuck bir an kararsız kalarak kafası olmayan bir oyuncak askeri elinde evirip çevirdi. "Öyle her yeri mahvetmek istememiştim. O kısım *sonradan* korkunç geldi. Çok kızmıştım Gypsy! Kendimi tutamıyordum." Tucker omzunu silkti.

"Belki bir dahaki sefere büyüdüğümde etrafa zarar vermek yerine Godzilla'yla ya da bir dinozorla savaşıp dünyayı kurtarırım."

"Çok cesursun Tuck," dedim. Eğilip kafasının üstünü öptüm. Tucker öpücükler zehirliymiş gibi tiksinti dolu bir ses çıkararak çırpındı.

Keşke ben de cesur olduğumu söyleyebilseydim. Yanlışlıkla zamanı durdururum diye korku içinde yaşıyordum. Eğer zamanın tekrar akmasını sağlamak için ne söylediğimi ya da ne yaptığımı hatırlayabilseydim kendimi daha iyi hissederdim. Annem ve babam hatırlamama yardım etmeye çalışmıştı ama başaramamışlardı.

Üzerinde "Rengârenk Colorado" yazan tabelanın yanından geçtiğimizde Tucker içini çekerek, "Babamı özledim," dedi.

Ben de özledim, diye geçirdim içimden. Babam Kansaska-Nebransas'ta kalmıştı. Evimizin ön cephesindeki deliği tahtalar çakarak idareten kapatması ve önümüzdeki haftalarda hasarı onarması için usta ayarlaması gerekiyordu. Ama cumartesi günü nakliye kamyonuyla bize katılacağına söz vermişti.

Hepimiz babamın yokluğunu derinden hissediyorduk, belki de en çok hisseden annemdi. Büyükanne Pat'le yalnız kalmaktan ödü kopuyordu bence. Annem saklamaya çalışsa da arada bir kendi kendine büyükannemin evine vardığımız zaman söyleyeceği güzel şeyleri fısıldayarak prova yaptığını duyabiliyordum.

"Seni yeniden görmek ne güzel Patrice!"

"Bizimle yaşaman harika olacak."

"Hayır, ben oğlunu benimle evlenmesi için kandıran bir cadı değilim, çocuklar da baş belası bir iblis sürüsü değil."

Bir gece önce biz yola çıkmadan babam annemi alnından şefkatle öpmüş, "Kendini üzmemeye çalış sevgilim. Annemin zihni çok bulanmış. Belki bağnazca fikirlerini de unutmuştur. Doktor Kim'e bakılırsa bizim kim olduğumuzu bile hatırlamayabilir," demişti.

Tucker bunu duyunca avucuyla alnına vurdu. "Olamaz! Büyükanne Pat *unutkanlık hastalığına* mı yakalandı yani?"

Babam başını salladı, "Evet Tuck. Büyükanne öyle bir hastalığa yakalandı. Eğer Doktor Kim ve kızı önceki gün büyükanneni bulmasaydı çok kötü olabilirdi."

Babam bize Doktor Kim ve genç yaştaki kızı Nola'nın Büyükanne Pat'i bir otobüs durağında üstünde geceliği, kar botları, ellerinde yanmış fırın eldivenleriyle titrerken nasıl bulduklarını anlattı. Büyükanne şaşırıp sinirlenmiş ve Doktor Kim'in arabasına binmeyi reddetmişti. On beş yaşındaki Nola büyükanneyle eve kadar yürümüş, eve vardıklarında yangın alarmının çalıştığını ve mutfaktan yanık kokusu geldiğini görmüştü. Anlaşılan büyükanne fırını çamaşır makinesiyle karıştırmış, dantel bir masa örtüsüyle üç banyo havlusunu ve iç çamaşırlarının çoğunu dört yüz derecede pişirmişti.

Yanıp kül olmuş kıyafetlere pişmiş denebilirse tabii.

Büyükanne Pat'in zihni de bizim yeteneklerimiz gibi karmakarışık olmuştu.

Ufukta Rocky Dağları görünüp de büyükanneye gitgide daha çok yaklaşmaya başladığımızda mideme ağrılar girdi. Tucker'ın deyimiyle *unutkanlık hastalığı* hakkında neler bildiğimi düşündüm. Bir sürü yaşlı insan her şeyi unutmaya başlıyor, mesela evin anahtarlarını nereye koyduklarını ya da o gün günlerden ne olduğunu. Ama büyükanne sadece unutkan olmamıştı. Hastalığı çok daha kötüydü.

Annem duygularımızı paylaşmamız konusunda bizi yüreklendirip duruyordu. Dokuz saatlik yolculuğumuz boyunca tıbbi gerçeklerden bahsetti ve elinden geldiği kadar ne-beklememiz-gerekir dersi verdi. Büyükanne Pat için üzülmem gerektiğini biliyordum. Ama saatte yüz yirmi kilometre süratle Evergreen'e doğru yol alırken içimde şefkat duyguları barındıramıyordum. Tek düşünebildiğim büyükannemin her zaman ne kadar sert ve huysuz olduğuydu, ayrıca gecelikle dolaşan bir büyükanneye sahip olmak çok utanç verici olacaktı.

Shelby Foster buna ne diyecekti? Artık benimle arkadaş olmayı hiç istemezdi.

Evergreen, Rocky Dağlarının eteğinde, bir mil rakımlı ve ışıltılı şehir Denver'ın elli kilometre batısındaydı. Büyükanne Pat'in evine vardığımızda güneş batmıştı. Tucker yanımda horluyordu, Samson arabanın motorunu durdurduğunda bile uyanmadı. Bakışlarını karşımızda duran tuğladan yapılmış küçük eve diken Samson'ın vücut ısısı gitgide yükseliyordu.

Ayağıma küçük gelen botlarımı giymeye çalışırken annemin bir yanlışlık olduğunu söylemesi için dua ediyordum. Büyükanne Pat'i Colorado'da bırakıp hemen geri döneceğimizi söyleseydi keşke. Oysa annem derin bir nefes aldıktan sonra, "Herkes hazır mı?" dedi.

Uzun süre oturmaktan bacaklarım tutulmuştu. Karanlık gökyüzü yıldızlarla kaplıydı. Hava çam iğnesi, çam kabuğu ve çam reçinesi kokuyordu. Etrafımızda yaprak dökmeyen ağaçlar yükseliyordu. Büyükannemin evinin sokağındaki binalar geniş arazilerin üstüne kurulmuştu, evlerin arasında ormanlık araziler vardı.

Samson paltomu verdi -kırmızı kadifeden, büyük kapüşonlu, iki sıra altın rengi düğmesi olan şık paltomdu bu- ve Tucker'ı usulca kucağına aldı. Tuck burnunu Samson'ın sıcak boynuna sokup uyanmayı reddetti.

"Uyuması iyi oldu," diye mırıldandı annem.

Bence de iyi olmuştu. Annemle aklımızdan aynı şeyleri geçirdiğimizi biliyordum: Tucker uyanıp büyüyordu, Tucker büyükannenin bütün ağaçlarını kökünden söküyordu, Tucker büyükannenin tuğladan evini kibrit çöpünden yapılmış gibi dümdüz ediyordu.

Annem hafifçe Tucker'ın sırtını okşadı, sonra elini şefkatle Samson'ın yanağına koydu. Birden yüzünü buruşturarak elini çabucak Samson'ın alnına götürdü.

"İyi olduğuna emin misin tatlım? Ateşin kırk beş derece falan olmalı."

"İyiyim anne. Gerçekten."

Babam geleceğimizi haber verdiği halde Büyükanne Pat'in bahçesi ve verandası karanlıktı. Ama evin içinde ışık yanıyordu.

Ön verandanın basamaklarını çıkarken televizyon sesinin geldiğini duydum. Annem tam kapıyı çalmak üzereyken iki parlak araba farı kocaman gölgelerimizi bahçeye düşürdü. Hep birden dönüp bakınca siyah bir SUV'un sokağın karşısındaki büyük ve yeni evin iyi aydınlatılmış garaj yoluna girdiğini gördük.

İyi giyimli orta yaşlı bir adam arabadan indi. Yan tarafın kapısı açılınca enerjik genç bir kız dışarı atladı. Üstünde kabarık beyaz bir palto vardı, dar bir kot pantolon ve turuncu postallar giymiş, yirmi iki kat eyeliner ve maskara sürmüştü. Pullu salaş beresinin altından koyu renk saç tutamları fışkırıyordu. Ruju kara erik rengindeydi.

"Doktor Kim ve kızı olmalı," dedi annem komşulara el sallayarak. "Kız farklı görünmekten korkmuyor anlaşılan. Ondan hoşlandım."

"İçeri gir Nola!" Doktor Kim'in sesi dağlık alanda yankılandı. "Ödevlerini bitirmeden müzik dinlemek yok." Nola kendisine söyleneni yaptı. Ama evin kapısına gelince bir an durdu. Uzaktan bile merakla bize baktığı belli oluyordu. Samson hemen başını çevirdi ve birden astronomi sevdasına tutulmuş gibi gökyüzüne bakmaya başladı.

Doktor Kim yanımıza gelmek için yolu geçerken merhaba demeye gelen bir komşudan çok hasta yakınıyla konuşmaya hazırlanan bir doktor gibi görünüyordu. Annem, "Burada bekleyin çocuklar," dedi. Çantasının sapını omzunda düzelterek verandadan indi, Doktor Kim'i karşılamak için büyükannemin bahçesinden geçerken sadece bir kez tökezledi.

"Sence Kim'ler biliyor mudur?"

"Neyi biliyor mudur?" Samson başını eğip bana baktı. Kim'lerin kapısına gizlice bir göz attı ama Nola gitmişti.

"*Bizi,*" diye fısıldadım. "Yeteneklerimizi. Sence büyükanne sırrımızı onlara söylemiş midir?"

Samson homurdandı. "Söylese bile inanmazlar ki."

Annem Doktor Kim'le olan kısa konuşması bitip yanımıza döner dönmez, "Ne söyledi?" diye sordum.

"Gelmemize sevinmiş," dedi annem. "Büyükannenizin durumu kötüye gidiyor."

"Kötüye mi? Nasıl yani?"

Annemin cevap vermesine gerek kalmadı. Büyükanne Pat kapıyı açtığı anda annemin kötü derken ne demek istediğini anladım, büyükannem kocaman, eski tip gözlüklerini takmıştı, başında sahte elmaslarla süslü, kırık dökük, kararmış bir taç vardı... ve üstündekilerin hepsi bu kadardı.

Samson hemen yola doğru döndü, yüzü kıpkırmızı olmuştu. Hâlâ Samson'ın kollarında uyumakta olan Tucker bir şeyler mırıldanıp başını oynattı. Annem çabucak paltosunu çıkarıp büyükanneyi sarmaladı ve içeri soktu.

"Dergi satmaya mı geldiniz, dergi lazım değil bana," diye cıyakladı büyükanne karga gibi sesiyle. Tek yapabildiğim kapının eşiğinde durup alık alık bakmaktı, büyükannenin çırılçıplak vücuduna değil, kafasındaki taca bakıyordum. Bu kararmış tacı daha önce görmüştüm, iki gün önce, kilise tuvaletinin aynasındaki korkunç görüntülerde.

Harabe bir saat kulesinin çıkıntısından düştüğümü görmüştüm, bir çift kol beni yakalamak için uzanmıştı. Kırmızı giysili iki kol.

Büyükannemin ön verandasında hiç kımıldanmadan dururken yavaşça başımı eğip paltomun kollarına baktım. *Kırmızı* şık paltomun.

O sahnede kendi ellerimi ve paltomu nasıl tanımamıştım? Olayı benim bakış açımdan gördüğümü nasıl anlamamıştım? Gelecekte bir zaman düşecek olan *ben* değildim. Büyükanne Pat'ti.

İçimde rahatlamayla karışık bir suçluluk duygusu vardı. Sonra zihnime yepyeni korkular üşüştü: Büyükanne Pat korkunç bir tehlikeyle karşı karşıyaydı ve onu kurtaracak olan da bendim. Aynada gördüklerimde başka kimse yoktu. Ya onu zamanında tutamazsam? Fazla uzun boylu değildim. Kollarım da çok zayıftı! Ya büyükanneyi yakalayıp tutacak kadar büyük... ya da güçlü... ya da *cesur* değilsem?

Zaten düşüyorken büyükanneyi nasıl tutup da çekecektim?

Bölüm 7

EVERGREEN'DEKİ İLK GÜNÜMÜZDE HAVA mevsimden beklenmeyecek kadar ılıktı, masmavi gökyüzü öyle engin görünüyordu ki içine atlayıp yüzmek istiyordum. Ama güneş ışığı ve gökyüzüne dair düşler bozuk moralimi düzeltemiyor, bunak bir masal prensesi gibi giyinmiş Büyükanne Pat'in karla kaplı bir kuleden düştüğü o ânı unutturamıyordu.

Gece büyükannemin yamrı yumru kanepesinde Tucker'la ayak ayağa yatmış ve bölük pörçük bir uyku uyumuştum. Annem boş olan tek odada kalırken Samson da oturma odasında yerde yatmış, bütün evi fırın gibi ısıtmıştı.

Saat kulesi kafamı karıştırıyordu. Bizim orada en yüksek yapılar tahıl siloları, telefon direkleri ve su kuleleriydi; Kansaska-Nebransas'ta yıkık dökük, altı katlı bir saat kulesi yoktu. Evergreen'e gelene kadar da hiç görmemiştim. Burada hava da güzeldi, görüntülerdeki saat kulesinin olduğu yerde ise her yer buz tutmuştu ve kar vardı.

Şimdilik önsezilerimi kendime saklamaya karar verdim. Beni bekleyen zorlu bir görev vardı. Annem zaten telaş içindeydi, onu daha fazla kaygılandırmak istemiyordum. Tucker'ı korkutmak da istemiyordum, eğer Samson'a söylersem o da endişeden yangın çıkarabilirdi.

Kahvaltı biter bitmez annem ve Samson, büyükannemin eşyalarını ayırıp toplamaya başladılar. Bakıcılık görevi ise bana kalmıştı. Dilimin ucunda *neden ben* sözleri bossa nova dansı yapsa da çenemi tuttum.

Samson, Büyükanne Pat'e bakamazdı. Bunun tek sebebi örümcek ağlarıyla ve tozlarla kaplı karanlık tavan arasındaki döküntüleri temizlemekle görevlendirilmiş olması değildi, Samson'ın büyükannenin kolayca alev alacak kadar çok sprey sıkılmış beyaz saçlarına da fazla yaklaşmaması gerekiyordu. Daha bu sabah ön tarafın perdelerinde yanık delikleri oluşturmuştu bile.

"Neye bakıyorsun?" Okula giden Nola Kim'e bakarken yakaladığım kardeşim ansızın sıçrayarak alevler içinde kaldı.

Biz alevleri söndürmeye çalışırken büyükanne, "Evimde bu tuhaf saçmalıkları yapmanızı istemiyorum!" diye bağırıyordu. "Gürültünüzden dizi izleyemiyorum."

Büyükanne Pat genelde televizyon koltuğunda oturuyor, dik bakışlarını bangır bangır bağıran televizyona dikiyordu, Tucker da büyükannenin ayağının dibinde oyuncak askerleriyle oynuyordu. Geldiğimizden beri arada bir bağırıp azarlamak dışında büyükanne bizimle hiç konuşmamıştı. Etrafında dolaşıp çekmeceleri, kitap raflarını ve kutuları elden geçirdiğim halde onu götürmeye geldiğimizi kabul etmeye yanaşmıyordu.

Büyükanne Pat'in de bizimle yaşamak istemeyebileceği hiç aklıma gelmemişti. Büyükanne bütün sabah parmaklarını koltuğunun kolçaklarına vurarak arkamı dönmemi bekliyordu. Arkamı döndüğüm anda da eline aldığı bir vazoyu, sepeti ya da kırlenti saklamak için tüyüyordu. Ben atmaya fırsat bulamadan eski bir peçete koleksiyonunu gömleğinin içine soktu. Paslı bir teneke kutuyu açıp da bir çığlık atarak hem kutuyu hem de içindeki kırılmamış lades kemiklerini yere attığımda bana bağırdı.

"Hey! Onları biriktiriyorum. Ne yaptığını sanıyorsun sen kızım, yaşlı bir kadının dileklerini mi çalıyorsun?"

Büyükanne bana asla Gypsy demezdi. Sadece kızım derdi. Bazen de beni Nettie Arbuckle adında eski bir okul arkadaşıyla karıştırıyordu. Büyükannenin hafıza gelgitlerine alışmak zordu. Kafam karışıyor, sinirlerim bozuluyordu. Bazen bana bağırdığında ben de ona bağırmak istiyordum. Bazen de ağlamamak için kendimi zor tutuyordum.

Az sonra Büyükanne Pat'in ses tonu birden değişti. Ben dilenmemiş dileklerinin hassas kemiklerini yerden toplarken, "Seni kış balosuna davet eden oldu mu Nettie?" diye sordu.

"Ee... bana mı dedin büyükanne?" diye sordum, burnumu çekip gözlüğümü düzelttikten sonra büyükanneme baktım. "Hangi kış balosu? Ben evden eğitim görüyorum, unuttun mu? Balolara gitmiyorum yani."

"Saçmalama Nettie!" Büyükanne kıkırdadı, kalın gözlük camlarının ardındaki gözleri muzırca bir heyecanla parlıyordu. "Harika bir balo olacak! Özellikle de partnerim Cleavon Dorsey olacağı için. Babam gitmemi istemiyor, Cleavon'dan pek hoşlanmaz. Ama babamın ne düşündüğü umurumda değil."

Elimde olmadan keşke geleceği ya da geçmişi tekrar görebiliyor olsam diye düşündüm. Büyükanne Pat'i sevgilisi olan ve eski zaman danslarına giden bir genç kız olarak hayal etmek çok zordu. Bunu kendi gözlerimle görmek isterdim.

Öğlene kadar akla karayı seçtim. Büyükanne üç kez evden kaçıp yola çıkmış, Tucker izin almadan iki kez bahçede oynamaya kalkmıştı. Daha fazla kaçmasınlar diye Samson'ın üzerinde *Noel* yazan bir kutuda bulduğu zillerden uyduruk bir alarm yaptım. Zilleri kapının koluna bağladım. Artık benden habersiz kimse evden çıkamayacaktı.

Zilleri asmamın üzerinden çok geçmemişti ki büyükanne koltuğunda uyuyakaldı, Tucker da bir öfke nöbeti geçirdi. Ön verandada güneşlenen cılız kediyle oynayamayacağını söylediğim için kızmıştı. Oturma odasında ayaklarını yere vurarak geziniyor, gitgide büyüyordu, sonunda Samson tavan arasına çıkan merdivenden kayıp bir torba şekeri bana fırlattı. Annemin haberi yoktu ama Samson bir gün önce durduğumuz her benzinciden gizlice şeker satın almıştı. Tıpkı Büyükanne Pat'in Cool Whip marka krem şanti kutularını ve market broşürlerini istiflemesi gibi Samson da Skittles, solucan şeker ve yumuşak şeker istifliyordu.

Bu kez Tucker'ın sinir krizi kısa sürdü, Tucker hiçbir şeye zarar vermeden sakinleşti. Sakinleşmesine -ve küçük kalmasına- faydası olur diye sokak kedisini beslemeyi önerdim.

Büyükannenin hâlâ uyuduğundan emin olduktan sonra mutfak dolabındaki son ton balığı konservesini açtık. Annem mutfağı toparlamaya ara verip bir kâseye süt doldurdu.

"Yaşasın!" diye bağırdı hafifçe kıkırdayarak. "Sadece yarısını yere döktüm. İlerleme var."

Süt ve ton balığıyla verandaya çıktığımızda Tucker memnuniyetle sırıttı. Kedileri seviyordu. Onları ben de seviyordum, kendilerini sevdirmek için mırıldayarak bacağıma sürünmeleri hoşuma gidiyordu. Ama bu kedi bunlardan hiçbirini yapmadı. Tıslayarak kaçıp gitti.

"Galiba büyükanne gibi bu kediciğin de ona göz kulak olacak birilerine ihtiyacı var," dedi Tucker tekrar içeri girdiğimizde. Büyükanne, Tucker'ı şaşırtarak gördüğü yerde tokadı basmaktan vazgeçtiğinden beri Tucker ona karşı daha yardımsever olmuştu. Kanepenin altında bulduğu içi çikolata dolu tozlu kutuyu almasına izin verince büyükanneye daha da ısınmıştı. Onu çikolataların yenmeyecek kadar eski ve bayatlamış olduğuna ikna eden fosilleşmiş bir fındık yüzünden neredeyse dişini kırıyordu.

Öğle yemeği için herkese marmelatlı sandviç yaptım çünkü annem çorbayı yakmayı başarmıştı. Sandviçini götürdüğümde büyükanne elini sallayarak istemediğini belirtti.

"Bunu istemiyorum... seni de. Diğer kız nerede? Bana sandviç getiren o kibar kız."

Üçgen kestiğim ekmekleri dizdiğim süslü tabağı işaret ederek, "Bu da bir sandviç büyükanne," dedim. "Ayrıca *ben de* kibarım."

Büyükanne üçgen sandviçlerden birini alıp kokladı. Sonra yüzünü buruşturarak tekrar tabağa bıraktı. "Bu ton balıklı değil. Git diğer kızı çağır. *Ton balıklı* nefis sandviçler yapmayı bilen kızı."

"Hangi kızdan bahsediyorsun büyükanne?" diye sordum, annemi mi kastediyor diye merak ediyordum.

"*Diğer* kız," dedi büyükanne. "Makyaj yapan kızı diyorum. Yolun karşısında oturan ve eşyalarımı karıştırmayan kızdan bahsediyorum."

Büyükanne Pat komşunun kızı Nola Kim'i istiyordu. Zıvanadan çıkmamak için kendimi zor tutuyordum. Büyükanne bize taşınınca da her günüm böyle mi geçecekti?

Büyükanne Pat iyi bir büyükanne olamasa da ben iyi bir torun olabilmek için elimden geleni yapıyordum. Büyükannenin yanına diz çöktüm, elini elime alarak... bir şey umdum. Herhangi bir şey. Hafifçe elimi sıkmasını. Şefkat göstermesini. Oysa büyükanne anında parmaklarını kurtardı ve koltuğunun yanında bulundurduğu dezenfektanla ellerini temizledi.

Aileden de olsa bazen birini sevmek kolay değil.

Büyükannenin marmelatlı sandviçini ben yedim. Benim de en çok ton balıklı sandviç sevdiğimi ona söylemedim. Zaten kıvırcık saçlarımı ve bozuk gözlerimi ondan almıştım, doğum günümüz de aynıydı. Büyükanne Pat'le başka bir ortak yanım olmasını istemiyordum.

Bölüm 8

BİRİYLE DOĞUM GÜNÜNÜZÜN AYNI olması pek de alışılmadık bir şey değil. Samson ben küçükken bir defasında bunu araştırmıştı. Ortak doğum günümüzün büyükanneyle beni akla gelmeyecek şekillerde birbirimize bağlayacağından ne kadar korktuğumu biliyordu.

"Sakin ol Gypsy," demişti Samson bilgisayarında arama yaparken. "Sen ve büyükanne elmayla armut gibisiniz. Birbirinizden daha farklı olamazdınız."

Samson birkaç yere tıkladıktan sonra zafer kazanmışçasına bir ifadeye bürünmüştü. "Gördün mü?" demişti. "Canını sıkmana hiç gerek yok."

Samson'ın omzunun üstünden bilgisayara bakıp gözlerimi kısarak okumaya başlamıştım: *"Her gün on dokuz milyondan fazla insan doğum gününü kutluyor. Yalnızca Çin'de üç nokta yedi milyon kişi. Amerika'da dokuz yüz bin. Tuvalu'da bile yirmi yedi kişi."*

Sonra Samson'a bakıp sormuştum. "Tuvalu neresi?"

Kardeşim uzun saçlarını eliyle gözünün önünden çekip başka bir arama yapmıştı. "Tuvalu Güney Pasifik'te küçük bir ada ülke."

O zaman rahat bir nefes almıştım. Eğer Tuvalu denen bir yerde aynı gün yirmi yedi kişi büyükanneyle benim gibi mum üflüyorsa belki de büyükanneyle aramızda talihsiz bir bağ falan yoktu.

Büyükanneyle aramızda geçen sandviç vakasının üstüne birkaç saat sonra Nola Kim kapıyı çaldığı zaman pek heyecanlanmadım. Samson kapının çalındığını duyunca kafasını koridordaki tavan arası kapağından aşağı uzattı. Tucker uzay gemisi yaptığı karton kutuya girerken büyükanne de koltuğunda sıçradı.

"Defol!" diye bağırdı büyükanne yüksek sesle. "Şeker toplayan çocuklarla uğraşamam, dilekçe de imzalamıyorum!"

Gidip kapıyı açtım, Nola kara erik renginde dudaklarıyla neşeyle gülümsüyor, beceriksizce kapkara boyadığı göz kapaklarını kırpıştırıyordu, savaştan çıkmış gibi bir hali vardı. Kızın darmadağınık kahverengi saçları yer yer yeşil ve mora boyanmıştı. Nola boksör bir periye benziyordu –turuncu asker botu giyen, rengârenk punk-rock stiline sahip bir periye. Ağır makyajına rağmen güzeldi.

Aslında bir yanım Nola Kim'den hoşlanmayı istiyordu. Ama diğer yanım hiç de istemiyordu.

Nola elindeki şişkin poşetle içeri girdi. Büyükannenin evine bininci kez geliyormuş gibi rahat davranıyordu.

"Selam," dedi bana bakarak, sonra Samson'ı daha iyi görebilmek için başını yana doğru eğdi. *Ben Nola Kim, sokağın karşısında oturuyorum* dediği anda Samson başını içeri çekti.

"Bazıları pek arkadaş canlısı değil anlaşılan." Nola, Samson'ın birden ortadan kayboluşuna bir kahkaha attı. Sonra yanımdan geçip seslendi, "Merhaba Bayan B!"

Korkuyla büyükannenin kaba ya da utanç verici bir şey söylemesini bekledim.

"Merak etmeyin Bayan B." Nola odayı çabucak geçti. "Cadılar Bayramı'nda değiliz, herhangi bir şey imzalamanıza da gerek yok. Ben geldim. Sandviç getiren kız. Ama bugün sandviç getirmedim, sadece aileniz için bu güzel poşeti getirdim."

Nola eğilip büyükanneyi yanağından öptü, sanki büyükannenin torunu oydu, ben de ne yapacağını bilemeden kapıda bekleyen komşu kızıydım. Nola, büyükannenin tavırlarından ve tuhaflıklarından hiç de rahatsız oluyor gibi durmuyordu.

Büyükanne, Nola'nın koluna hafifçe vurup gülümsedi. Gülümsedi! Bana sadece ilk geldiğimizde gülümsemişti, o zaman da beni çocukluk arkadaşı Nettie sanmıştı zaten. Büyükannenin Nola'ya gösterdiği düşkünlük göğüs kafesimin içinde ansızın bir kar fırtınası estirdi sanki, kendimi bu kadar katı yürekli hissetmeye alışkın değildim. Bu kadar kıskanç. Bu duygu hiç hoşuma gitmemişti.

Annem kirli bir havluya ellerini kurulayarak odaya girerken, "Merhaba Nola," dedi. "Ne iyi ettin de uğradın. Ben Jenny Beaumont, Patrice'in geliniyim. Bu da Gypsy..." Annem başıyla beni gösterdikten sonra kardeşlerimi görmek için etrafına bakındı. "Oğullarım Tucker ve Samson da buralarda..."

"Annem bunu gönderdi Bayan Beaumont," dedi Nola elindeki poşeti havaya kaldırarak. "Kendisi bütün hafta Chicago'da bir tıp konferansında olacak, babam da birkaç günlüğüne Pueblo'ya, cerrahi yeteneklerine gereksinim duyulan bir hastaneye çalışmaya gitti. Yani o da burada olmayacak. Ama bir şeye ihtiyacınız olursa bana haber vermeniz yeterli." Elindeki poşeti anneme uzattı. "Umarım Kore armudu seviyorsunuzdur. Kabukları biraz sert, yani soymanız gerek."

Annem meyve poşetini alıp ortadan ikiye falan ayrılmasın diye dikkatle tuttu. "Koca evde tek başına mısın Nola? Yemeği bizimle yemek ister misin?"

Hayır de, hayır de, hayır de, diye geçirdim içimden.

Nola'nın gülümseyip başını iki yana salladığını görünce içim rahatladı. Tam, "Teşekkür ederim, ben gayet iyiyim," dediği anda Tucker mukavva kutusunun içinden fırlayıp "*BÖÖ*!" diye bağırdı.

"Of! Bu çocuk çok şamatacı ve şımarık," dedi büyükannem. Nola'nın elini tutarak fısıldadı, "Lütfen giderken onu da götür."

Küçük Tuck gücenmiş görünüyordu.

Nola'ya belli belirsiz gülümseyerek, "Bu Tucker," dedim. Nola da bana gülümsedi ama tam o anda gözleri eşofman üstüme kaydı. Belki de ters giydiğimi fark etmişti. Kaşıntı verici dikişler hayatımı ekstra kaşıntılı hale getirmesin diye bazen kıyafetlerimi özellikle böyle giyerdim. Yüzümün kızardığını hissettim. Babam Nola'nın on beş yaşında olduğunu söylemişti, on beş yaşındaydı ve evde yalnız kalabiliyordu! Bu komşu kızının doğru dürüst giyinmeyi bile beceremeyen bir bebek olduğumu düşünmesini istemiyordum. O sabah saçımı taramış mıydım sahi?

Nola giysim hakkında bir şey söylemeksizin Tucker'a dönüp "Bu kale senin mi küçük tomurcuk?"

Tucker kaşlarını çattı. "Tomurcuk da nedir?"

"Daha çok büyüyecek olan küçük bir bitki."

"Ben küçük değilim," dedi Tucker. "Koskocaman olabiliyorum. Hem de hıphızlı. Yeteneğime erken kavuştuğum için artık ne zaman sinirlensem deve dönüşüyorum. Ayrıca bu bir kale değil, uzay gemisi."

Annemle aynı anda gerildik. Tucker'a defalarca aile sırlarımızı *sır* olarak saklaması söylenmişti. Ama Nola yetenek bahsini anlamamıştı. Bunu küçük bir çocuğun hayal gücü sanmıştı.

"Sanırım koskocaman çeneni geminin sensörlerinden birine ya da bir foton torpidosuna çizdirmişsin," dedi Nola. Tuck çenesini kaldırınca hepimiz uzun çiziği gördük.

"Ah, Tuck!" dedi annem elindeki kirli havluyla Tucker'a yaklaşırken. Nola elini kot pantolonunun cebine sokup renkli yara bantlarından çıkardı.

"Yanımda bunlar var Bayan Beaumont. Merak etmeyin."

Annem güldü. "Yanında her zaman ilk yardım malzemeleri mi taşırsın Nola?"

Kız omuz silkti. "Anneniz de babanız da doktor olunca böyle oluyor." Nola, Tucker'ın uf olan çenesine her renkten birer tane olmak üzere en az beş tane bant yapıştırdı, Tucker, Nola'ya akide şekerine bakar gibi bakarak gülümsüyordu.

"Büyüyünce doktor mu olacaksın?" diye sordu Tucker.

Nola yüzünü ekşitti. "Yok artık. Benim daha heyecan verici planlarım var." Boşalan bant kutusunu cebine geri tıktıktan sonra Nola parmaklarını iyice açıp yay şekline getirerek başının üzerine kaldırdı. "Bir gün adımın ışıklarla yazıldığını ve insanların beni alkışladığını görmek istiyorum," derken gözlerinin içinde hayali flaşlar patlıyordu, "Benim hayalim sahneye çıkıp insanlar için şarkı söylemek. Ayakta alkışlanmak!"

Keşke Nola'daki özgüvenin yarısı bende olsaydı. Hangi konuda iyi olduğunu biliyor, yeteneklerini başkalarıyla paylaşmaktan korkmuyordu.

"İnsanlar için sık şarkı söyler misin Nola?" diye sordu annem.

"Hayır." Nola içini çekti. "Geçen sömestir okuldaki yetenek yarışmasına başvurdum. İlk defa sahneye çıkacaktım. Ama Bo Peters tek tekerlekli bisikletin üstünde gözleri kapalı olarak pikolo çalmaya çalışırken sahneden düştü. Bo'nun geçirdiği bu kaza yarışmanın sonu oldu. Kendimi gösterme fırsatını hiç bulamadım."

O akşam dışarıdan söylediğimiz pizzayı ve Kore armutlarını yedikten sonra Samson'la birlikte içi çöp dolu torbalarla kutuları dışarı taşıdık. Yolun karşısındaki evden bangır bangır müzik sesi geliyordu. Dağların karanlığında Nola'nın ikinci kattaki odasını görmek kolaydı. Perdeleri sonuna kadar açıktı ve Nola odasında bir pop yıldızı gibi dans ediyordu, üzerinde parlak bir kolsuz bluz ve zebra çizgili bir pijama altı vardı. Elindeki saç fırçasını mikrofon gibi tutuyordu. Tek eksiği kendisini alkışlayan kalabalıktı.

Bir de ışıklarla yazılmış ismi.

Bölüm 9

COLORADO'DAKİ İKİNCİ GÜNÜMÜZ DE birinciden farklı değildi. Kahvaltıdan sonra Tucker sokak kedisini içeri aldı. Yaşlı, huysuz cadaloz, yanıp delik deşik olmuş perdelere tırmandıktan sonra kitaplığın tepesine zıplayıp tıslayarak herkese pençe savurmaya başladı.

Öğle yemeğinden sonra Samson yanlışlıkla bahçedeki kuru yapraklarla çam iğnelerini tutuşturdu. Bahçe hortumuyla hemen alevleri söndürdüyse de komşulardan biri dumanı görüp hemen 911'i aramıştı. İtfaiye arabaları gitmeden önce Samson sigara, çakmak ve kibritlerin yol açabileceği tehlikelerle orman yangınları konusunda uzun bir konferans dinlemek zorunda kaldı.

Nola okuldan gelir gelmez tekrar kapıyı çaldı, elinde bir tabak dolusu sandviç vardı. "Alışkanlık işte," dedi.

Büyükanne onu gördüğüne çok memnun olmuştu. "Bunlar beni açlıktan öldürecek!"

"Büyükanne!" diye karşı çıkacak oldum, Nola'ya böyle bir şey yapmadığımızı anlatmak istiyordum. Nola bana bakıp sevimli bir tavırla gözlerini devirdi. Şimdi ondan hoşlanmaya başlamıştım. Kolumu dürtüp "Bayan B'yle ilgilenmek gerçekten zor iş Gypsy. Söylediği şeyleri kişisel alma," dediğinde daha da hoşlanmaya başladım. Nola gittikten sonra ton balıklı sandviçlerden birinin tadına baktım. Büyükannem haklıydı. Sandviç gerçekten çok lezzetliydi.

O akşam Büyükanne Pat yüzücü gözlükleri ve benekli kumaştan bikinisiyle koridorda yürüyordu. Elinde içi bozuk parayla doldurulmuş bir çorap vardı. Çorabın burnu delik olduğundan büyükannemin her adımında yere ya beş sent ya bir peni ya da on sent düşüyordu. Annemle birlikte büyükanneyi odasına götürdük. Annem büyükannemin geceliğini giydirmek için mücadele ederken ben de para dolu çorabı alıp içindekilerin dökülmemesine dikkat ederek şifonyerin üstüne koydum.

Annem terliklerini giydirirken büyükanne, "Oğlum da seni tanısın isterdim," dedi. "Seni evlendiği o sözümona *mükemmel* kadından çok daha fazla sevdim." Annem donup kaldı. Sonra gevşeyip güldü.

"Bu bir iltifat mıydı yoksa hakaret mi bilemiyorum."

Büyükanne uyuyunca annem zihnini boşaltmak için yürüyüşe çıktı. Ne var ki gitmesiyle gelmesi bir oldu, tepeden tırnağa kokarca gibi kokuyordu.

Gece yarısı su içmek için kalktığımda annemi mutfakta, hazır alınmış bir pastanın başında otururken buldum. Başını eline dayamıştı, çatalını pastanın üstündeki çiçek şeklindeki şekerlemeye saplıyordu. Burnumu tıkamamak için kendimi zor tutarak yanındaki sandalyeye oturdum. Annem yıkanıp güzelce ovunduğu halde hâlâ berbat kokuyordu.

"Pasta?" Annem çatalını bana uzattı. Başımı iki yana salladım. Pastalar kutlamalar içindi, bense ortada kutlanacak bir şey göremiyordum.

"Her şey yoluna girecek. Değil mi anne?" Eşofman üstümün kol ağzından sarkan ipliği çekip dikişin sökülüşünü izledim. Annem parmaklarını elime doğru sallayarak beni durdurdu.

"*Yüreğinin sıkılmasına müsaade etme Gypsy,*" dedi annem. "*Korkuya kapılmasına da izin verme.*" Annem elimi sıktıktan sonra ekledi, "Elbette tatlım. Her şeyin yoluna gireceğine eminim. Er ya da geç." Annemin sözlerinden teselli bulmaya çalıştım ama annem büyükanneyi ve saat kulesini gördüğümü bilmiyordu. Tam hepsini anlatacaktım ki annem uzanıp gözlüğümü aldı ve gömleğinin eteğiyle gözlük camlarımı silmeye başladı. Bu kötüye işaretti. Bir hafta önce olsa annem sormadan gözlüklerimi almazdı, geleceğe dair görüntüler görmemek için gözlerimi kapamama zaman tanırdı.

"Sence yeteneklerimiz eski haline döner mi?" diye sordum gözlüklerimi alırken.

"Aslını istersen, Gypsy," dedi annem. Sonra yorgun gözlerle bana baktı. Uzun süre konuşmadan ve kımıldamadan öylece oturdu, sonunda acaba fark etmeden zamanı mı durdurdum diye meraklanmaya başladım. Ama nihayet o gülüşüyle gülüp "Ne olacağını hiç bilmiyorum. Ama keşke *sen* bilseydin," dedi.

Keşke bilmeseydim.

*

Televizyonun sesiyle sıçrayarak uyandım. Cuma sabahıydı. Cumartesi günü babam nakliye kamyonuyla gelecek ve yine hep bir arada olacaktık. En azından plan buydu.

"Herkes hazırlıklı olsun," diyordu Kanal 3'teki hava durumu sunucusu kadın. "Saat altıda kuvvetli bir fırtınanın başlaması bekleniyor. Öğleden sonra sıcaklığın düşmesiyle kar yağışı başlayacak..."

Gözlüklerimi arandım, keşke bu değişim görüşümü de düzeltseydi diye düşünüyordum. Samson ve Tucker da uyanmıştı. Hep birlikte uğursuz hava tahminlerine büyük bir şevkle devam eden meteoroloji uzmanını dinliyorduk.

"Şiddetli tipiyle birlikte kar kalınlığının geceyarısına kadar Denver civarında yetmiş santimetreye yaklaşacağı tahmin ediliyor. Yetkililer halkın bu akşam evden çıkmamasını ve..."

"Kar mı?" diye haykırdım, içimden *hayır-hayır-hayır* diyordum. Önce taç, şimdi de yaklaşan tipi. Lanet olsun! Saat kulesi sahnesinin parçaları gitgide daha çok yerine oturuyordu. Son iki gündür havanın güneşli ve sıcak olması beni yanıltmıştı. Gördüklerimin yakın bir zamanda gerçekleşme tehlikesi olmadığını sanmıştım.

"Umarım babanız hava yüzünden gecikmez," dedi annem oturma odasına girerken, bir yandan da gömleğindeki pasta kırıntılarını silkeliyordu. Hiç uyumamış mıydı yoksa?

"Merak etme anne," dedi Tucker esneyerek. "Bir kar fırtınası bile babamı durduramaz. O asla pes etmez. Bu onun her zamanki sıradan yeteneği."

"O değişimden önceydi." Samson'ın sesi sert çıkmamıştı ama karamsardı.

"Tucker haklı çocuklar," dedi annem. "Babanız bizi asla yüzüstü bırakmaz, değişimden önce ya da sonra. Ayrıca bu değişim bizden başka kimseyi etkilemedi."

Annemin yeteneklerimize ne olduğunu öğrenmek için telefonda Fish, Mibs, Dinah teyze ve Autry amcayla konuştuğunu duymuştum. Ama kimsenin yetenekleri böyle tersine dönmemişti. Kimse bunu düzeltmek için ne yapmamız gerektiğini bilmiyordu. Yan gözle Büyükanne Pat'e baktım, hâlâ bu değişimin *onun* yüzünden olduğundan şüpheleniyordum... Gerçi şimdi büyükannenin hayatı da değişmeye başlıyordu, hem de düzeltilecek ya da kontrol edilebilecek bir değişim değildi bu.

Beklendiği üzere öğleden sonra pencereler şiddetli rüzgârla zangırdamaya başladı, hava sıcaklığı da Tanrı buzdolabının kapısını açmış gibi düşmüştü. Sıcak tutan favori eşofman üstümü giydiğim için şükrediyordum, kocaman camgöbeği eşofman üstüm açık yeşil taytımın dizlerine kadar iniyordu.

Öğleden sonrayı eski fotoğraflar ve hatıra eşyalarla dolu kutuları ayıklayarak geçirdim. Büyükannemin gülümseyen, kıvırcık saçlı genç kız fotoğraflarından oluşan desteyi karıştırırken genç Patrice'le neredeyse ikiz gibi olduğumuzu fark etmemiş gibi yapmaya çalışıyordum. Babamın da bir sürü çocukluk fotoğrafı vardı, belki bininci kez bu kadar katı yürekli bir anneden böyle tatlı ve sevecen birinin nasıl doğduğunu merak ettim. Ama babam her zaman büyükannenin kötü bir anne olmadığını söylerdi, büyükanne sadece otoriterdi, dedem öldükten sonra babamı tek başına büyütmek için çok fazla çalışmak zorunda kalmıştı.

Büyükbaba Walter'ın cenaze programına bakarken gözüme bir şey ilişti. Kalbimi sıkıştıran, nefesimi kesen bir şey.

Ellerim titreyerek kutudan dikdörtgen şeklinde buz mavisi bir kâğıt çıkardım. Bu bir davetiyeydi: Denver, Colorado, Larimer Lisesi Kış Balosu davetiyesi, tarihi çok eskiydi. Acaba çarşamba günü beni Nettie Arbuckle sandığında Büyükanne Pat bu balodan mı bahsediyordu?

Ama beni ürküten şey davetiyenin kendisi değildi, davetiyenin üstüne gümüş rengi kabartmayla yapılmış binanın resmiydi, bana korkutucu şekilde tanıdık gelen bir saat kulesi olan lise binasının resmi. Bu kuleyi biliyordum. Mimarisi hafızama kazınmıştı.

Büyükanne elimdeki davetiyeyi birden çekip alınca ödüm patladı.

"Keşke babam baloya gitmeme izin verse Nettie!" dedi büyükanne. Demek yine Nettie Arbuckle olmuştum. "Cleavon Dorsey'nin beni baloya davet ettiğini söylemiş miydim? Ne yapıp edip gitmem lazım. Muhakkak gitmeliyim! İzin vermediği için babamdan nefret ediyorum." Büyükanne davetiyeyi göğsüne bastırarak dönmeye başladı. Cleavon'ı düşleyerek odada döne döne dans ediyordu, tıpkı Flint's Market'ta aşağılanmadan önce benim de yapmayı sevdiğim gibi.

Ayağa kalkıp büyükannenin iki yana sallanıp parmak uçlarında dönüşünü izledim. Yürümeyi yeni öğrenen çocuğunun peşinden giden bir ebeveyn gibi kollarımı uzatarak, her an tutmaya hazır şekilde büyükanneyi takip ediyordum. Bazen ben büyümek için uğraşırken büyükanne gittikçe gençleşiyormuş gibi geliyordu.

Bölüm 10

BİR SAAT SONRA SAAT kulesi sahnesinin gerçeğe dönmesini engelleme şansım daha da azaldı. Ben banyoya gidip ellerimi yıkayana kadar Büyükanne Pat üstünü değiştirmişti.

Banyodan çıkarken Samson başıyla büyükanneyi işaret ederek, "Baloya gideceğini söylüyor," dedi. Oturma odasının duvarına yaslanıp kollarını göğsünde kavuşturmuştu, ayağına kocaman Sorrel kar botlarını geçirmeye çalışan büyükanneyi izliyordu. Gümüş rengi kat kat balo elbisesinin dantelleriyle tülleri büyükannenin ayaklarına dolaşıyor, büyükanne botunun bağcıklarını bağlamak için eğildiği her sefer kafasındaki kararmış taç yumuşak saçlarının üstünde yana kayıyordu. Tucker kanepeye oturmuş, ponpon bağcıklı beyaz tavşan kürkü okşamakla meşguldu.

Kar fırtınası yaklaşıyordu ve Büyükanne Pat'in saat kulesi kostümü neredeyse hazırdı, büyükannenin dudakları bile mercan pembesine boyanmıştı. Kader büyükanne için ağlarını ördüyse planlarını tekrar gözden geçirmesi gerekecekti. Büyükanneye kötü bir şey olmasına izin vermeye hiç niyetim yoktu. Ne o akşam ne de başka bir zaman. Büyükanneye üzerindeki balo elbisesini çıkarttıracaktım. Sonra da Samson'dan elbiseyi yakmasını isteyecektim.

Ama ne kadar yalvarıp yakarsam da büyükanne o korkunç elbiseyi çıkarmaya yanaşmadı. Beni itip Tucker'ın elindeki kürkü kaptı. Sonra ayaklarını yere vura vura gidip kendini odasına kilitledi.

Annem oturma odasının kapısından başını uzattı. "Her şey yolunda mı?"

Yüzümü buruşturarak başımı salladım. Sonra başımı iki yana salladım. Gördüğüm korkunç sahneyi anlatmak için ağzımı açtım. "Anne, ben..."

"Pastamız bitmiş, yani *bandımız*. Hiç koli bandımız kalmamış," diye sözümü kesti annem, sonra paltosunu sırtına geçirip arabanın anahtarlarını aldı.

"Dışarı mı çıkıyorsun?" Samson kollarını çözüp anneme doğru yürüdü, gözleri endişeyle parlıyordu. "Anne! Araba kullanmayacaksın değil mi? Seni ben götüreyim."

"Sadece markete kadar gidip geleceğim Samson. Merak etme. Yiyecek bir şeyler de alacağım. Dikkatli olacağım, söz veriyorum." Annem dimdik durup Wonder Woman gibi yumruklarını beline dayadı. "Yeni sakarlık yeteneğimin yaşantımı etkilemesine izin vermeyeceğim. Potların ve sakarlıkların yüzüne güleceğim. Ha ha ha!"

Annem kendi cesaret gösterisine kıkırdayarak kapıya doğru giderken bir deneme daha yaptım. "Anne bekle!" diye seslendim, "Gerçekten sana söylemem gereken..."

"Jöleli şeker de al anne!" diye bağırdı Tucker sözümü keserek. "Jöleli şeker! Jöleli şeker!"

Ben sözümü tamamlayamadan annem gitti. Büyükannenin elbisesi ve düşüşüyle ilgili meseleyi anlatmak için arkamı döndüğümde Samson da çoktan tavan arasına çıkmıştı bile.

Bir saat boyunca sırtımı büyükannenin kapısına yaslayarak oturdum. Tucker oturma odasında çizgi film izliyordu. Samson yukarıya çekilmişti, muhtemelen kendi başparmağının ışığında kitap okuyordu. Büyükannenin huysuzluğu sanki kapı çerçevesinin çatlaklarından sızıyor, soğuk soğuk sırtıma vuruyordu. Ama birkaç gürültü patırtıdan sonra oda sessizliğe büründü.

Belki erken yatmıştır diye geçirdim içimden, büyükannenin sıcacık battaniyelerin altında güvenle yattığını düşününce rahat bir nefes aldım. Güneş batmıştı, evin içi karanlık olmaya başlamıştı. Karanlıkta oturmak zorunda da kalsam nöbet yerimden ayrılmayacaktım. Büyükanne parti kıyafetiyle odasından çıkmaya kalkarsa ona engel olacaktım.

Bir süre sonra Tucker televizyonu kapatıp koridora çıktı, kucağında peluş kedisi vardı, peşi sıra bir battaniye sürüklüyordu.

"Ne yapıyorsun Gypsy?"

"Büyükanne Pat'in güvende olmasını sağlıyorum."

"Unutkanlık hastalığına yakalandı diye mi?" Kardeşim de yanıma oturup sırtını kapıya dayadı.

"Evet Tuck. O yüzden. Ve... başka şeyler yüzünden."

Tucker'a gördüklerimden bahsetmek istemedim. Hem bana yardım edemeyecek kadar küçüktü hem de onu korkutmak istemiyordum. Zaten ikimiz de kapısında otururken büyükanne hiçbir yere gidemezdi.

Gözlüklerimin arkasından gözlerimi ovuşturarak saat kulesi sahnesini tekrar tekrar aklımdan geçiriyordum, kapı ısrarla çalınmaya başlayınca kafamı kaldırdım.

Ayağa fırladım, annemin sonunda döndüğünü ve poşetleri taşımak için yardıma ihtiyacı olduğunu düşündüm. Kapıya doğru giderken Tucker da peşimden geliyordu.

Tak tak tak!

Güm güm güm!

Çın çın çın!

Yaptığım uyduruk çanlı zil sanki Noel Baba içeri alınmak için yaygara koparıyormuş gibi sesler çıkmasına sebep oluyordu. Ama kapıya vuran Noel Baba değildi. Annem de değildi. Nola Kim'di.

"Bayan B. nerede çocuklar?" diye sorduktan sonra yeşil dar kot pantolonu ve mor postallarıyla yanımızdan geçip içeri girdi. Büyük bir makyaj çantasını ve yarım düzine Mall of Denver alışveriş torbasını yere bıraktı. Büyükannenin koltuğunu boş görünce omzumu tuttu.

"Hâlâ burada olduğunu söyle! Büyükannenin düşündüğüm şeyi yapmadığını söyle."

"Büyükanne bir saattir odasından hiç çıkmadı," dedim afallayarak. Ama şimdiden içimi kötü bir his kaplamıştı.

"Neler oluyor?" Tucker bakışlarını Nola'ya çevirdi.

Nola cevap vermedi. Onun yerine kutu yığınlarına çarpmamaya çalışarak ve tavan arası merdiveninin yanından kıvrılarak koridorda koşmaya başladı. Tucker ve ben de hemen arkasındaydık.

Nola, büyükannenin kapı kolunu oynattı. Kapı hâlâ kilitliydi.

"Büyükanne uyuyor," dedim haklı olmayı umarak. Ama bunun doğru olmadığını şimdiden biliyordum.

"Uyumadığına eminim." Nola pullarla süslü şapkasının altından bir tel toka çekip dizinin üstüne çöktü. Tokayı düz hale getirip bir ucunu kapı kolunun ortasındaki deliğe soktuktan sonra kilidi açmaya çalıştı.

Kalbim yerinden çıkacak gibiydi. Tucker'ın bilye yutmasına engel olamamıştım. Bayan Foster'ı sabuna basıp kaymaktan alıkoyamamıştım. Ne diye şimdi gelecekte olacak bir şeyi engelleyebilceğim düşüncesine kapılmıştım ki?

"Neler oluyor?" Arkamda Samson'ın sesini duyunca sıçradım. Samson'ın siyah tişörtü toz içindeydi, yırtık kotunun cebine ciltsiz bir kitap sokuşturmuştu. Kitabın sayfalarının kenarları yanıp kapkara olmuştu. Demek Samson tahmin ettiğim gibi tavan arasında kitap okuyordu.

Samson, Nola'nın büyükannenin kapısında diz çöktüğünü görünce şaşırdı. Bu kez kaçıp gitmedi. Kokup kokmadığına bakmak için hemen tişörtünün koltuk altlarını kokladı. Daha önce Samson'ın bir kızın yanında bu kadar acayip davrandığını görmemiştim. Çok tuhaftı. Durum bu kadar ciddi olmasa onunla dalga geçerdim.

"*Neler oluyor?*" diye tekrarladı Samson.

"Arkadaşlarımla Denver'a alışveriş yapmaya gitmiştim, beni eve az önce bıraktılar..." diye anlatmaya başladı Nola başını kaldırmadan, hâlâ kilidi açmaya çalışıyordu. Birkaç başarısız deneme daha yaptıktan sonra tokayı öfkeyle yere fırlatıp ayağa kalktı. "Arkadaşlarım giderken ben de onlara el sallıyordum, onu o zaman gördüm... şey..." Susup başını iki yana salladı. "Kendiniz göreceksiniz zaten. Çok kötü. Gerçekten çok kötü!"

Nola dönüp avucunu geçit vermeyen kapı koluna indirdi. Tucker yardım etmek için kararlı bir ifade takınarak minicik omzuyla kapıya yüklendi. Zihnimde büyükannenin yerde yattığını ve kalkamadığını canlandırıyordum. Onu yaralı ya da ölü olarak görüyordum. Samson'ın hayalinde de aynı şeyler canlanmış olacak ki botunun burnuyla kapıya bir tekme indirdi.

Büyükanne ne yatağındaydı ne de yerde... odasında yoktu. Nola'nın neden o kadar telaşlandığını şimdi anlamıştık. Odanın perdelerinden içeri sızan buz gibi hava pencereden aşağı sarkan birbirine bağlanmış çarşafları fark etmemizi sağladı. Pencere yerden ancak bir metre yüksekteydi, büyükanne kaçış planını yaparken daha yüksek olduğunu sanmıştı herhalde. Pencereyi arkasından kapatmak için elinden geleni yapmıştı ama bükülü çarşaflar camın tamamen aşağı inmesine engel olmuştu.

Hepimiz ne olduğunu anlamıştık... Büyükanne Pat gitmişti.

Bölüm 11

"BÜYÜKANNE GERÇEKTEN BURADAN MI gitmiş?" dedi Tucker pencereden eğilerek, eliyle camı yukarıda tutarak hayranlık içinde büyükannenin kaçış yolunu inceliyordu. "Hey, Gypsy! Samson! Ben de camdan aşağı inebilir miyim? Sadece bir kereliğine... denemek için, olmaz mı?"

"Hayır Tuck," dedik Samson'la aynı anda.

"Yaa! Burası o kadar da yüksek değil ki."

"911'i aramamız lazım," dedi Nola duruma el koyarak. Ceplerinde telefon aranırken pencereden yatağa, sonra tekrar pencereye yürüdü.

"Belki de polise haber vermeden önce büyükanneyi aramalıyız," dedim. "Hâlâ yakınlarda olabilir. Muhtemelen yoldan aşağı birazcık yürümüştür." Böyle olması için dua ediyordum.

"Gypsy haklı." Samson başını sallayarak beni onayladı.

İkimizin de aynı korkularla polisi aramak istemediğini biliyordum. Ya polis geldiği zaman Tucker deve dönüşürse, polis arabasını alıp oyuncakmış gibi fırlatıverirse? Ya Samson ağzından alev çıkarıp polisin şapkasını tutuşturursa?

"Ben beklemeyeceğim." Nola 911'i tuşlayıp telefonu kulağına götürdü, Samson'la bana kınar gibi bakıyordu. "Büyükannenizin ne kadar hasta olduğunu daha anlayamadınız galiba," dedi telefonun açılmasını beklerken. "Dışarısı karanlıkken ve fırtına yaklaşırken ağırdan alamayız. Şerifle konuşup durumu haber vereceğim. Siz üçünüz gidip kapıları çalın. Bütün komşular aramada bize yardım etsin. Anneniz nerede?"

"Markete gitti," dedim. *Uzun zaman önce*, diye geçirdim içimden.

Samson'ın bileğini kavrayıp kolunu kendime doğru büktüm ve çatlak kol saatinin kaçı gösterdiğini anlamaya çalıştım. "Neredeyse altı olmuş," dedim Samson'ın kolunu sarsarak. "Annemin şimdiye dek gelmesi gerekirdi. Yemek getireceğini söylemişti."

"Araba kullanmasına izin vermemeliydim," diye homurdandı Samson. Sonra daha yüksek sesle, "Of! Bıraksana Gypsy! Kolumu kıracaksın," diye terslendi. Samson'ın kolunu bıraktım. Hem de hemen. Samson'ın teni ısınmaya başlamıştı. Kontrolünü kaybetmek üzere olmasından korkuyordum.

"Samson, bence..." Sözümü bitiremeden Samson'ın gözleri parıldadı, kafasından yükselen bir alev sütunu tavanı yaladı.

Nola bir çığlık atıp geri geri kaçmaya çalışırken parlak korlardan oluşan bir fırtına Samson'ı sardı. Nola'nın elinden fırlayan telefonun Tucker'ın kafasının üstündeki cama doğru uçtuğunu gördüm. Tuck hâlâ pencereyi tutuyordu, karanlığa doğru eğilerek ön bahçede Büyükanne Pat'i arıyordu. Arkasını döndüğü anda Nola'nın telefonu kafasının üstündeki camı kırıp geçti.

Kalbim yerinden çıkacak gibiydi. Düşünemiyordum. Kollarımı yüzüme doğru kaldırıp gözlerimi sıkıca kapattım, küçük kardeşimin sağının solunun kesildiğini görmek istemiyordum. Biri bağırmaya başladı, sesi tıpkı benimkine benzeyen biriydi bu. Ağzımdan çıkan tek bir kelime evin içinde yankılandı... ve tüm gezegeni sardı.

"DUUUUUUUUUUUUUUUUUR!"

Yine yapmıştım. Zamanı durdurmuştum. Bir kez daha kıpırtısız bir dünyada tek başımaydım. Şimdi durup soluklanabilirdim. Büyükannenin yatağına oturup kafamı toplamaya çalışabilirdim. Ama damarlarıma çok fazla adrenalin pompalanıyordu. Zamanın ne kadarlığına durduğunu bilmiyordum.

Kalbim deli gibi atarken hemen harekete geçtim. Fırlayıp Tucker'ı hemen başının üstünde asılı kalmış cam parçalarının altından çektim. Kırılan camın biraz ilerisinde havada duran telefon yıldızlara geri dönmeye çalışan minik bir ufoya benziyordu.

Nola'nın bakışları Samson'a sabitlenmişti: Parıldayan gözlerine, alevler içindeki saçlarına ve yanan hulahuplar gibi etrafını çeviren kızıl-turuncu kor girdaplarına bakıyordu. Kızın yüzü yaşadığı şokla çarpılmış ve öyle donup kalmıştı, ağzı yamulmuştu, gözleri yarı kapalıydı. Kendi kendisinin aptal bir snapshot'ı gibi görünüyordu. Her genç kızın elinde olsa paramparça edeceği türden kötü bir fotoğraf gibi.

Komşu kızının Samson'ın ateş şovunu daha fazla görmesini nasıl engelleyeceğimi bilmediğimden büyükannemin uyurken taktığı göz maskesini komodinin üstünden alıp Nola'ya taktım.

Sonra mutfağa koşup bir tabureyle buzlu çay dolu sürahiyi getirdim. Elimden geldiğince Samson'ın alevleriyle korlarından kaçınmaya çalışarak tabureye çıktım ve buzlu çay dolu sürahiyi kardeşimin kafasına geçirdim. Sürahiyi olduğu yerde, içinde patlamaya hazır su balonu olan bir şapka gibi bıraktım. Zaman akmaya başlar başlamaz üç buçuk litre buzlu çayın Samson'ın alevlerini söndürmeye yeteceğini umut ediyordum.

Tabureden inince Larimer Lisesi kış balosu davetiyesinin büyükannemin şifonyerinin üstündeki aynaya bantlanmış olduğunu gördüm. Büyükanne davetiyenin yanına koleksiyonundaki peçetelerden birine karaladığı bir not yapıştırmıştı. Peçetenin kenarları oymalıydı ve kar tanesi desenliydi. Bıraktığı mesaj baloya gitmesine izin vermeyen, uzun zaman önce ölmüş babası içindi. Notu okurken ellerim titriyordu.

Ne düşündüğün umurumda değil.
Bu akşam Larimer Lisesindeki baloya gidiyorum.
Peşimden gelmeye kalkma!

Büyükannenin oraya gitmesine hiç şaşırmadım ama kendimi yenilgiye uğramış hissediyordum. Ne kadar uğraşsam da hiçbir şeyi değiştiremiyordum. Gelecekte olacak korkunç olayların önüne geçemiyordum. Yine Suds o' Heaven sabunlarında olduğu gibi bir fiyaskoyla karşı karşıyaydım. Ama bu kez risk daha yüksekti. Altı kat daha yüksek.

Büyükanne Pat bilmese de geleceği sadece benim ellerimdeydi.

"Saçmalama," dedim aynada kendime bakarak. "Denver Evergreen'den kilometrelerce uzakta. Büyükannenin onca yolu yürümesine imkân yok. Araba da kullanamaz, zaten arabası da yok. Şimdi zamanı da durdurduğuma göre bir adım daha uzağa gidemez." Eğilip aynaya yaklaştım, burnum neredeyse aynadaki burnuma değecekti.

"Saat kulesi felaketini engelleyebilirsin," diye fısıldadım. "Bunu önleyeceksin!"

Davetiyeyle notu kaptım. Sonra paltomu alıp kar botlarımı giyerek büyükanneyi aramak için dışarı fırladım.

Televizyon gün boyunca yaklaşmakta olan fırtına için uyarılar yapıp durmuştu. Şimdi sert ve uğursuz tipi ayı ve yıldızları yutacak kocaman beyaz bir kurt gibi uzakta pusu kurmuş bekliyordu. Büyükannenin hastalığının da anılarını böyle yalayıp yuttuğunu düşününce bunun büyükanne için ne denli korkunç olduğunu anlar gibi oldum.

Dönemeçli yolda bir aşağı bir yukarı bakarak büyükannenin hangi taraftan gittiğini kestirmeye çalışırken gözüme gümüş rengi bir şey ilişir gibi oldu. Ne olduğuna bakmak için yaklaştığımda parlayan şeyin asfaltın üstündeki on sentlik bozukluk olduğunu gördüm. Parayı alıp cebime koydum. Birkaç adım ileride bir peni buldum. Sonra iki tane beş sentlik ve bir on sentlik daha.

Dönemeçli yolun kenarındaki beyaz yol çizgisini izleyerek evlerin, çam ağaçlarının önünden geçip büyükannenin bozuk paralarını takip ettim, çorabın içinde beni büyükanneye ulaştıracak kadar bozukluk olması için dua ediyordum. Tepeden inerken attığım her adımda kendimi biraz daha yalnız ve kimsesiz hissediyordum.

Artık yolda peni ya da beş sent bulamaz olduğumda büyükannenin izini kaybettiğimden emin olup geri dönmeye karar verdim.

İşte tam o anda onu gördüm. Başka bir bozukluk değildi, beyaz bir kürk topuydu: Büyükannenin paltosunun ponponlarından biriydi. Ponpon yolun karşısında yerde duruyordu, Hiwan otoparkındaki otobüs durağının hemen yanında. Otopark ağaçlıklı bir parkla küçük bir kilisenin arasında kalan geniş bir alandı, insanlar arabalarını buraya bırakır, şehre giden otobüslere binerlerdi. Yolun karşısına geçip tüylü ponponu aldım. Büyükanne ortalarda yoktu.

Büyükanne buraya son kez geldiğinde Nola ve annesi fazla uzaklaşmadan onu bulmuşlardı. Nola onunla eve kadar yürümüştü. Yoksa Büyükanne Pat bu kez Denver'a giden bir otobüse binmeyi başarmış mıydı? Üstündeki o giysilerle hem de. Nefesim daralıyordu. Otobüsler ve Beaumont'lar birbirleriyle pek geçinemezdi.

Büyükannenin kış balosu davetiyesini cebimden çıkarıp bir kez daha baktım. Parmaklarımı Larimer Lisesi saat kulesi kabartmasının üzerinde gezdirirken ellerim titriyordu. Denver devasa bir yerdi. Banliyöler, gökdelenler ve lunaparklar vardı. Hayatımın büyük kısmını uzun otlarla kaplı çayırlık eyaletlerin arasında, yazın mısırla, kışın buğdayla ve uzanıp giden bir hiçlikle çevrili yaşadığım için büyük şehirlerde hiç zaman geçirmemiştim. Büyükanneyi tek başına Denver'da düşündükçe mahvoluyordum, büyükanneyi aramak için oraya kendi başıma gideceğim düşüncesi de beni boğuyordu. Şehre inmiş bir kır faresi gibi hissediyordum.

Zaman artık akmadığı için Denver'a gitmenin tek yolu otoyoldan elli kilometre yürümekti.

Zamanı yeniden başlatmam gerekiyordu.

Dönemeçli yoldan koşarak geri döndüm. Sessizliğin içinde botlarımın çıkardığı sesleri dinlerken geçen pazar günü zamanı başlatmak için ne söylediğimi ya da ne yaptığımı hatırlamaya çalışıyordum. Ama o güne dair anılarım hâlâ bulanıktı.

Gözlerimi asfalttan ayırmadan bir sürü kelimeyi art arda tekrarlayarak koşuyordum. Sonunda doğru sözleri bulacağımı umut ediyordum.

"Başla, başla, başla..."

"Devam, devam, devam..."

"Tik tik tak..."

"Lütfen, lütfen, lütfen..."

Son seferde de aynı kelimeleri denemiştim. Pazar günü bunlardan hiçbiri işi yaramamıştı, şimdi de yaramıyorlardı. Sihirli söz neydi?

Kötü bir gün geçiriyordum. Büyükbaba Bomba'nın yeteneği ona dağları hareket ettirme gücü vermişti, geleceği görme yetisi değil, ama yine de kötü birkaç gün geçireceğimi tahmin etmiş olsa gerekti. Yoksa doğum günü kartıma zamanın en kötü günlerde bile koşarcasına akıp gittiğiyle ilgili o Shakespeare sözlerini neden yazsındı ki? Şimdiyse koşan zaman değil bendim. Ve yorulmaya başlamıştım.

Tepenin yarısına vardığımda yavaşladım, sonra da durdum. Hem bacaklarımın hem de ciğerlerimin molaya ihtiyacı vardı. Temiz dağ havasını içime çekip kendi kendime bu akşamın öyle ya da böyle elbet biteceğini söyledim.

Bakışlarımı asfalt ve çakıllardan kaldırıp etrafımı inceledim, tepeleri, yıldızları, ağaçları, hatta yaklaşmakta olan karla yüklü fırtınayı. Belki de tüm bunlar bir amaca hizmet ediyordu. Büyük bir plana. Bilmiyordum. Bildiğim şey fırtınayı sonsuza dek tutamayacağımdı. Bir fırtınanın yaklaşmakta olduğu gerçeğiyle yüzleşmek zorundaydım.

"Olabileceğin kadar hazırsın Gypsy," dedim kendi kendime. Derin bir nefes aldım. Nefesimi tekrar salarken fısıldadım, "Ne olursa olsun." Sonra üç kez daha aynı şeyi yaptım. Nefes al. Nefes ver. *Ne olursa olsun.*

Kendimi biraz daha iyi, daha sakin hissederek tekrar koşmaya başladım, yavaşça Büyükbaba Bomba'nın doğum günü kartıma yazdığı sözleri tekrarlıyordum.

Buz gibi esen rüzgâr saçlarımı yüzüme yapıştırıyordu, tir tir titriyordum. Burnuma bir kar tanesi kondu. Çamları sallayan rüzgârın ve uzaktan gelen trafiğin sesini dinleyerek koşuyordum. Bir araba korna çalınca ödüm patladı. Nihayet pasta ve koli bandı dolu poşetlerle marketten dönen annemi görmeyi umut ederek arkamı döndüm. Yanımdan yabancı sürücüsüyle bir kamyonet geçerken zamanın ben fark etmeden yeniden akmaya başladığını anladım.

Sonunda doğru sözleri bulmuş muydum yani? Belki de büyükbaba doğum günü kartının içine *ne olursa olsun* yazarak ölmeden önce bana son bir hediye vermişti.

"Teşekkürler büyükbaba!" diye bağırdım gri gökyüzüne doğru.

Kar taneleri sıklaşırken hoplaya zıplaya koşmaya başladım. Yeteneğime hâkim olmanın yolunu bulduğumu düşünerek dans edip şarkılar söylemek istiyordum. Ama yavaşlayamazdım. Dünya yeniden döndüğü için büyükanneyi bulma yarışı asıl şimdi başlamıştı.

Bölüm 12

EVE VARDIĞIMDA SAMSON VE Tucker yolun ortasında büyükanneye ve bana sesleniyorlardı. Büyükannenin evinin kapısı açıktı, bahçeye ışık vuruyordu. Nola az evvel bir deprem yaşamış gibi kapı pervazına yapışmıştı, dünya hakkında bildiği ne varsa tersine dönmüş olmalıydı. Ailece sahip olduğumuz yeteneklere ilk kez tanık olmak bazen insanlar üzerinde bu etkiyi yaratırdı.

Zaman yeniden akmaya başladığında Nola'nın neler hissettiğini tahmin etmeye çalıştım. Samson'ın alev alışını izlerken bir anda kendini gözleri bağlanmış halde bulmuştu, Tucker aniden pencereden yok oluvermişti, alevleri sönen Samson ise buzlu çay içiyordu, ben de ortadan yok olmuştum.

"Gypsy!" Yolda koştuğumu gören Tucker haykırdı.

"Demek geldin!" Samson üç uzun adımda yanımda biti-verdi. Sıcak ve ıslak bir kucaklamayla bana sarıldı. "Sürahi kafama iner inmez yine zamanı durdurduğunu anladım. Zaten geçen sefer zamanı durdurup yeniden başlattığında olduğu gibi yine midem bulanıyordu."

"Evet, benim de," diye mızıldandı Tucker karnını tutarak. "Bunu yapmandan hiç hoşlanmıyorum Gypsy."

Samson bana sıkı sıkı sarıldı. "Seni bulamayınca..."

"Uf," diye sızlandım kardeşimin sıcak gömleğine bastırılmış halde. "Ben de seni seviyorum Samson ama beni eziyorsun. Ayrıca kavruluyorum."

"Bu kez ne kadar süre tek başına kaldın?" diye sordu Samson, bir adım geri çekilse de hâlâ omuzlarımdan tutuyordu. Endişeli hali beni gülümsetti. Ağabeylerimin hepsinin ortak özelliği aşırı korumacı olmalarıydı.

"Çok fazla değil," dedim. "Ama acele etmemiz lazım." Gökyüzünü gösterdim. "Fırtına gelmek üzere, ayrıca büyükannenin Denver'a giden bir otobüste olduğuna eminim."

"Otobüs mü? Denver'a mı?" Samson'ın ağzı açık kaldı.

"Denver neresi?" diye sordu Tuck.

Büyükanne Pat'in kış balosu davetiyesini, peçeteye yazılmış notu ve kürk ponponu çıkarıp Tucker ve Samson'a gösterdim.

"Daha önce söylemeye çalıştım," dedim, "ama kimse dinlemedi. Yeteneğimdeki değişimden hemen önce geleceğe dair bir sahne gördüm. Bu akşam gerçekleşecek bir şey..."

Hâlâ bahçede duruyorduk, onlara saat kulesinde olacaklara dair gördüklerimin bir özetini geçtim. Gördüğüm yaşlı kadını uzun süre boyunca nasıl ben sandığımı anlattım. Kırmızı kollardan çıkan ellerden ve büyükanneyi kurtaracak olanın ben olduğumdan bahsetmedim. Bu sadece Samson'ın endişesini artırırdı ve daha fazla alev riskini göze alamazdım.

Tucker çok şaşkın görünüyordu. Nola ben konuşurken yavaşça yanımıza sokulmuştu, bize mor renkli tek boynuzlularmışız gibi bakıyordu.

Gördüklerimi Samson'a anlatmayı bitirdiğimde titriyordum. "Annem neden hâlâ gelmedi?" diye sızlandım. "Ona ihtiyacımız var!"

"Merak etme Gypsy," dedi Samson. Beni hâlâ ağzı açık duran Nola'nın yanından geçirip eve götürdü. "Büyükannenin telefonundan annemi ve Nola'nın söylediği gibi polisi arayalım. Annem nerede bilmiyorum, şimdiye dek dönmüş olmalıydı. O eve döner dönmez hep birlikte büyükanneyi aramaya gideriz. Ama araba olmadan..."

"Be-benim arabam var." Nola'nın sesini duyunca durduk. "Ya-yani, annemin yeni SUV'u garajda. Annem hâlâ Chicago'da konferansta, babam da Pueblo'da, iki saatlik mesafede... Muhtemelen birinin safra kesesini falan alıyordur. Ama annemin arabası burada." Nola omzunun üstünden evini işaret etti. Hem gergin hem de kararsız görünüyordu, sanki arabayı elmas soygununda kaçmak için kullanacaktık.

"Yalnız..." Nola sustu, haydut maskesi gibi görünen siyah göz makyajının arkasından bize baktı. "On altı yaşına gelecek ay gireceğim. Daha ehliyetim yok."

"Samson'ın var," dedi Tucker, bir taraftan da parmağıyla durmadan Samson'ın kolunu dürtüyordu.

"Annenin arabasını kullanmamıza gerçekten izin veriyor musun Nola?" diye sordum.

"Bana her şeyi anlatacaksınız ama *her şeyi*. Ayrıca ben de sizinle geleceğim."

Bundan sonra her şey çabucak oluverdi. Hep birlikte büyükannenin evine doluştuk, Samson mutfaktaki telefona koştu, Tucker ve ben Nola'nın karşısına dikilip yeteneklerimizle ilgili ne kadar sırrımız varsa anlattık. İkimiz bir ağızdan konuşarak *her şeyi* mümkün olduğunca hızlı açıkladık. İlk yetenekli atamızdan başlayıp değişimi anlatarak bitirdik, bir tencere hikâyeyi birkaç kaşığa sığacak kadar kısalttık. Ateş şovunda yanma tehlikesi atlattıktan sonra Nola'nın belki de artık Samson'dan korktuğundan endişelenerek kardeşimin ne kadar cesur olduğundan söz ettim ve onun bir defasında eski görünmezlik gücünün sınırlarını zorlayarak nasıl günü kurtardığını anlattım. Sonrasında üç ay boyunca güçlerini nasıl kaybettiğinden bahsettim.

Nola kollarını göğsünde kavuşturup gözlerini kısarak ve dudaklarını sımsıkı birbirine bastırarak söylediklerimizin tek kelimesine bile inanmıyormuş gibi dinledi. Ama gördüklerini de inkâr edemezdi ya.

Samson tekrar yanımıza gelince gergin bir tavırla komşu kızına baktı, Nola şimdi biraz daha sakindi. Ama hâlâ uzak duruyor, bize fazla yaklaşmasının güvenli olup olmadığını bilemiyordu.

"Söylediklerinizin yarısına bile inanmadım," dedi. Sonra da ekledi, "Ama yine de sizinle geleceğim. Bayan B. için endişeleniyorum." Hiçbirimiz ona itiraz etmedik. Ona ihtiyacımız vardı. Nola şehri biliyordu, biz ise bilmiyorduk. Ayrıca annesinin arabasına da ihtiyacımız vardı.

"Annemle konuştun mu Samson?" diye sordum, ağabeyim kavurucu eliyle omzumu kavradı, sanki yeteneği değişmeden önceki gibi bana güç vermeye çalışıyordu. Omzum su toplayacakmış gibi hissetsem de bunu yaptığına memnun olmuştum.

"Polisi aradın mı? Büyükanne için acil durum çağrısı yapacaklar mı? Onu aramaya çıkacaklar mı?"

"Annemin telefonu direkt sesli mesaja düşüyor," dedi Samson dik dik bakarak. "Ya şarjı bitti ya da yanlışlıkla telefonunu kapattı. Polise gelince," dedi alayla gülerek "şaka yaptığımı zannettiler, telefonda dalga geçmeyi bırakmazsam cezalandırılacağımı söylediler. Galiba büyükannenin On İki Dans Eden Prenses'ten biri gibi giyinip bir saat kulesinin tepesine çıkmaya gittiğini onlara söylememeliydim."

"O zaman iş bize kaldı," dedim, oysa sonunda bana kalacağını biliyordum, yalnızca bana.

Ben Tucker'ın paltosuyla eldivenlerini bulmasına yardım ederken Nola da antreden kozmetik çantasıyla alışveriş torbalarını getirdi. Samson'ın paltoya ihtiyacı yoktu. Zaten içten ısınıyordu.

Hep birlikte yolun karşısına geçip Kim'lerin garajına doğru yürürken kar iyice hızlanmıştı. Nola garaj kapısını açmak için küçük tuş takımına bir kod girdi. Sonra hemen annesinin pırıl pırıl, inci beyazı SUV'una yöneldi, bagajı açıp alışveriş torbalarını içeri attı.

Duvardaki kancadan anahtarları alıp Samson'a doğru sallayarak, "Ehliyetin var değil mi?" diye sordu. Samson kızararak başını sallayınca Nola içini çekip "İyi bari," dedi. Sonra anahtarları çarpar gibi kardeşimin avucuna koyup arabaya bindi.

Tucker ve ben hemen arka koltuğa geçtik.

Samson büyük arabayı geri geri çıkarırken "Bu saçmalık," dedi Nola. "Kesin rüya görüyorum." Pullu şapkasını kavrayıp Samson'ın ateş gösterisi sırasında eriyip yamulmuş birkaç gümüş rengi pulu yokladı. "Acayip güçleri olan bir avuç çocukla arabadayım, yaşlı komşum kayıp ve telefonum mahvoldu. Babamı arasam iyi olur aslında ama ne diyeceğim ki? Ona gerçeği söylersem beyin tomografimi ister herhalde."

Samson yola çıkarken Nola dırdır edip duruyordu. "Üç hafta! Üç hafta sonra ehliyet alacaktım. Annem arabasını aldığımızı öğrenirse yaşım Bayan B.'ninkini geçene kadar direksiyon sınavına girmeme izin vermez. Bir daha da beni asla evde yalnız bırakmazlar."

"Ama annen, baban ve sen Büyükanne Pat'i önemsiyorsunuz," dedim arkadan, bir yandan da Tucker'ın emniyet kemerini takıyordum, sonra da kendiminkini taktım. "Annen büyükanneyi aramamızı istemez miydi?"

"*Bu* arabayla değil." Nola abartılı şekilde derin bir nefes aldı. "Kokuya baksana. Yeni araba kokusu bu. Bu araba söz konusuysa annem paspaslar kirlenmesin diye bataklığa düşen Amerikan başkanını bile kurtarmaz. O yüzden kimse ortalığı kirletmesin ve..." Parmağını Samson'a doğru kaldırdı, "arabanın bir yerlerini ateşe vermeye kalkmasın."

"Annemize ne olacak peki?" dedi Tuck, oturduğu yerde dönüp büyükannenin uzaklaşmakta olan evine baktı. "Annemin yeteneği bozuldu, hem annem gideli asırlar oldu. Ya başı dertteyse?"

"Annemi merak etme Tuck," dedi Samson ama sesi hiç de inandırıcı çıkmıyordu. "Kim bilir telefonu niye kapalı? Yeteneğine olanları düşünürsek telefonun başına her şey gelmiş olabilir."

Tucker ciddi bir tavırla başını salladı. "Belki de telefonunu tuvalete düşürmüştür. Sonra da bir timsah telefonu yutmuştur."

Samson gülümsedi. "Bence mümkün."

"Kahretsin! Annemin neden bu kadar geç kaldığını anladım," dedim. Yeteneğimle ilk gördüğüm sahnelerden birini hatırlarken kendime tekme atma isteğiyle doldum. Bunu daha önce nasıl hatırlayamamıştım? On üçüncü doğum günümün sabahı annemin yüzüne bakınca bir çekici, çam ağaçları, kar ve kek görmüştüm.

Ve steyşın arabamızın burnu da bir hendeğe saplanmıştı.

Üç ay önce gördüğüm şeyleri anlatınca Samson yumruğunu direksiyona indirdi. Bir ateş topu ön camı yaladıktan sonra çabucak kayboldu.

Samson camdaki küçük bir yanık izini eliyle silerken Nola'nın çığlığını umursamadan, "Araba kullanmasına izin vermemem gerektiğini biliyordum!" dedi. "Şimdi annemi de aramamız lazım."

"Hayır değil," dedim. "Annemi merak etmememiz gerektiğini söylerken haklıydın. Yaralı değil. Hem bir çekici yardımına gelecek, belki yola çıkmıştır bile. Onu gördüm Samson. Söz veriyorum, annem sağ salim gelecek. Ama büyükanne ne olacak hiç bilemiyorum." Ürperdim. Annem ve çekiciyle ilgili sahnenin gerçekleşmesini de engelleyememiştim işte. Büyükanneyi nasıl kurtaracaktım peki?

Bölüm 13

TİPİ ARABAYI DÖVÜYORDU AMA Samson'ın derin düşünceleri sayesinde içerisi sıcacıktı. Evergreen'den yeni çıkmıştık ki Nola ceketini çıkardı, böylece leopar desenli eşarbıyla önünde küçük taşlarla *Pop Star* yazan mor ve daracık tişörtü ortaya çıkmış oldu. Ayağının dibine koyduğu kozmetik çantasını açıp karıştırmaya başladı.

"Kirpiklerim eridi galiba," dedi. Güneşliğin arkasındaki aynayı kullanarak altı kat daha maskara sürdü.

Samson, Nola'nın direktiflerine uyarak son sürat Denver'a doğru sürüyordu. Fırtına bize dişlerini gösteriyor, hepimizi birden yutmak istiyordu. Yollar ve otoyollar ıslak ve kaygandı.

İlk on beş kilometre boyunca sessizce oturup SUV'un içini

dile getirilmemiş düşünceler ve kaygılarla doldurduk. Samson endişeyle parmaklarını şaklatıyor, başparmağının ucundan ateş çıkarıp duruyordu. Büyükanneyi bu havada karanlık dar bir sokakta yürürken düşünmemeye çalışıyordum. Nola Evergreen'den gelen otobüslerin Denver'ın neresinde durduğunu biliyordu ama lisenin yerini bilmiyordu. O yüzden doğruca otobüs terminaline yollandık, büyükanneyi orada yakalamayı umuyorduk.

Arabanın ön panelindeki saat göremeyeceğim kadar küçüktü. İkide bir Samson'a saati soruyordum, sonunda Samson kendi saatini çıkarıp bana verdi. Saatin yelken bezinden kayışını kendi bileğime taktım, saat bile ateş gibiydi. Kendimi kronometre gibi hissediyordum. Saat 18.25'ti. Büyükanne Pat'i gece yarısından önce bulmak zorundaydık. Gevşemeye çalıştım. Daha çok vaktimiz vardı.

Ama Denver'ın silueti arabanın ön camında gittikçe büyürken belki de büyükanneyi bir hafta arasak bile bulamayacağımızı fark ettim.

Nola şapkasının erimiş pullarıyla oynamaya devam ediyordu, hâlâ tanık olduğu şeylere ve anlattıklarımıza bir anlam vermeye çalışıyor gibiydi.

Samson'a bir sonraki çıkışa sapmasını söyledikten sonra, "Bakalım doğru anlamış mıyım," dedi. "Her şey dediğiniz gibi 'değişmeden' önce," bunu söylerken parmaklarıyla havada tırnak işareti çizip ağabeyimi işaret etti, "sen görünmez olabiliyordun ve tekrar görünür olduğun zaman da insanların daha sakin, daha güçlü hissetmelerini falan sağlıyordun. Şimdi ise Ateş Adam oldun ve bana yaptığın gibi insanların ödünü koparıyorsun, öyle mi?"

"Ateş Adam mı?" Samson adı duyunca kafasını arkaya attı. Ama dikiz aynasından gülümsediğini görebiliyordum. Yeni yeteneğini sevmişti!

"Ve sen de sözünü ettiğimiz şu değişimden önce," dedi Nola dönüp bana bakarak, "geçmişi ya da geleceği görebiliyordun, doğru mu?"

"Kesinlikle!" dedi Tucker, Nola'nın koltuğunu tekmeleyerek. "Gypsy ben beş yaşımdayken babamın bozuk para koleksiyonunu arka bahçeye gömdüğümü görmüştü. O zamanlar korşancılık oynamayı çok seviyordum."

"*Korsan* Tuck. *Korşan* değil," diye düzelttim.

"Evet korsan." Tucker beni geçiştirmek ister gibi elini salladı, hâlâ Nola'nın koltuğunu tekmeliyordu. "Gypsy bunu gördükten sonra hepimiz küreklerle gidip paraları topraktan çıkardık. Çok eğlenceliydi! Gypsy hep gözlüklerini çıkarıp dalıp gider. Annem gözlerini dikip bakmanın iyi bir davranış olmadığını söyler ama Gypsy insanlara hep öyle bakar. Yüzünde o sersem ifade belirir ve sonra *bam*! Olacakları görüverir." Tucker gözlerini pörtleterek suratına aptalca bir ifade verdi. "En azından eskiden öyle oluyordu."

"Yüzümde hiç de sersem bir ifade belirmiyor!" diye cıyakladım, yerin dibine girmiştim. "Belirmiyor, değil mi Samson?" Samson dikiz aynasından bakıp özür diler gibi yüzünü buruşturdu.

"Üzgünüm Gypsy... ama öyle gibi. Yani, gibiydi. Ama yine de sevimliydin."

"Suratının o hali bazen annemle babamı bile güldürüyor." Tuck kıkırdadı. "Ama kibar davranmamız gerektiğini söylüyorlar."

Oturduğum yerde aşağı kayıp ellerimle yüzümü kapadım. Shelby Foster'ın benimle bir şey yapmak istememesine şaşmamak lazımdı: Market reyonlarında fırıldak gibi dönüyordum, saçıma çiçekler takıyordum, sersem bir peri gibi etrafa konfeti saçıyordum ve gözlerimi insanlara dikip bakıyordum. Aptal aptal ifadelere bürünüyordum.

"Ama şimdi zamanı *durduruyorsun*... değil mi Gypsy?" Nola değişen yeteneklerimizi anlamaya çalışırken yavaş yavaş konuşuyordu. Sesindeki şüphenin yok olmaya başladığını görebiliyordum, şüphe yavaş yavaş yerini dehşet ve şaşkınlığa bırakıyordu.

"Artık insanların geçmişini ya da geleceğini görmek yerine şimdiki zamanda donup kalıyorsun. Vay be!" Nola susup düşüncelere daldı. "Sanki sana sırf senin olacak, sonsuz bir an verilmiş gibi. Bu çok hoş." Nola kibar olmaya çalışıyor gibiydi. Tucker ve Samson'ın yüzüm hakkında söylediklerinin beni rahatsız ettiğini anlamıştı ve utancımın üstüne yara bandı yapıştırmaya çalışıyordu. Acaba kimse Nola'nın makyajıyla dalga geçmiş miydi?

"Zamanı durdurduğunda sersem gibi görünmediğine bahse girerim Gypsy," dedi Nola beni rahatlatmak ister gibi. "Bunu tam olarak nasıl yapıyorsun?"

Oturduğum yerde biraz dikleşip sileceklerin çıkardığı *tap-tap* sesini dinledim.

"Şey, dur diyorum işte. Yüksek sesle söylüyorum. Ya da tekrar ediyorum, *Dur-dur-dur-dur-DUR!*"

Ne yaptığımın farkına varınca elimi ağzıma götürdüm. Ama bu kez hiçbir şey olmamıştı. Herkes ve her şey hareket etmeyi sürdürüyordu.

Nola bir kaşını havaya kaldırdı. "Peki... az önce yüksek sesle ve defalarca dur dedin. Zaman durdu mu yani?"

"Hayır." Huzursuzca kımıldandım. *Neden durmamıştı?* Sonunda yeni yeteneğimi nasıl kontrol edeceğimi çözdüğümü sanmıştım. Her şeyin doğru sözleri bulmakla alakalı olduğunu düşünmüştüm: Her şeyi dondurmak için *dur*, zamanı yeniden başlatmak için de büyükbabanın yazdığı gibi *ne olursa olsun* demek yeterli sanıyordum. Şimdi ise ne düşüneceğimi bilmiyordum.

"Galiba hâlâ düzeltmem gereken bazı aksaklıklar var," dedim. Sonra alt dudağımı ısırdım.

Tucker, Nola'nın koltuğunu tekrar tekmeleyince Nola arkasına dönüp Tucker'ı azarladı. "Hey tomurcuk! Tekmelemeyi kes!"

Tucker da ona çıkıştı. "Ben tomurcuk değilim. Sana ilk geldiğinde söylemiştim, dev kadar büyük olabiliyorum. Görmek ister misin?"

"Hayır Tuck. İstemez," dedi Samson. Elini cebine soktu. "Skittles ister misin?"

"Ya da şekerleme?" dedim ne olur ne olmaz kendi şekerlerimi çıkararak. Büyükannenin evinden ayrılmadan önce Samson da ben de ceplerimize stok yapmıştık.

"Bir dakika..." Nola yine gözlerini kısarak şüpheyle Tuck'a, sonra bana ve Samson'a baktı. "Bana ancak on üç yaşında şeye sahip olunabileceğini söylemiştiniz... şeye..."

"Yeteneğe," diye hatırlattım.

"Siz şimdi bana bu küçük tomur... yani Tucker'ın da bazı güçleri olduğunu mu söylüyorsunuz? Daha yedi yaşında olmasına rağmen nasıl yetenek sahibi oluyor peki?"

Samson omuz silkti. "Bizim ailede hep beklenmedik şeyler olur."

"Ve değişim her şeyi daha da beklenmedik hale getirdi... ve açıklanamaz," dedim. "Tucker yeteneği sayesinde büyüyebiliyor."

"Ne kadar büyüyor mesela?" Nola kardeşimi süzdü.

"Çok büyük!" dedi Tucker. "Ama sadece sinirlendiğim zamanlar. Diğer zamanlar da büyüyecek miyim diye deneme yapıyorum. Deniyorum... deniyorum... deniyorum," -Tucker elleriyle alnına vurduktan sonra kollarını iki yana açtı- "ama tek yapabildiğim osurmak oluyor." Tucker o anda bunu göstermeyi uygun buldu. Yüzünü buruşturup elinden geldiğince konsantre oldu. Kıçından çıkan ses dünyanın en büyük tubasını gölgede bırakırdı. Ya kokuya ne demeli?

"Oha! Tuck, hayır." Samson karı umursamadan hemen camları açtı. "Bir dahaki sefere önceden haber ver ahbap."

Nola kokuyu dağıtmak ister gibi elini salladıktan sonra burnunu tıkadı. "Elveda yeni araba kokusu."

Tucker hayal kırıklığıyla içini çekti. "Bir gün yeteneğimi kontrol etmeyi öğreneceğim," dedi. Öyle mahzun bir hali vardı ki Samson da ben de ona birer avuç şeker verdik.

Nola şeker ambalajının hışırtısını duyunca, "Unutma! Arabayı kirletmek yok Tucker," dedi. "Annemin arabayı aldığımızı öğrenmemesi gerek. Gerçi az önce attığın koku bombasından sonra biraz zor ya."

"Kirletmem Nola," dedi Tucker ağzı şekerleme doluyken, her tarafa renkli şeker parçacıkları püskürttü. Daha şimdiden Tucker'ın camında ve siyah deri koltuklarda yapış yapış parmak izleri vardı, beş Skittles ve üç şekerleme ambalajı yere atılmıştı, Nola'nın koltuğunun arkası da otuz iki numara bot izleriyle kaplanmıştı. Bayan Kim'in SUV'unu yepyeni -ve yeni kokulu- tutmak zor olacaktı.

Denver merkeze vardığımızda saat 18.40'tı. SUV'un silecek lastikleri ön camdaki karları temizlemek için fazla mesai yaparken Nola, Samson'a yolu tarif ediyordu. Tarifleri genellikle doğru çıkıyordu.

"İleriden sola dön Ateş Adam, dur!" Nola, Samson'ın bileğini tutup çekti. "Düz gidelim! Neredeyse geldik. Otobüs terminali birkaç blok ötede ama bu sokakların hepsi tek yön." Nola'nın bir ileri bir geri yol tariflerinden ve bileğine dokunan parmaklarından aptallaşan Samson ne sola ne de sağa döndü. Onun yerine direksiyonu hiç çevirmeden dümdüz devam etti. Bir kırmızı ışıkta geçti.

Biri korna çalınca Samson direksiyonu kırdı. SUV kaymaya başladı. Nola'nın alışveriş torbaları arkamdaki bagaj bölümünde birbirinin üstüne yıkıldı ve içlerindekilerin yarısı dışarı döküldü. Torbaların birinden bir kutu kola yuvarlanıp bagaj kapağına çarptı. Bir *FISS* sesiyle bahçe fıskiyesi gibi dönmeye başlayan kutudan arabanın -ve kafamın- arkasına mis gibi kokan portakallı gazoz fışkırmaya başladı.

Nola dönüp bakınca gözleri iki karanlık dehşet çukuru halini aldı. Arkamızdan bir polis sireninin sesi duyulmaya başladığında duyduğu dehşet daha da arttı.

Bölüm 14

DEVRİYE ARABASI IŞIKLARINI YAKMIŞ peşimizden geliyordu. Samson alçak sesle söylenerek sokakta arabayı çekebileceği bir yer aranmaya başladı.

"Yo yo hayır," dedim yanağımdaki portakallı gazozu silerek. "Duramayız. Otobüs terminaline varmak üzereyiz!"

"İşte şurası." Nola ilerideki meydanı işaret etti. "Terminal yerin altında."

Samson bir park alanına girdi. Arkamıza yanaşan polis arabasının ışıkları gözümüzü alıyordu. Meydanın yanında iki elektrikli servis otobüsü bekliyordu. Üç sakallı adam üstü yazılı kartonları ve tıka basa dolu alışveriş arabalarıyla bir saçağın altında oturuyordu. Sokakları ve kaldırımları kaplayan kar şimdiden birkaç santime ulaşmıştı. İnsanlar koşuşturuyor, araç trafiğine kapalı bir sokaktaki küçük cam binaya girip çıkıyorlardı: Otobüs terminalinin girişiydi burası.

Yüreğim ağzıma geldi. Çok yaklaşmıştık. Büyükanne Pat'i botları ve balo elbisesiyle dönerek dans ederken otobüs terminalinde bulalım diye dua ediyordum.

"Rahat davran, anladın mı?" Nola, Samson'a baktıktan sonra arkadaki polis arabasına bir göz attı. "Fazla şey davranma... fazla alevli. Sadece Bayan B.'den bahset. Belki onu aramamıza yardım eder ve sana ceza kesmez... ve arabanın kime ait olduğunu da sormaz."

Polis memurunu ya da açıklamaları bekleyecek durumda değildim. Samson'ı bırakmak içimden gelmiyordu ama kardeşimin polisle kendi başına uğraşması gerekecekti.

Paltomun kapüşonunu başıma geçirip kapıyı açtım. "Ben gidip büyükanneyi arayacağım."

"Beni de bekle!" Tucker paltosuyla eldivenlerini aldı. "Ben de geliyorum." Tucker'la birlikte arabadan inip karın içinde el ele koşmaya başladık. Otobüs terminalinin girişi on beş metre kadar ilerideydi. Kar taneleri polis arabasının ışığıyla parıldıyordu.

"Gypsy, hayır! Bir arada kalmamız gerekiyor." Samson arabadan yarı yarıya çıkmış arkamızdan bağırıyordu. Omzumun üstünden bir göz atınca kardeşimin gözlerinin kor gibi parladığını gördüm. Üstüne düşen karlar eriyip yok oluyor, Samson hiç ıslanmıyordu.

"Gypsy!" diye bağırdı tekrar, sesi perişan ve öfkeli çıkıyordu. Ama Tuck'la birlikte kaçışımızdan hoşlanmayan tek kişi Samson değildi.

"Hey siz! Çocuklar!"

Arkama bakınca köşeli çenesi olan bir polis memuru gördüm. Polis iki parmağıyla havada daire çizdikten sonra Bayan Kim'in arabasını işaret etti, sanki kement atar gibi yaparak hepimizi yakalayıp bir araya toplamak istiyordu. "Aracınıza dönün!"

Terminale giden yolu yarılamışken Tuck'la bir an kararsızlığa düştük.

"Gerçekten yardıma ihtiyacımız var memur bey." Samson polisiye dizilerdeki gibi ellerini havaya kaldırdı. "Büyükannemizi arıyoruz. Kendisi..."

Samson büyükannemizin hasta ve kaybolmuş olduğunu açıklamaya fırsat bulamadan polis memuru sözünü keserek, "Arabaya gir evlat. Ondan sonra konuşuruz," dedi.

Samson söyleneni yaptı. Ama arabaya girmeden önce gözlerime bakıp çenesini terminale doğru uzatarak usulca *GİDİN* dedi. Demek bir arada kalmamız gerektiği konusunda fikrini değiştirmişti. Büyükanne Pat'i bulmamızın ne kadar önemli olduğunu biliyordu.

Tucker'ın elini sıkıca kavrayarak koşmaya başladım.

"Siz ikiniz! Geri gelin," diye bağırdı polis arkamızdan.

"Hemen döneceğiz," diye bağırdım geri geri terminale doğru sekerken. "Kardeşimin tuvaleti geldi."

"Hayır gelmedi!" Parmaklarını elimden kurtarmaya çalışan Tucker'ı kayar kapıya doğru sürükledim. "Tuvaletim yok Gypsy."

"Şşş! Polis gitmemize izin versin diye öyle diyorum."

"Aaa," diye bağırdı Tucker. "Anladım. Numara yapıyoruz." Tuck en kalın sesiyle bağırdı: "İnanılmaz bir şey! O kadar çişim geldi ki bir yüzme havuzunu doldurabilirim."

"Göreyim seni oğlum. Kara adını yaz," diye bağırdı saçağın altında oturan serserilerden biri, daha iyi görebilmek için eşyalarıyla dolu alışveriş arabasını kenara çekti. "Buraya yaparsan sabaha sapsarı bir buz pistimiz olur."

Elbette Tucker bunu yapacak kadar büyüyemezdi. Ama o anda Tucker'ın en fazla ne kadar büyüyebileceğini merak ettim. Bunu asla öğrenmemeyi umut ediyordum.

Soğuğa ve kara rağmen sokaktaki herkes durup bize bakmaya başladı. Yüzüm de kapüşonum ve paltom kadar kırmızı olsa gerekti. Göz dikilip bakılan taraf olmayı hiç sevmiyordum.

"Amma da komik adam," dedi Tucker yanımda zıplayarak. Kardeşimi kayar kapıya doğru çektim, sonra da yer altındaki terminale inmek için yürüyen merdivene doğru sürükledim.

Otobüs terminali sıralarla, saatlerle, dükkânlarla ve akla gelebilecek her türden insanla doluydu. Biniş kapılarının ardından gelen motor uğultularını duyabiliyordum; kahve, patlamış mısır, tatlı ve egzoz dumanı kokuları birbirine karışıp burnuma doluyordu. Bütün saatler 19.05'i gösteriyordu. Küçük bir marketi ve kahve standını geçtikten sonra olduğum yerde dönerek gözlerimle etrafı taradım. Görünürde taç yoktu. Kabarık balo elbisesi yoktu. Bütükanne Pat yoktu.

Tucker kolumu çekiştirdi. "Bak Gypsy! Kedi yavruları!"

"Dur Tucker... hayır!" Tucker beni dinlemedi. Yerde, dükkânların tam karşı sırasında, büyük bir karton kutunun yanında oturan sarı rastalı genç bir kadına doğru koşmaya başladı. Kutunun içinde dört kedi yavrusu miyavlıyordu. Kutunun üstüne sarman yavrularla aynı renkte turuncu keçeli kalemle *BEDAVA* yazılmıştı.

Ben de mırıltılara ve bıyıklara doğru koşmak istiyordum ama görevdeydim.

Bir gözümü Tucker'dan ayırmadan hızla markete daldım, tezgâhın arkasındaki çocuğa Büyükanne Pat'i görüp görmediğini sormayı düşünüyordum. Aceleyle içeri girerken iki büyük çocuğun -biri zayıf ve beyaz, diğeri iriyarı ve zenciydi- yolunu kestim, onlar da tam o anda markete giriyordu.

"Affedersiniz!" dedim. "Çok pardon!"

Zayıf olan sadece ters ters baktı. Sivilcelerle kaplı teni bana kaygan mağara semenderlerini hatırlatmıştı. Çocuk tüylerimi diken diken etmişti. Göğsü öyle çöküktü ki sanki ön taraftaki kaburgaları ya da göğüs kemiği hatta belki de kalbi yokmuş gibiydi.

Sivilceli çocuk kasadaki oğlanı, "Selam Del!" diye selamladı ama sesi daha çok tehdit eder gibi çıkmıştı.

Bay Semender beni tepeden tırnağa süzüp dudak büktü. Sonra iri kıyım arkadaşıyla ikisi sallana sallana yürüyüp dükkânın arka tarafına gittiler; dergileri, anahtarlıkları, pilleri -hatta tozlu kozmetik tezgâhındaki parfümleri bile- ellerine alıp baktıktan sonra hepsinden sıkılmışlar gibi çabucak yerlerine geri koydular. Gitmemi bekliyormuş gibi önce bana sonra da Del'e baktılar. Sanki tezgâhın arkasındaki oğlanla pis bir iş çevireceklermiş de kimsenin tanık olmasını istemiyor gibiydiler.

Del benden fazla büyük görünmüyordu. Mavi gömleğinin üstüne gri, kapüşonlu bir eşofman üstü giymişti, sarı papyonu çok şıktı. Kalın siyah rastaları onu olduğundan daha uzun gösterse de diğer oğlanlarla kıyaslandığında hâlâ kısaydı. Del'in arkadaşları -eğer arkadaşları iseler tabii- tahminime göre lise öğrencisiydiler. Nola ve Samson gibi.

"Yardımcı olabilir miyim?" dedi Del bana şöyle bir bakarak. Gözlerini büyük oğlanlardan ayırmıyordu. Pürüzsüz, kahverengi alnındaki ter damlacıkları bir su kamışının üstündeki çiğ tanelerini hatırlatıyordu.

"Umarım olabilirsin," dedim. Tucker hâlâ kedilerin başında güvende mi diye kontrol ettikten sonra neden orada olduğumu açıkladım.

"Büyükannemi arıyorum. Belki onu görmüşsündür. Dikkatini çekmemesi imkânsız. Üstünde bir balo elbisesi, kafasında da bir taç var. Kendisi pek iyi değil de." Sesim titriyordu. "Bu akşam Larimer Lisesi'nin balosuna gideceğini sanıyor."

Ağzımdan *taç* lafı çıkar çıkmaz Del dikkat kesildi. Gözlerini kocaman açıp başını sallamaya başladı. Demek Büyükanne Pat'i görmüştü! Ama daha bir şey diyemeden...

"Eski lisede balo mu veriliyormuş?" Sivilceli çocuk ve iri kıyım arkadaşı yanımıza geldi. Rahatsız edecek kadar yaklaşmışlardı.

"Parti ha?" dedi semender oğlan sinsi bir sesle. "Bu akşam mı? Bunu sevdim! Kar fırtınasında parti ha... Bana uyar." Oğlan buklelerimden birini çekip yay gibi geri bıraktı. Sonra zıplayıp tezgâhın üstüne oturdu. Bir çikolata alıp paketini yırttıktan sonra ısırdı. Burnumu kırıştırdım, oğlan ağzını kapatmadan çiğniyor, bir yandan da dolu ağzıyla konuşuyordu.

"Bu kim Del? Kız arkadaşın mı?" *Şap, şap, şap.* "Birlikte takılıp dedikodu mu yapıyorsunuz? Birbirinizin tırnaklarını mı boyuyorsunuz? Yoksa Ray amca ortalarda yokken mucuk mucuk öpüşüyor musunuz?"

Del tezgâhın arkasında irkildi. Sonra yüzünde büyük bir öfke belirdi. Omuzlarını geriye atıp dimdik durdu. Ellerini sımsıkı yumruk yapmıştı. Her ne oluyorsa, ya da olmak üzereyse, karışmak istemiyordum; kurtarmam gereken bir büyükannem vardı.

Bir adım geri çekilince tam arkamda duran iri kıyım çocuğa çarptım. "Ah!" dedim. "Şey... affedersin."

"Önemli değil," dedi arkamdaki çocuk, sesi öyle yumuşak ve cılızdı ki güç bela duymuştum.

Geçmeme izin vermedi.

"O çikolatanın parasını ödeyeceksin. Öyle değil mi Tripp?" dedi Del dişlerini sıkarak. "Ray birazdan gelir, yan taraftaki dükkânda kahve içiyor. Yoksa George'u mu çağırayım?" Del başıyla terminalin tek güvenlik görevlisini işaret etti. Adam Büyükanne Pat'ten iki kat yaşlı görünüyordu. Dükkândan on beş metre kadar uzakta bir masanın başında oturuyordu, başı göğsüne düşmüştü. Horluyordu.

Tripp kıkır kıkır gülerek çikolatadan bir ısırık daha aldı. "Yapma Del," derken ağzından çikolata ve fıstık parçaları saçıldı, tıpkı yedi yaşındaki kardeşimin istemeden yapması gibi. "Beni güldürüyorsun dostum." *Şap, şap, şap.* "George'u çağırmıyorsun. Amcanı da. Değil mi B-Bug?"

Omzumun üstünden arkamda duran çocuğa baktım. B-Bug başını yavaşça iki yana salladı. Tucker'ı saymazsak B-Bug şimdiye dek gördüğüm en iri oğlandı, paltosu bir boz ayıya bile altı beden büyük gelirdi. Yine de nedense Tripp'ten daha çok korkuyordum. Tripp'in gözlerinden su katılmamış bir kötülük okunuyordu.

"Del *neden* yardım çağırmayacak B-Bug?" dedi Tripp kıs kıs gülerek. B-Bug cevap vermedi. Sadece içini çekti. Tripp'in duymasını istemiyormuş gibi usulca çekmişti içini.

"Aynen öyle," dedi Tripp, B-Bug'ın ya da bir başkasının konuşmaya katılmasına gerek duymuyordu. "Del yardım çağırmayacak çünkü bende *bu* var." Cebinden bir telefon çıkarıp Del'in suratına doğru salladı. "Sen genç dostum, amcanın dükkânından bir şeyler yürütmeme bundan sonra ses çıkarmayacaksın. Eğer dediğimi yapmazsan geçen pazar çektiğim fotoğrafı yayarım. Okuldaki herkesin *bunu* görmesi sadece birkaç tıklamaya bakar." Tripp telefonunda bir tuşa basıp ekranı açtı. Telefonun ışığı doğruca Del'in yüzüne vuruyordu.

Del'in burun delikleri genişledi. Dişlerini sıkarak gözlerini Tripp'in telefonuna dikti. Ama hiçbir şey söylemedi.

"Bu görüntü bir yayıldı mı..." Tripp telefonuyla havada küçük bir daire çizdi, "o güzel yüzünü Park Hill Academy'de bir daha asla gösteremezsin. Ya dediğim gibi olacak ya da B-Bug'a ağzınla burnunun yerini değiştirteceğim. Hadi B-Bug! Del'in burnuna bir yumruk indir. Şaka yapmadığımı kanıtla."

B-Bug bir kez daha usulca içini çekerek yanımdan geçip Del'e doğru ilerledi.

Del endişeyle Tripp'in telefonuna baktı, sonra daha da endişeli bir yüzle bakışlarını B-Bug'ın havaya kalkmış yumruğuna çevirdi, yumruk neredeyse tuğla kadar büyüktü. "Bana gerçekten vurmayacaksın, değil mi B-Bug?" dedi, sesi ya öfkeden ya korkudan ya da ikisinden birden titrek çıkıyordu. "Annen anneannemin arkadaşıydı, unuttun mu? Annen işe giderken otobüsten indiğinde bazen buraya gelirdi, büyükannem de ona makyaj yapardı."

"Unutmadım." B-Bug kararsızlık içindeydi, yine de yumruğunu indirmedi. Soluk renkli arkadaşına bakıp "Del benim eski arkadaşım Tripp. Ona vurmamı istediğinden emin misin?" diye sordu.

Tripp gürültüyle içini çekti. "Hayır B-Bug, seni koca ahmak. Onu dudaklarından öpmeni istiyorum, tıpkı kollarına atılıp sana *Cleavon* diyen, balo elbisesi giymiş şu ihtiyar kadının yaptığı gibi. Ha ha! O anda yüzünün aldığı şekli görmeliydin!"

"Elbette ona vurmanı istiyorum!"

Balo elbisesi giymiş ihtiyar kadın mı? Cleavon mu? Bu haydutlar Büyükanne Pat'i görmüştü öyleyse.

"Durun bir dakika!" dedim, kafamda milyon tane soru dönüp duruyordu. Ama oğlanlardan hiçbiri dönüp de bana bakmadı. B-Bug tezgâha varmıştı bile. Özür diler gibi bakarak Del'i yakasından kavradı. Sonra kolunu gerip Del'in yüzüne vuracakmış gibi pozisyon aldı.

"Hadi B-Bug!" Tripp tezgâhtan inip boks maçı izler gibi havaya yumruklar savurarak zıplamaya başladı. Del'in kendini yüzüne inecek darbeye hazırladığını gördüm ve kendi yüzümün de buruştuğunu hissettim. Sanki yumruğu yiyecek olan Del değil de bendim.

Bu berbat anda hiçbir şey yapmak istemedim. Arkamı dönüp gözlerimi kapattım ve kulaklarımı tıkadım.

Tam ağzımı açıp "*Dur, dur, DUR!*" diye haykırdığım anda Del'in, *zaman donsun! Hemen donsun*, diye bağırdığını duydum.

O bildik sessizlik çöktüğünde tek gözümü açıp karşımda donup kalmış yumruk sahnesine baktım.

B-Bug'ın sağ yumruğu Del'in burnunun ucundan ancak bir santim uzaktaydı.

Tripp zıplarken donmuştu. İki ayağı da havadaydı.

Saatime baktım. Yediyi çeyrek geçiyordu ve yine yalnızdım, donup kalmış dünyada tek başımaydım. Belki de... değildim.

"Hah! İşte bu size ders olur, ezikler."

Bunu duyduğum an korkudan neredeyse aklımı kaçıracaktım. Anlaşılan yalnız değildim. Zaman durmuştu ama herkes için değil.

Bölüm 15

DEL'LE BİRBİRİMİZE BAKTIK. OĞLAN elini salladı. Ben de ona salladım. Del yavaşça başını iki yana salladı. Ben de başımı iki yana salladım. Sessizce kalp atışlarımı saydım: on… yirmi… otuz üç… kırk yedi… elli. Acaba Del de sayıyor muydu?

"Vay canına," dedi sonunda. "Nasıl hâlâ hareket ediyorsun Gözlük? Herkes gibi taş kesilmen gerekiyordu. Atomik zamanı durdurma gücüme nasıl karşı koyabilirsin ki?" Del'in sesi boğuk ve uzaktan geliyordu ama buna çabucak alıştım. Zaman durmuşken birbirimizi duyabilmemiz bile bir mucizeydi zaten.

Eğilip bükülerek B-Bug'ın eline hapsolmuş eşofman üstünden çıkmaya çalışan Del'i izledim. Del'in ne demek iste-

diğini tam olarak anlayana kadar kalbim on kez daha attı...
Atomik zamanı durdurma gücüme nasıl karşı koyabilirsin?

Çocuk saatleri kendisinin durdurduğunu sanıyordu. Benim yaptığımı bilmiyordu.

B-Bug'ın kapanından kaçan Del kapüşonunun içinde gözden kayboldu. Oğlanın koca pençesinden içi boş olarak sarkan eşofman üstünü görmek çok komikti. B-Bug bu haliyle palto askısına benziyordu.

"Farkında değilsen söyleyeyim Gözlük," Del gömleğini ve rastalarını düzeltirken bana bakıp sırıttı, "şu anda gerçek bir süper kahramanın karşısında duruyorsun. Az önce zamanı durdurarak sorunu çözdüm!" Del kollarını iki yana açıp kasılarak geriye doğru bir adım attı.

Del bir gazete yığınına takılınca kendimi tutamayıp güldüm. Dengesini sağlamak için kollarını pervane gibi döndürdü. Sonra da kıçının üstüne oturuverdi.

Yaklaşıp elimi uzatarak yerden kalkmasına yardım etmek istedim.

Oğlan elimi tutup ayağa kalktı. Hafifçe öksürerek boğazını temizledi, papyonunu düzeltti ve sanki gezegendeki en havalı çocuk kendisiymiş ve ben bunun farkında olmayan bir aptalmışım gibi gururla kabardı.

"Belki yardımcım olabilirsin Gözlük, sonuçta hâlâ hareket edebilen bir tek sen varsın. Nasıl hareket ediyorsun? Seni farklı kılan ne?"

Ben de onun için aynı şeyi merak ediyordum. Şimdiye kadar bu yeni yeteneğimin etki edemediği birine hiç rastlamamıştım.

"Şey... belki de özel biriyimdir," dedim omzumu silkerek. Sonra sordum, "Bu oğlanlar sana neden sataşıyordu?"

"Ha, onlar mı?" Del hâlâ rahat bir tavır takınmak için çabalasa da Tripp ve B-Bug'a bir göz atınca gerildi. "Önemli bir şey değildi Gözlük. Sadece şakalaşıyorduk."

"Pek öyle görünmüyordu," dedim. "Galiba düşerken dudağını ısırmışsın. Kanıyor da." Del dudağını yalayıp yüzünü buruşturdu. Cebimden üstünde büyükannenin notu yazan peçeteyi çıkarıp Del'e uzattım.

Del peçeteyi aldığı anda bunu yaptığıma pişman oldum. Kaşlarını kaldırarak Büyükanne Pat'in notunu yüksek sesle okudu:

"*Ne düşündüğün umurumda değil... Bu akşam Larimer Lisesindeki baloya gidiyorum... peşimden gelmeye kalkma.* Doğru ya!" dedi peçeteyle dudağını silmeden önce bir kez parmağını şaklatarak. "Bir süre önce buraya gelen yaşlı hanımı arıyorsun sen, ucuz balo elbisesi giyen kadını. O senin büyükannen mi?" Del bir müddet beni süzdükten sonra başını salladı.

"Eveeet, benzerliği görebiliyorum. Büyükannenin iyi olmadığını söyleyebilirim Gözlük. Ama eğer eski liseye gitmeye çalıştığını bilseydim..."

Huzursuzca yerimde kıpırdandım, Del'in benimki gibi bir büyükanneye sahip olmanın ne kadar zor olduğunu anladığından emin değildim, tuhaf şeyler yapan, söyleyen ve giyen bir büyükanneye. Hangi yılda olduğumuzu unutan, kendi torununu bile tanımayan bir büyükanneye. Birbirimize bu kadar benzesek bile.

"Büyükannen Ray amcama Aardman Çiçekçilik'e gitmesi gerektiğini söyledi," diye devam etti Del. "Bu akşam için sipariş ettiği butoniyeri alacakmış. Ray ona yolu tarif etti. Ona yapmamasını, kadının kafadan kaçık olduğunu söyledim. Ama Ray, *Del, biz müşterilere hizmet ederiz*, dedi." Del amcasını taklit eder gibi sesini inceltti. *Müşterilerimi yargılayamam, akıllarının başlarında olup olmadığına da karar veremem. Eğer bunu yaparsam müşterilerimin yarısını kaybederim.* Sonra Ray butoniyerini alsın diye Aardman'ı tarif ederek kadını yolladı."

"*Buton eyeri* mi?" dedim, belki de büyükanne keçileri sandığımdan da fazla kaçırmıştı. Del bana bakıp birkaç kez gözlerini kırpıştırdıktan sonra güldü.

"*Butoniyer* Gözlük. Erkeklerin yakasına takılan çiçek var ya hani," Del açıklamak için kendi göğsünü işaret etti. "Resmi davetlere giderken takılır. Düğünler ya da..."

"Lise baloları gibi mi?"

"Evet. Baloya giderken de takılabilir. Ama biraz eski moda sayılır. Büyükannen bu akşam gerçekten Larimer Lisesine mi gidecek? Orası yıllardır kapalı. Bu çok tehlikeli. Artık oraya sadece it kopuk gidiyor. *Bu tür* insanlar." Del omzunun üstünden Tripp ve B-Bug'ı gösterdi.

İt kopuk sözü beni kaygılandırdı. Ya büyükanne eski lisesine ulaşmayı başarır ve kendini bir serseriyle dans ederken bulursa? Patrice Beaumont'ı soygunculara, çetelere ve sokak serserilerine karşı koymaya çalışırken hayal ettim, kimin kimi yeneceğinden emin olamadım.

Başka bir şey düşünmek için dükkânın açık kapısından dışarıya, otobüs terminaline baktım. Otobüs terminali vitrin mankeni fabrikasına benziyordu, sadece Del ve ben hareket ediyorduk.

"Peki... ilk kez mi zamanı durduruyorsun?" diye sordum, sanki yetenek konusundaki bir yanılgıdan çok sıradan bir şeyden bahseder gibi konuşuyordum, bir filmden ya da hava durumundan bahseder gibi.

"Ne? Hayır. Her zaman yapıyorum."

"Gerçekten mi?" Tekrar Del'e dönüp bir kaşımı yukarı kaldırdım.

"Pekâlâ, madem bilmek istiyorsun bu üçüncü yapışım. Gerçi bugün ikinci yapışım. Bu da gitgide daha iyi olduğumu gösterir, değil mi? Geçen pazar ilk kez yaptığımda saatlerin bir daha asla çalışmayacağını sanmıştım. Çalıştıklarını görünce..." Del, Tripp ve B-Bug'a bir göz attı, sonra aklına kötü bir şey gelmiş gibi sustu.

Del peçeteyle son bir kez dudağını sildikten sonra büyükannenin notunu buruşturup Tripp'e doğru fırlattı. Peçete parmak uçlarından birkaç santim uzaklaşıp durdu, tıpkı benim kar toplarım, kalemlerim ve kâğıttan kelebeklerim gibi o da havada asılı kalmıştı. Zamanı durdurduğum son iki sefer Del'in ortalıkta tek başına dolaştığını düşünmek tuhaftı. Belki de annem, babam ve diğer herkes haklıydı, belki de gerçekte hiçbir zaman yalnız değildik.

Del özür diler gibi bana baktı. "Amcamın gelip büyükanneni alması için birilerini araması gerekiyordu aslında. Ama büyükannenin sadece ihtiyar bir kaçık olduğunu düşündü."

"Onun hakkında böyle şeyler söyleme," dedim sertçe, koruyucu tavrıma şaşırıp kalmıştım.

"Bunu ben demiyorum Gözlük. Ben sadece Ray amcamın dediğini söylüyorum."

"Büyükannem deli değil. O hasta. Çoğu şeyi karıştırıyor."

Del'in yüzü yumuşadı. "Onunla dalga geçmiyordum, yemin ederim. Onu aramana yardım edeceğim. Anlaşılan zaman ikimiz için de donmuş durumda. Büyükannen fazla uzağa gitmiş olamaz. Aardman Çiçekçilik'in nerede olduğunu biliyorum. Çarşıdan ileride, buradan bir kilometre bile değil. O dükkân yıllardır orada."

Del homurdanarak Tripp'in donmuş parmaklarının arasındaki telefonu çekip aldı, aleti kotunun cebine soktu. Tripp'in yerden birkaç santim yukarıda durduğunu fark edince bir kahkaha attı. Diğer çocuğu Tripp'e doğru çekip iterek Tripp'le sanki soluk ve pürtük pürtük mermerden yapılmış bir balonmuşçasına oynadı.

Bana bakıp muzipçe sırıtarak kaşlarını kaldırıp indirdi, Tripp'i ite kaka tezgâhın diğer tarafına götürdü. İşkencecisini doğruca B-Bug'ın sıkılı yumruğunun karşısına yerleştirdi. Zaman yeniden akmaya başladığı anda B-Bug yumruğunu Del yerine Tripp'e indirecekti. İki haydut buna çok şaşıracaktı.

"Orada dikilip durma Gözlük. Bana yardım et! Yediyi çeyrek geçiyor ve daha uzun süre de yediyi çeyrek geçiyor olarak kalacak. Bu süper güç konusunda epey yeniyim, zamanı yeniden nasıl *başlatacağımı* daha tam olarak bilmiyorum. O yüzden önce biraz eğlenip büyükanneni aramaya sonra gitsek daha iyi olur. Nasıl olsa şu anda büyükanne hiçbir yere gidemez, haksız mıyım?"

Dudağımı ısırdım, Büyükanne Pat'i aramaya gitme zorunluluğuyla zamanı durdurmuşken ilk kez biraz eğlenmenin cazibesi arasında kararsız kalmıştım. Olduğum yerde durup Del'in dükkânın deposuna girmesini, sonra da iki rulo tuvalet kâğıdıyla geri dönmesini izledim. Rulolardan birini bana verdi ama bununla ne yapmamı istediğini anlamamıştım. Del Tripp ve B-Bug'ı tuvalet kâğıtlarıyla sarıp mumyaya çevirmeye başladığında kararsızlık ve haz arasında gidip geliyordum.

"Bunun için kusura bakma B-Bug," dedi Del, bir yandan tuvalet kâğıdını oğlanın kalın boynuna dolarken bir yandan da B-Bug onu duyabilirmiş gibi konuşuyordu. "Seni severdim dostum. Ama artık şu aptal Tripp'in sana emirler vermesine göz yumduğun için senden pek hoşlanmıyorum. Başına gelecekleri hak ettin. Bana gerçekten vuracaktın." Elindeki tuvalet kâğıdı bitince Del bana döndü.

"Hadi Gözlük, eğlenceye katıl! Ne diye dikilip duruyorsun?"

Dudaklarıma bir gülümsemenin yayılmaya başladığını fark ettim. Kalbim biraz daha hızlı atmaya başladı. Elimdeki tuvalet kâğıdını bırakıp etrafıma bakındım. Birini tuvalet kâğıdıyla sarmak benim tarzım değildi ama kapının yanında beş dolarlık karışık çiçek buketleriyle dolu bir kova vardı. Del, B-Bug'ın ayakkabı bağcıklarını birbirine bağlarken -sonra da Tripp'inkileri bağlamaya koyulurken- çiçeklerden iki küçük taç yaptım.

"İyi akıl ettin Gözlük." Del ne yaptığımı görünce sırıttı. İki hayduta da taç takmama yardım etti. Sonra Tripp'in dişlerinin arasına uzun saplı bir gül sıkıştırdım.

"Bu papatya taçlarını nasıl bu kadar çabuk yapabildin?" diye sordu Del, geri çekilip hayranlıkla taçlara baktı. "Sapları yıldırım hızıyla ördün."

Kızardığımı hissettim.

Aptal, dans eden, çiçek toplayan bebek.

"Elim alışkın," dedim Del'in benimle dalga geçmesini bekleyerek.

Ama Del sadece başını salladı ve "Çok güzel," dedi.

Haydutları bahar bayramına hazırlama işimiz bittikten sonra

Del ellerini kotuna sildi, sanki oğlanlara dokununca elleri kirlenmişti.

"Ne eğlendik ama! Keşke biraz makyaj malzemem olsaydı... Bu salakların ikisini de kan revan içinde zombilere benzetip ödlerini koparırdım." Del bana döndü, hâlâ sırıtıyordu. "Adın ne Gözlük?"

"Gypsy," dedim. "Gypsy Beaumont."

"Ben de Antwon Delacroix," dedi Del başparmağını göğsüne bastırarak. "Ama sadece annemle babam ve öğretmenlerim bana Antwon der. Sen bana Bay Havalı Zaman Dondurucusu diyebilirsin. Saatleri durdurabildiğime göre artık kendime böyle demeyi düşünüyorum. Her zaman bir süper kahraman olmak istemişimdir."

Del'e gerçeği söylemeye içim elvermedi. Havasını söndüren kişi olmak istemiyordum. Bu çocuğa ihtiyacım vardı. Denver hakkında benim bilmediğim şeyler biliyordu. Ayrıca yanımda bir akadaşın olması iyi olurdu. Eğer sırrımı söyleyerek Del'in süper kahraman fantezisini mahvedersem yine de bana yardım etmek ister miydi?

Bu riski göze alamazdım.

Henüz zamanı tekrar başlatma riskini de göze alamazdım, hareketsiz dururken Büyükanne Pat'i bulmak daha kolay olurdu. Belki Del'le birlikte büyükanneyi Aardman Çiçekçilik'te bulur, Larimer Lisesine gitmekten alıkoyabilirdik.

A planını -Büyükanneyi Aardman Çiçekçilik'te yakalamak- uygulamak üzere hareketsiz duran yürüyen merdivenlere doğru yürüyordum ki aklıma Tucker geldi.

"Hay aksi! Az kalsın kardeşimi unutuyordum!"

Bölüm 16

"KARDEŞİN Mİ VAR?" DİYE sordu Del paltosunu giyerken, hızla terminale doğru koşturuyorduk.

"Dört erkek," diye bağırdım omzumun üstünden. "Bir de kız kardeşim."

"Hepsi burada mı?"

"Hayır, çoğu yetişkin oldu. Sadece Tucker burada, bir de Samson. Samson dışarıda, arabada."

Del'le birlikte donup kalmış kalabalığın arasından geçip terminale girdik. Tucker'ı içinde üç sarman yavrunun bulunduğu kutunun önünde çömelmiş halde bulduk. Montuna sıkıca sarınmıştı, sanki kedilere olan büyük sevgisine rağmen kendisini küçük ve sakin tutmaya çalışıyordu.

"Onu kaldırmama yardım et." Parmaklarımı Tucker'ın

dirseğinin altından geçirip Del'e de diğer dirseğine aynısını yapmasını işaret ettim.

"Sen ciddi misin? Ufaklığı kaldırıp taşıyacak mıyız yani? Gatorade dolu bir kamp buzluğu değil ki o."

"Onu bırakamayız," dedim. "Zaten şimdi zamanı durdurduğum... şey, yani zaman durduğu için kendi başına yürüyemez."

"Doğru," dedi Del, sonra da Tuck'ı yerden kaldırmama yardım etti. "Biliyor musun Gözlük, bu zamanı dondurma mevzusunu gayet sakin karşıladın. Başkası olsa şimdiye aklını kaçırmış olurdu."

"Galiba hâlâ şoktayım." Yalan söylemiyordum. Hâlâ şoktaydım, yeteneklerimden etkilenmeyen birini bulduğum için şoktaydım.

"Bu kadar küçük bir çocuk nasıl bu kadar ağır olabilir?" diye sızlandı Del, Tuck'ı yarı kaldırarak yarı sürükleyerek yürüyen merdivenlerden çıkarıyorduk. *Tak, tuk, küt.* "Hep bir kardeşin olmasının güzel olacağını düşünmüşümdür ama şimdi tek çocuk olmanın kıymetini anladım."

Yürüyen merdivenlerin tepesine vardığımızda otomatik kapılar açılmadı. "Kapıları zorlamamız lazım," dedim. Del dönüp terminale baktı, belki de tuvalet kâğıdından yapılmış iki mumyanın onu yakalamak için kalkmak üzere olduğunu düşünüyordu. İkimiz birlikte kapıları iterek aradan geçebileceğimiz kadar açmayı başardık. Sonra da bir soğuk duvarına çarparak dışarıdaki kar tarlasına adım attık.

Şehrin parıltıları soğuk geceyi aydınlatıyor, gökyüzünü sarı-gri renkte ulvi bir kubbeye çeviriyordu. Havada asılı kalan kar taneleri büyütülmüş toz zerrelerine benziyordu.

Aklıma harika bir fikir gelince gülümsedim: Belki de ayakta dururken kollarımı açarak sıçrayıp dikey kar melekleri yapabilirdim.

Bunu denemeyi nasıl da istiyordum!

"Vay be," diye fısıldadı Del yanımda, o da benim kadar büyülenmişti. Sonra Shelby'nin Flint's Market'ta bana nasıl baktığını hatırlayınca Tucker kadar kıpırtısız olduğum yerde kaldım.

Antwon Delacroix denen şehirli oğlanın karşısında utanç verici bir duruma düşmeyecektim.

"Şuradaki SUV'un içindekinin diğer kardeşin olduğunu söyleme sakın," dedi Del. "Şu arabayı diyorum, ensesinde aynasızların beklediği." Babam eskiden orduda olduğu için *ense*'nin *arkasında* anlamına geldiğini biliyordum. Ama...

"Aynasız mı?" Şaşkın şaşkın Del'e baktım.

"Aynasız. *Polis* Gözlük. Polis."

"Ah, evet. O benim kardeşim." Kendimi taşralı bir hödük gibi hissederek kaşlarımı çattım.

"Uff!" Del yüzünü buruşturdu. "Yanındaki makyaj felaketine uğramış kız kim?"

Gözlerimi kısarak Del'e baktım, Nola'yla dalga mı geçiyordu bu? Ama alay etmekten çok insanlık namına bu tepkiyi vermiş gibiydi, doğal afete tanıklık eden bir ilkyardım çalışanı gibi.

"O Nola Kim. Büyükannemin komşusu. Büyükanne Pat camdan kaçınca Nola'nın annesinin arabasını ödünç aldık."

Del kaşlarını havaya kaldırdı. "Büyükannen camdan mı kaçtı?"

Başımı salladım. "Onu bulmak zorundayım Del."

"Hadi," dedi Del. "Bu ufaklığı arabanın arka koltuğuna bindirelim. O zaman güvende olur, biz de Aardman Çiçekçilik'e gideriz. Büyükannen fazla uzaklaşmış olamaz, değil mi? Özellikle de şimdi, ben zamanı durdurmuşken. Merak etme Gözlük! Bay Havalı Zaman Dondurucusu görev başında..."

"Hayır!" diye sözünü kestim. "Tucker'ı burada bırakamam."

"Ne?" Del gözlerini kırpıştırarak bana baktı. "Nedenmiş o? Büyükanneni bulmana yardım edeceğim işte, biz süper kahramanlar bu tür işler yaparız. Ama etrafta kar varken 16. Sokak boyunca küçük bir çocuğu sürüklemeyeceğime emin olabilirsin."

"Onunla ben ilgilenirim, söz veriyorum," dedim, keşke büyükanneyle de daha iyi ilgilenmiş olsaydım. "Ayrıca Tucker onu kedilerden uzaklaştırdığımızı anladığı zaman... üzülebilir. Ve kardeşim üzüldüğü zaman... şey, çok kötü sinir krizleri geçiriyor diyelim. Polisin yani aynasızın görmesini istemediğim kadar kötü."

Del, Tucker'a aniden oluşan bir saygıyla baktı. "Berbat bir sinir krizi olmalı."

"Tahmin bile edemezsin."

"Yine de onu Aardman'a kadar taşıyamam."

Gözlüklerimi yukarı itip etrafa bakınarak bir çözüm bulmaya çalıştım. Üç sakallı adam alışveriş arabalarıyla hâlâ saçağın altında oturuyordu.

Alışveriş arabalarına baktıktan sonra Del'e dönüp gülümsedim. "Aklıma çok güzel bir fikir geldi."

İki blok uzaklaşmıştık ki Del, "Bu hiç de güzel bir fikir değilmiş," dedi.

"Çünkü doğru dürüst süremiyorsun Del." Tucker'a bakmamaya çalışarak alışveriş arabasını ittim, Tucker'ın arabanın içinde sırtüstü yattığını görmek hoşuma gitmiyordu, kolları ve bacakları ölü bir böceğinkiler gibi kıvrılmıştı ve kedileri severken yüzünde beliren o sevgi dolu, aptalca ifade olduğu gibi kalmıştı. Yükümüz ağır değildi. Tucker'ı içine koymadan önce arabada ne varsa boşaltmıştık, yine de arabayı itmek zahmetliydi. Arabayı aldığım için kendimi suçlu hissediyordum. Samson'ı bıraktığım için de suçlu hissediyordum.

Meydandan ayrılmadan önce Samson'a bir not bırakmıştım. Nola'nın kozmetik çantasından bulduğum en parlak rujla arabanın ön paneline bir not yazmıştım.

AARDMAN ÇİÇEKÇİLİK'TE BULUŞALIM

-G

Nola'nın deliye döneceğini biliyordum ama bu riski göze almak zorundaydım. Büyükanneyi bulsam da bulmasam da çiçekçiye varır varmaz zamanı tekrar başlatacaktım. Samson ve Nola çiçekçiyi bulabilsin diye dua ediyordum. Babam hâlâ Kansaska-Nebransas'ta olduğundan, annem de Evergreen'de bir yerlerde çekicinin gelmesini beklediğinden ailem zaten yeterince dağılmıştı. Samson'dan da uzun süre ayrı kalmak istemiyordum. Biz Beaumont'ların bir arada kalması gerekiyordu.

Ama bazen nasıl davranmam gerektiğini unutuyordum.

"Hiç de yamuk sürmüyorum Gözlük," dedi Del arabayı iterek. "Arabanın tekerleği bozuk. Bu şey düzgün gitmiyor ki." Del ve ben omuz omuza, Denver'ın trafiğe kapalı sokağında karları yara yara arabayı iteledik. 16. Sokağın iki yanında devasa gökdelenler ve eski, tarihi yapılar vardı. Yürürken saçlarımıza ve paltolarımıza dantel şekilli kar taneleri yapışıyordu.

"Daha hızlı gitmemiz gerek," dedim, bir yandan da büyükannenin tacını ve kabarık elbisesini görme umuduyla etrafı tarıyordum. Hareketsiz bir sincabın yanından geçmek için arabaya yüklendim.

"Bu tekerleklerle gidebileceğimiz maksimum hıza ulaştık bence Gözlük. Sanki büyükannemin hamburger sosundan oluşan bir nehirde ilerlemeye çalışıyoruz. O kadar koyu oluyordu ki." Del kıkırdadı, sevdiğiniz ya da özlediğiniz bir şeyi hatırladığınız zamanki gibi bir gülüştü bu.

"Vay canına. Şunu görüyor musun? Yoksa ben kafayı mı yedim?" Del başını çevirip az evvel yanından geçtiğimiz binaya baktı. Ben de Del'in bakışlarını takip edip ikinci kattaki pencereye baktım, siyah saç örgülü, pembe bale elbiseleri giymiş birbirine benzeyen iki kız gözlerini bize dikmişti. Parmak uçlarında zıplayıp deli gibi el sallıyorlardı, onlar da bizi gördükleri için çok şaşırmıştı. Kızlar bale dersi alan ikiz balerinlerdi. Pencerenin altındaki tabelada *Michelle Robin Dans Okulu* yazıyordu.

Gözlerimi çevrede gezdirip etrafı dinledim. "Zaman yeniden akmaya mı başladı Del?"

"I ıh." Del yavaşça başını iki yana salladı. "Duralım mı?" diye sordu. "Gidip kızlarla tanışsak mı?" Elini kararsızca dansçılara sallarken içini çekti. "Belki bir kulüp ya da takım gibi bir şey kurabiliriz. Kendimize Zamansız Savaşçılar adını verebiliriz. Acaba kaç insan zamanı durdurma gücüme karşı koyabiliyor merak ediyorum."

Zamanı benim durdurduğumu Del'e söylemeye hâlâ cesaret edemiyordum. Del'in ve camdaki kızların neden donmadığı hakkında hiçbir fikrim yoktu. O anda yalnız tek bir şey biliyordum:

"Boşa vakit harcayamayız. Zaman aksa da akmasa da büyükannemin bana ihtiyacı var."

Hareket eden başkalarını da görecek miyim diye etrafa bakınıp duruyordum. Önce Del... şimdi de ikize benzeyen o iki kız. Dünyada zamanı durdurma yeteneğimden etkilenmeyen başka insanların da olabileceği düşüncesini kafamdan atamıyordum. Hollanda'da bir çocuk gece yarısı uyanıp yel değirmenlerinin dönmeyi neden bıraktığını merak ediyor muydu acaba? Çin Seddi'nde bir tur rehberi turistlerin donup kaldığını görünce afallıyor muydu? Bu insanlar da Zamansız Savaşçılar olmak ister miydi?

"*Aardman Çiçekçilik.*" Sonunda çiçekçi dükkânına vardığımızda Del camın üstündeki tabelayı okudu.

Hüzünle kapıya yapıştırılmış nota baktım. "*Fırtına dolayısıyla kapalıyız.*"

Turuncu-mavi renkte parkası ve aynı renklerde şapkası olan bir adam kapıda heykel gibi duruyordu, elindeki anahtarı kilide sokmuştu.

Büyükanne Pat'ten eser yoktu.

Del bir süre donup kalmış çiçekçiyi süzdü, sonra parmaklarını iki kez şıklatıp avucunu açtı. "Yanına aldığın şu ruju versene Gözlük."

Elimi cebime sokup Nola'nın rujunu arandım. "Onunla ne yapacaksın?" diye sordum ruju Del'e verirken.

"Adamın suratını turuncuya boyamak istiyorum. Sorun etmeyecektir, Broncos'u tutuyor." Del adamın paltosundaki takım renklerini işaret etti.

Başımı iki yana salladım. "Bence yeterince eğlendik Del. Ayrıca Nola kozmetik çantasını karıştırdığım için bana çok kızacak. Rujuna daha fazla zarar vermesek iyi olur."

"Aa, hadi ama Gözlük! Büyükannem bir makyözdü. Amcamın dükkânındaki kozmetik tezgâhının arkasında onu izlerken makyaj hakkında epey şey öğrendim." Del konuşurken çiçekçinin sol yanağına öfkeli bir at profili çizdi. Taraftar sanatını bitirdiğinde donmuş çiçekçiyi üç parmağıyla dürttü, adam önce sola sonra sağa doğru eğildi.

"Kes şunu," dedim gülmemeye çalışarak. "Onu böyle bırakırsan zamanı tekrar başlattığım zaman yere düşer. Hem şimdi ne yapacağımıza karar vermemiz gerekiyor." Ama ne yapmam gerektiğini zaten biliyordum. B planına geçme vakti gelmişti. Şimdi Samson ve Nola'yla buluşup doğruca eski lise binasına gitme vaktiydi. Büyükanneyi orada bekleyip o hain saat kulesine çıkmaktan alıkoyacaktık. Yalnız ne zaman aklıma kule gelse kaçıp saklanmak istiyordum. Bununla yüzleşebileceğimi sanmıyordum. Olacakları gerçekten izlemeye dayanamazdım. Olup bitenleri banyo aynasında izlemek bile yeterince dehşet vericiydi. Büyükanneyi yakalayıp tutacak kadar güçlü olup olmadığımı öğrenmeye hazır değildim.

Ya tutamazsam?

Ben bebeğin tekiydim. Aptal ve korkak bir bebek.

"Gypsy? Hey! Burada mısın acaba Gözlük?" Başımı kaldırdığımda Del'in bir elini gözlüğümün önüne doğru salladığını gördüm.

"Ne dedin?"

"Galiba zamanı yeniden benim başlatacağımı söylemek istedin, değil mi?" Del kaşlarını çattı. "Zamanı sen başlatacakmışsın gibi konuştun da..."

"Del..."

"Şşş! Geride dur ve beni izle. Zamanı yeniden başlatacağım, sadece senin için Gypsy Beaumont. Sonra da bu adama büyükanneni görmüş mü diye soracağız."

Omuzlarımı sarkıtarak zamanı yeniden başlatmaya çalışan Del'i izledim. Del olduğu yerde zıpladı. Havada uçuşurken donup kalan karlara yumruk attı. Gözlerini kapayıp ellerini çırptı ve bağırdı, "Bibbidi... bobbidi... pastırmalı çizburger!"

"Aba-daba-duu-kadabra!"

"Kahretsin!"

Numaraları ve komik büyülü sözleri işe yaramasa da Del pes etmedi. Yardım etmek istiyordu ve sorunla yüzleşmekten korkmuyordu.

"*Ne olursa olsun* demeyi deneyebilirsin," diye mırıldandım kendi sihirli sözlerimin artık işe yaramamasına üzülerek.

"Ne olursa olsun mu?"

"Shakespeare'den alıntı sözler, büyükbabam ölmeden önce benimle paylaşmıştı," diye açıkladım. "*Ne olursa olsun zaman en kötü günün de sonunu getirir.*"

"Bunu sevdim." Del onaylarcasına başını salladı. "Yani şey demek istiyor: Ne olursa olsun zaman akmaya devam eder ve kötü günler muhakkak son bulur. Değil mi?"

"Evet."

"Ama *ne olursa olsun* aynı zamanda *hodri meydan* anlamına da geliyor değil mi?"

"Şey... evet, sanırım." Del'in söylediğini yine onaylasam da bu kez biraz şüpheliydim.

Del kollarını iki yana açarak bağırmaya başladı: "Hey, zaman! Ne olursa olsun! Hodri meydan!" Sözlerin tek başına zamanı durduramadığı ve başlatamadığını düşündüm. Bunu SUV'un içinde *dur* dediğimde ve hiçbir şey durmadığında öğrenmiştim. Hâlâ bir şeyi eksik yapıyordum. Bulmacanın çok önemli bir parçasını gözden kaçırıyordum, bulmacayı çözersem yeteneğimi tekrar kontrol edebilecektim. Zamanı istediğim gibi durdurup başlatabilecektim.

Küçük Tuck'a bir göz attım, hâlâ alışveriş arabasının içinde iki büklüm yatıyordu, o anda beş gün önce zamanı durdurduğum ilk sefer aklıma geldi. Tucker'ı suçlamıştım. Beni çok sinirlendirmişti. Ayrıca da korkutmuştu, yeteneğimin değişmesinin beni korkuttuğundan yüz kat daha fazla korkutmuştu. Tucker'ın evi yıkmasından korkarak gözlerimi kapatıp arkamı dönmüştüm. Büyükannenin evinde, cam paramparça olmak üzereyken de aynı şeyi yapmıştım ve otobüs terminalinde B-Bug, Del'i yere yıkacağı zaman da. Her defasında arkamı dönmüş, olup bitenleri ya da olacakları görmek istememiştim. Hiçbir şeye meydan okumak istememiştim.

Göğsüm yanmaya başlayınca nefesimi tuttuğumu fark ettim. Ciğerlerimi havayla doldurup tekrar boşalttım ve dikkatimi yeniden önümdeki donup kalmış âna verdim –kar, şehir, lamba direkleri, çiçekçi, Del ve Tucker. Otobüs terminalinde zamanı durdurduğumdan beri geçen uzun süre oldukça ilginçti. Ama artık sonraki âna geçmek istiyordum ve ondan sonrakine...

"Zamanın yeniden akmaya başlamasına gerçekten hazır mısın Del?"

"Şaka mı yapıyorsun? Hem de fazlasıyla hazırım. Ya sen?"

"Evet, hazırım," dedim. "Ne olursa olsun hazırım." Bu kez sözler bana çok derin ve gerçekçi gelmişti. Ayrıca sözleri söylememe hiç de gerek olmadığını artık biliyordum. Gözlerimi açık tutarak Del'in yaptığı gibi geri gelen zamanı kucaklayacakmışçasına kollarımı iki yana açtım. Kucaklamaya hazırdım ya da deneyime ya da bundan sonra her ne olacaksa üstesinden gelmeye... ve daha sonra olacaklara... ve daha da sonra...

Değiştiremediğim şeyleri düşünmemeye çalıştım. Gerçekleşmesinden korktuğum şeyleri de. Del'in beni izlediğini hissedebiliyordum, durduğum yerden etrafa yayılan güçlü çekişi hissetmiş gibiydi, dünyayı yeniden döndürmeye başlayacak olan çekişi.

Bölüm 17

FIRTINALI AKŞAMIN GÜRÜLTÜ PATIRTISI birden geri dönüverdi. Buz gibi esen rüzgâr kar tanelerini kaldırımlara çarpıyor, gazete otomatlarına, sokak tabelalarına ve üstümüze yapıştırıyordu. Fırtınanın dönüşü içimi gururla doldurmuştu.

Zamanı yeniden başlatmıştım, hem de isteyerek!

Rüzgârı ve soğuğu umursamadan zaferimi kutlamak için olduğum yerde döndüm. Sonra buza basıp düştüm. Dondurucu soğuk benimle alay ediyordu sanki, artık büyümem ve yaşıma uygun davranmam gerektiğini, bir sersem gibi karda dans edip kaymamın yakışık almadığını hatırlatıyordu bana.

Kaldırımda sırtüstü yatarken Tucker'ın bağırdığını duydum, "Hey! Neler oluyor? Bu arabaya nasıl bindim?" Çiçekçi de, “Siz üçünüz nereden çıktınız? İyi misin evlat? Kafanı mı vurdun?” diyordu.

Del ve çiçekçi yardımıma koşup beni yerden kaldırdılar ve paltomla taytımdaki karları silkelediler.

“Ben iyiyim,” dedim kendimi aptal gibi hissederek. “Bir yerim acımadı.”

Gururum dışında.

Samson ve Nola'nın yanımıza gelmesinin ne kadar vakit alacağını bilmiyordum. Ama çiçekçiye durumu açıklayınca adam bir iyilik yapıp dükkânda beklememize izin verdi. Kendimi onun dükkânı önünde yaralamış olduğumdan endişeleniyordu. Sanki buzda kayıp düşmem benim değil de onun hatasıymış gibi.

“Hiçbir haysiyetli Aardman üç çocuğu karanlık çöktükten sonra tipinin ortasında bir kaldırımda bırakmaz,” dedi adam. Bize kendini tanıttı: “Thomas G. Aardman, Colorado valisinin dördüncü göbekten çiçekçisi.” Sonra Tucker'ı alışveriş arabasından kaldırıp aldı ve hepimizi dükkânına götürdü, yüzündeki turuncu süslemenin farkında bile değildi.

Bay Aardman dükkânın bütün ışıklarını yaktı. Çatı kirişlerinden sarkan rengârenk kurdeleler ısıtma sisteminden çıkan sıcak havayla titreyip hışırdadı. Dükkân cam soğutucuların içindeki yüzlerce çiçeğin kokusuyla doluydu. Gözlerimi kapatıp güllerin, frezyaların ve karanfillerin kokusunu içime çektim. Bir anda nerede olduğumu, burada ne için bulunduğumu unutuverdim. Kır çiçekleriyle dolu bir çayırın ortasında olduğumu hayal ettim, etrafımda devasa cam kavanozların olduğunu... Tıpkı yetenekli büyükannem Dollop O'Connell'ın bir zamanlar radyo dalgalarını saklamak için kullandığı kavanozlara benziyorlardı.

Büyükanne Pat'in de yetenekli bir ailede doğmuş olmasını nasıl isterdim! Neden Patrice Beaumont'ın DNA'sında da annemin annesiyle babasında olduğu gibi birazcık sihir yoktu ki?

Bay Aardman'ın büyükannemi görmediğini öğrenince moralim bozuldu. Şimdi kar iyice artmıştı, hangisinden daha fazla korkmam gerektiğini bilmiyordum: Büyükanne Pat'in saat kulesine ulaşmasından mı yoksa ulaşamamasından mı? Ya çoktan büyükanne şeklinde bir dondurmaya dönüştüyse?

Tucker soğuktan içeri girer girmez tuhaf davranmaya başladı. Del'in bana nasıl yardım ettiğini ve zamanı durdurduğum zaman bir şekilde herkes gibi donup kalmadığını kulağına fısıldayarak hızlıca açıkladığım halde dönüp de Del'e bakmadı bile. Oysa Tucker'ın beni soru yağmuruna tutacağını sanıyordum. Onun yerine kıpırdanıp kıvranarak kollarını kalbinin yerinden fırlamasını engellemek ister gibi önünde kavuşturdu. Annemin yaptığı kurabiyelerin hâlâ sıcak olduğunu fark etmeden iç çamaşırına doldurmaya çalıştığı zamandan beri Tucker'ı hiç bu kadar gergin görmemiştim.

"Tuvaletin falan mı var senin?" diye sordum tuvaletin nerede olduğunu anlamak için dükkâna bakınarak.

"Hayır, hayır!" Tucker başını iki yana salladı. Sonra benden ve Del'den uzaklaşıp paltosunun içine doğru sakinleştirici sözler etmeye başladı, sanki göbek deliğini her şeyin yoluna gireceğine ikna etmeye çalışıyordu.

"Midesi bulanıyor olabilir," dedim Del'e, zamanı durdurduğum zamanlar kardeşimin midesinin rahatsız olduğunu hatırlamıştım. Bay Aardman da eliyle karnını tutarak dükkânın arka tarafında gözden kayboldu.

Del de hasta gibi görünüyordu. Hayır… hasta gibi değildi. Yas tutar gibiydi. Hüzünlü. Hayal kırıklığına uğramış. Soyulmuş. Del zamanı yeniden başlatışımı izlemişti ve süper güçlere sahip olduğu inancını bütünüyle yitirmişti.

Gözlerimi sıkıca kapadım. Artık yeteneğimi nasıl kontrol edeceğimi anlamaya başlıyordum. Gözlerimi kapatmak zamanı durdurmanın önemli bir parçasıydı. Bir diğeri de mümkün olduğunca büzülmekti. Daha çok alışkanlıktan sessizce *dur-dur-dur* deyip zamanı durdurdum ki Del kendini rahatça toparlayabilsin. Dünyanın yavaşlayıp durduğunu hissettim, sanki koşmakta olan bir atın dizginlerine asılmıştım.

Gözlerimi tekrar açtığımda yaptığım şeyden çok memnun kaldım. Çiçek soğutucuların sesi kesilmişti. Yukarıdaki kurdeleler sallanmayı bırakmıştı. Del'in dudakları sımsıkı kapalıydı.

"Sen ciddi misin?" Del gözlerini devirdikten sonra mırıldandı, "Gösteriş." Ama bunu söylerken dudaklarında istemeden de olsa bir gülümseme belirmişti, demek ki o kadar da kızgın değildi.

"Ben sadece…"

"Of! Zamanı yeniden başlatır mısın Gözlük?"

"Evet, tabii! Ben… Pratik yapmam iyi oldu." Yüzümü buruşturarak fısıldadım, "Üzgünüm." Sonra dimdik durup bütün gücümü toplayarak ve gözlerim açık halde dizginleri tekrar gevşetip zamanın dörtnala koşmasına izin verdim.

Az sonra Bay Aardman bir kar küreği, bir torba buz çözücü ve ilk yardım için buz kesesiyle geri döndü.

Buz kesesini bana atınca, "Gerçekten iyiyim," dedim. "Buzda hiçbir yerimi incitmedim." Bay Aardman öyle endişeli görünüyordu ki sırf kendini daha iyi hissetsin diye buz kesesini alıp kafamın arkasına tuttum. Çiçekçi bana ve Del'e başını salladıktan sonra küreğiyle kapıya çıktı, dükkânının önündeki kaldırımı benim gibi kıpırdak kızlar için güvenli hale getirmeye kararlıydı.

Del'le birlikte düğün danışma köşesindeki rahat sandalyelere çöküp Samson ve Nola'nın arabayla gelmesini bekledik. Hiç gereği olmadığı halde buz kesesini kafama tutmaya devam ediyordum. Del paltosunun fermuarıyla oynayıp duruyordu.

"Ee, radyoaktif bir güneş saatine falan mı takıldın?" diye sordu Del. "Yoksa doğduğun zaman seni sihirli saat yağıyla mı yıkamışlar?"

İçimi çektim, Del'e doğru dürüst bir açıklama borçlu olduğumu biliyordum. Onu şu anda yaşadığı hayal kırıklığından korumak için zamanı durdurma gücüne sahip olduğuna inanmasını istemiştim. İnanması zor gerçeği Del'e anlatmak zorunda kalacağımı biliyordum.

O akşam ikinci kez aile sırlarımız ortaya döküldü, on üçüncü doğum günleri, yetenekler, değişim, saat kulesi sahnesi. Del'e her şeyi anlattım. Del sözümü kesmeden dinledi ama gerçeği anlatmam işleri daha da kötüleştirmiş gibiydi. Del şimdi öncekinden de kederli görünüyordu.

Bay Aardman hâlâ kaldırımdaki karları kürüyor, temizlediği yerler anında yine karla kaplanıyordu. Birden dükkânın kapısı açıldı ve Samson içeri daldı, Nola da arkasındaydı.

"Gypsy! Tucker! Mümkün olduğunca çabuk geldik!"

Bölüm 18

"BUNU BİR DAHA ASLA yapma Gypsy!" dedi Samson, Nola'yla birlikte dükkâna girerlerken. "Birbirimizden böyle ayrılamayız. Ya sizi bulamasaydık? Arabanın ön paneline yazdığın notu gösterip Aardman Çiçekçilik'in nerede olduğunu sorduğum zaman polis beni deli sandı."

"Rujumu kullanmak zorunda mıydın Gypsy?" Nola kızgın gözlerle bana baktı. "Bize not bırakmak için daha temiz bir yol bulamaz mıydın? Hey… sen de kimsin?" Nola, Del'i fark etmişti.

"Ben mi? Hiç kimse," dedi Del somurtarak. "Özel biri değilim yani." Del kaşlarını çatarak Nola'nın beceriksizce yapılmış ağır makyajını inceledi.

"Bu Del, çocuklar," dedim buz kesemi Del'e doğru sallayarak. "Endişelenmeyin, her şeyi biliyor. Ona yeteneklerimizden bahsettim, Del büyükanneyi aramama yardım ediyordu. İnanmayacaksınız ama zamanı durdurmamdan hiç etkilenmiyor! Bana yardım ederken..."

"Gypsy!" Del'i umursamadan önümde çömelen Samson'ın gözleri kor gibi parlamaya başlamıştı. Önce aile sırrımızı bir yabancıya söylediğim için bana kızacağını sandım. Ama Samson, "Neden elinde buz torbası var Gypsy? Bir yerini mi yaraladın?" diye sordu.

"Dur bir bakayım!" Nola kardeşimi kenara itti. Ben karşı koyamadan Nola iki eliyle kafatasımı incelemeye koyuldu, orada olmayan bir şişlik arıyordu. Dikkatle bana bakarak bir parmağını havaya kaldırıp gözlerimin önünde ileri geri hareket ettirdi.

"Ne yapıyorsun?" dedi Del gülüşünü bastırmaya çalışarak. Del'in güldüğünü görmek beni rahatlattı. Belki de Del sonsuza dek bana gücenik kalmazdı.

"Kafasına darbe almış mı diye bakıyorum," dedi Nola ters bir şekilde.

"Kafama darbe almadım Nola. Hatta..." Önümüzden turuncu çizgili, küçük bir yavru kedi, arkasından da Tucker koşarak geçince sözüm yarıda kaldı.

"Tucker! Tucker!" diye seslendim ardından. "O kediyi terminalden mi aldın?"

"Geri koyacaktım Gypsy!" diye bağırdı Tucker omzunun üstünden. Yavru kediyi yakaladıktan sonra yanımıza getirdi. "Ben sadece bir dakikalığına kediyi okşamak istemiştim. Sonra kendimi alışveriş arabasında buldum. Kaptan Fırtına'nın da arabaya binmesi benim hatam değil. Zamanı durdurup ikimizi de buraya getiren sensin."

"Kaptan Fırtına mı?" dedim Tucker yavru kediyi kucağıma bırakırken. Minik kedi miyavlamaya başladığında kendimi tutamayıp gülümsedim.

"Kaptan Fırtına Tüylüpantolon," diye kedinin adını gururla söyledi Tucker. "Bence ona yakışıyor. Çok güzel tüylü bir pantolonu var."

"Ya dişiyse?" dedi Nola, Kaptan Fırtına'nın ipeksi kuyruğunu okşayarak.

"Saçmalama," dedi Tucker. "Kızlar da kaptan olabilir. Öyle değil mi Gypsy?"

"Haklısın Tuck," dedim.

Ondan sonra Kaptan Fırtına Tüylüpantolon'un dişi olduğu anlaşıldı ve Büyükanne Pat'i ararken bir yoldaşımız daha oldu.

Kedinin görüntüsü herkesi sakinleştirdi. Böyle sevimli ve süper yumuşak bir tüy yumağı ellerinizde kıvrılıp gözlerini kapatarak mırlarken üzgün ya da endişeli olmak mümkün değildi.

Hep birlikte düğün danışma bölümünde oturuyorduk. Kediyi sevme sırası Samson'daydı. Sonra sıra Del'e geldi. Del, Kaptan Fırtına'yı tutması için Nola'ya uzatırken, "Sen büyükannenin komşususun demek. Bu insanların yetenekleri onlarla yeterince takılırsan sana da geçer mi acaba? Herhalde senin de gerçeklik saptırıcı bir yeteneğin vardır."

Nola otomatik olarak şapkasının erimiş pullarına dokundu. "İnan ben bu çılgın aileden değilim. Benim kendi büyük planlarım var." Nola, Kaptan Fırtına'yı Tucker'a geri verip ayağa fırlayarak oynak pop-star pozlarına büründü. "Bir gün kalabalıkların karşısında şarkı söyleyip alkış seslerini dinleyeceğim."

"Adının ışıklarla yazıldığını görmek istiyor," dedi Samson.

Nola yumruklarını kalçasına dayadı. "Şüphen mi var Ateş Adam?"

"Hiç de değil," dedi Samson. "Aslında şu anda adını ışıklarla yazabilirim." Kardeşim de ayağa kalktı, sonra bir elini havaya kaldırıp tutuşturdu. Alevler çıkan parmaklarıyla havada çabucak bazı hareketler yaptı, parmaklarının geride bıraktığı turuncu korlar Nola'nın adını oluşturuyordu. Samson'ın havai fişek gösterisi yalnızca bir saniye sürdü. İşi bitince elini dev bir kibriti söndürür gibi üfleyerek söndürdü. Nola'yla birlikte onu alkışladık. Samson kızararak başıyla bize selam verdi.

Kıkırdadım. İçe kapanık kardeşim şimdi hava atıyordu. Bir kızı etkilemeye çalışıyordu. İşe de yarıyor gibiydi. Nola etkilenmiş görünüyordu. Samson'ın alevleri optik sinirlerine kazındığı için Nola'nın gözleri hâlâ parıldıyordu.

Del düşünceli bir biçimde başını iki yana salladı. Sonra Tucker'a dönüp, "Keşke ben de sizin aileden olsaydım ufaklık. Bahse girerim on üç yaşına gelip kendi özel güçlerine kavuşmak için sabırsızlanıyorsundur."

"Beklememe gerek yok ki," dedi Tucker sırıtarak. "Ben yeteneğime erken kavuştum. Şunu izle!" Daha hiçbirimiz onu durduramadan Tuck yüzünü buruşturup osurdu.

Sonra iki kat büyüdü.

"Yaşasın! Başardım! Bu kez sinirlenmeme bile gerek kalmadı."

Minik Kaptan Fırtına şaşırarak Tucker'ın kocaman omzuna tırmandı. Sonra tırnaklarıyla tutuna tutuna Tucker'ın paltosunun arkasından inip yere atladı.

"Vay canına!" Del kıskançlıkla Tucker'a bakarken ağzı bir karış açık kalmıştı.

Tucker'ın tekrar normal boyutlarına dönmesi uzun sürmedi. Şeker vermemize bile gerek kalmamıştı. Kaptan Fırtına Tüylüpantolon'un birkaç kez dokunaklı biçimde miyavlaması yetmişti. Tucker derhal her zamanki haline bürünmüş ve yeni kedisini kucaklamıştı.

Saatime baktım. İnanması güç olsa da büyükannemin evinden ayrılalı daha iki saat olmamıştı. Saat böyle söylese de bana çok daha uzun zaman geçmiş gibi geliyordu.

"Gidip büyükanneyi bulmamız lazım," dedim diğerlerine. "Gece yarısı Larimer Lisesinin saat kulesine yakın bir yerde olmasını istemiyorum. Hatta şehirde olmasını bile istemiyorum."

"Merak etme Gypsy," dedi Samson. "Daha çok vaktimiz var. Saat daha sekiz. Söz veriyorum onu bulacağız. Sen gitmeye hazır mısın?"

Başımı sallarken bir an duraksadım. "Annemi aramalıyız. Eğer büyükannemin evine döndüyse endişe içindedir. Bizi aramak için bu karlı havada tekrar dışarı çıkarsa bir çığı tetikleyebilir."

Samson bana hak verdi. "Gitmeden önce dükkânın telefonunu kullanabiliriz."

"Del'de telefon var," dedim, Del'in Tripp'in telefonunu kabadayının koca elinden zorla alıp pantolonunun cebine koyduğunu hatırlamıştım.

Samson elini Del'e uzattı. "Telefonunu alabilir miyim?"

Del telefonu hemen vermeyince Samson'ın gözlerinde kızıl-turuncu bir parıltı belirdi.

"Sakin ol dostum!" Del hemen elini cebine soktu. "Alev almaya gerek yok." Del, Tripp'in telefonunu Samson'ın eline sertçe bıraktığı anda telefon bahsini açtığıma pişman oldum. Tripp'in dükkândan bir şeyler aşırmasına göz yumması için Del'e nasıl şantaj yaptığı aklıma gelmişti. Tripp, Del'i telefondaki bir fotoğrafla tehdit etmişti. Kısa süre önce olsa gözlüklerimin üstünden Del'e bakarak geçmişini görmeye çalışır, o baktığımı bile fark etmezken geçmiş yaşantısını kurcalayabilirdim. Yine de artık bunu yapamadığıma memnundum. Del'den hoşlanmıştım. Özel hayatına saygı gösterilmesini hak ediyordu.

Samson başparmağını ekranda kaydırınca telefonun parlak ışığı yüzüne vurdu. Kardeşim duraksayıp gözlerini kısarak kilit ekranında otomatikman beliren resme baktı. Del'e baktıktan sonra bakışlarını tekrar telefona çevirdi.

"Bu senin kız kardeşin mi Del?" diye sordu telefonu havaya kaldırarak. "Sana çok benziyor. Sadece daha sevimli."

"Bakayım!" diye cıvıldadı Nola telefonu almaya çalışarak. "Kardeşini görmek istiyorum." Del sandalyesinden fırlayıp Nola'dan önce davranarak telefonu kaptı. Birden bir şey hatırlar gibi oldum... Del'in terminalden ayrılırken söylediği bir şey. Ama tam olarak ne dediğini hatırlayamadım.

"Herkes geri çekilsin," dedi Del kendini korumak ister gibi kolunu havaya kaldırarak. "Bu telefonla yapmam gereken birkaç konuşma var. Siz tezgâhın arkasındaki telefonu kullanabilirsiniz."

Samson şaşkınlıkla kaşlarını kaldırdı ama meseleyi uzatmadı. Del'e başını salladıktan sonra kasanın yanında duran telefona doğru yürüdü. Del, Tripp'in telefonuna dokunup şifre koruması olduğunu görünce alçak sesle sövdü.

Del öteki telefonu kullanmak için Samson'ın yanına giderken Tucker dükkânın yapay çiçek aranjmanlarının birinde bir tavuskuşu tüyü bulup kediyi bununla oynatmaya başladı. Samson ve Del telefon konuşması yaparlarken Tucker ve Kaptan Fırtına da dükkânın içinde hoplayıp zıplıyordu.

"Sen birini aramak istiyor musun Nola?" diye sordum oyun oynayan Tucker ve Kaptan Fırtına'yı izlerken.

"Hayır," dedi Nola. "Daha önce de dediğim gibi annemle babam dışarı çıktığımı bile bilmiyorlar. Yani hâlâ bir umut ışığı var. Annemle babam eve dönmeden annemin arabasını temizleyebiliriz belki."

"Annemin telefonu hâlâ sesli mesaja düşüyor," dedi Samson yanımıza gelerek. "Bir mesaj daha bıraktım. Umarım gördüğün o çekici kamyon sırf annem bindi diye bozulmamıştır Gypsy."

"Mesele halloldu," dedi Del yanımıza gelip ellerini çırparak. "Amcama eve gittiğimi, annemle babama da amcamda kalacağımı söyledim. Umarım birkaç saatliğine paçayı kurtarmışımdır. Belki büyükannenizi bulduktan sonra beni arabayla eve bırakırsınız ha?" Del'in yüzünde önce düşünceli, sonra da sıkıntılı bir ifade belirdi.

"Gözlük..." dedi bana bakarak. "Büyükannenin saat on bir elli sekizde saat kulesinin tepesinde olacağını söylemiştin, değil mi?"

Başımı salladım, neyse ki saat daha sekizdi.

Del kaşlarını daha da çattı. "Evet... şey, lise binasının

yıllardır kapalı olduğunu söylemiştim, hatırladın mı? Bunu söylemekten nefret ediyorum ama o saat yıllardır çalışmıyor. Kadranları on bir elli sekizde takılıp kaldı. Gösterdiği tek saat bu."

Bay Aardman'ın buz torbasını yere düşürdüm. Yüzümün solduğunu hissedebiliyordum. "Galiba kusacağım."

"Kesinlikle beyin sarsıntısı geçiriyorsun," dedi Nola buz torbasını yerden alıp tekrar bana vererek. "Sakin olman gerek Gypsy."

"Kafamı çarpmadım Nola!" dedim öfkeyle. "Del'in ne dediğini duymadın mı? Eğer gördüğüm saat sürekli on bir elli sekizi gösteriyorsa..."

"O zaman hiçbir şeyden emin olamayız," diye sözümü kesti Samson, "Büyükanne şu anda orada olabilir."

"Gitmemiz gerek!" dedim.

Del kalkmama yardım etmek için elini uzattı. Kabul ettim. Ayağa kalktığımda elimi bırakmayınca -şapşal gibi kızsal bir memnuniyet duyarak- şaşırdım.

Paltolarımızı, şapkalarımızı, eldivenlerimizi ve kedimizi alarak kapıya koştuk. Ama Del beni durdurdu, diğerleri bizi geride bırakıp dükkândan çıkarken beni kendine doğru çekti.

"Baksana Gypsy. Galiba... aptalın tekiyim." Del'in omuzları çöktü. Sarı renkli şık papyonu bile sarkmış gibiydi. "Saatleri durdurduğuma dair konuştum da konuştum," dedi, "oysa zamanı durduran asıl senmişsin."

"Artık bildiğine göre," dedim Del'in parmaklarının sıcaklığını kendi parmaklarımda duyarken, "hâlâ benimle... yani hâlâ büyükannemi bulmama yardım etmek istiyor musun?" Aslında hâlâ arkadaşım olmak istiyor musun diye sormak istemiştim. Ama hayır deyip elini çekmesine katlanabileceğimi sanmıyordum.

"Tabii ki Gözlük. Sadece..." Del sustu, sanki kendini her zamanki gibi gülmeye ikna etmeye çalışıyordu. "Bana bir iyilik yap, olur mu?" Suratını asarak boştaki eliyle kapıyı açtı. "Lütfen bir süre için zamanı durdurma. Süper kahraman olmadığımın fazla hatırlatılmasını istemiyorum."

"Denerim," dedim, Bay Havalı Zaman Dondurucu'nun hayallerini yıktığım için üzgündüm. Zamanı durduramasa bile sıradışı biri olduğunu Del'e söylemek istedim. Del'in komik, duyarlı ve cesur olduğunu zaten biliyordum, ayrıca tuvalet kâğıdıyla insanları mumyaya çevirmek gibi büyük bir beceriye sahipti. Başka kabiliyetleri de olduğuna emindim. Kendine has yetenekleri. O akşam sona ermeden Del için yeni bir süper kahraman adı bulmaya karar verdim.

Bölüm 19

SAMSON ŞİMDİDEN ARABANIN ÜSTÜNÜ örtmeye başlamış olan karları çabucak temizledi. Del arka koltuğa, Tucker'la aramıza oturdu. Tucker oynamak istediği için kıpırdanıp duran Kaptan Fırtına Tüylüpantolon'u sıkı sıkı tutuyordu.

Samson, Bayan Kim'in beyaz SUV'unu kar altındaki şehirde sürerken arabanın motoru uğultuyla kükrüyordu. Arada bir geçen kar temizleme araçları dışında Denver sokakları bir saat öncesine göre çok daha tenhaydı. Kanal 3'teki sunucu kadın fırtına konusunda haklıydı ve insanlar kadının uyarılarını dikkate almışlardı.

Benim saatim 20.07'yi gösteriyordu. Ama artık zamanın bir önemi kalmamıştı. Büyükanne Pat'in kuleden düşüş görüntülerinin kafamın içinde tekrar tekrar canlanmasına engel olmaya çalışıyordum. Ama başaramıyordum. Gözümün önüne büyükannenin sessiz bir O şeklini almış mercan pembesi dudakları geliyordu. Beyaz buklelerinin yüzünün etrafında uçuştuğunu, kabarık eteğinin rüzgârla dolup havalandığını görüyordum. Korkmamaya çalışıyordum. Ama korkmamak mümkün değildi. Zamanı durdurmak istiyordum. Ama durdurursam Del'le birlikte Larimer Lisesine giden onca yolu yürümek zorunda kalacaktık. Samson ve SUV bizi oraya daha çabuk götürecekti. Del okulun o kadar uzak olmadığını söylemişti.

Nola bir paket dolusu makyaj temizleme mendili harcayarak ön panele yazdığım notu silmeye çalıştı. Ama işe yaramadı. Rujla yazdığım harfler çıkmamış, vinile daha da yayılmıştı.

"Bittim ben," dedi Nola yenilgiyi kabul ederek. "Artık direksiyon sınavına girmeme hayatta izin vermezler. Annem beni öldürecek. Kardiyolog olduğu için de defibrilatörünün elektrotlarıyla kalbimi yeniden çalıştırdıktan sonra beni bir daha öldürecek."

"Amma abarttın," diye mırıldandı Samson, yine de gülümsediğini görebiliyordum. Nola onu duymamış gibi bir avuç dolusu kullanılmış ıslak mendili kozmetik çantasının içine tıktı. Del merakla çantaya baktı.

"Vaktimiz olsaydı sana harika bir makyaj yapabilirdim. Büyükannem profesyonel bir makyaj sanatçısıydı. Onu izlerken çok şey öğrendim. Makyajını düzeltebilirdim. Benim için çocuk oyuncağı."

"Makyajımın nesi varmış?" Nola güneşliği indirip aynanın kapağını kaydırdı. Dudaklarını büzerek yüzünü inceledi.

"Büyükannen makyaj yapmayı kız kardeşine de öğretti mi

Del?" diye sordum, Samson'ın Tripp'in telefonunda gördüğü kız fotoğrafı aklıma gelmişti.

"Kız kardeşim mi?" Del yüzünü buruşturdu. Sonra hatırladı ve gözlerini devirdi. Oturduğu yere büzüldü. "Şey, hayır. O konuda..."

"Sen neden bahsediyorsun Del?" diye sözünü kesti Nola. Kalın eyeliner'lı gözlerini kısarak dönüp Del'e baktı. "Makyajımda tek bir kusur yok!"

"Ciddi mi?" Del kaşlarını kaldırdı. "Yapma ya. Bunu söylemekten nefret ediyorum ama Maskeli Süvari gibi görünüyorsun. Bu maske sahip olduğun tüm güzellikleri gizliyor. Kendini parlamaktan alıkoyuyorsun."

"Öyle mi?" Nola tekrar aynaya bakıp yüzünü daha dikkatle inceledi. "Bence gayet güzel görünüyorum."

"Elbette güzelsin!" dedi Del heyecanla. "Sadece tüm güzelliğini örtüyorsun. Oysa..."

Ama Del, Nola'ya makyaj ipuçları hakkında tavsiyede bulunamadı çünkü tam o anda Samson aniden frene basınca SUV kayarak durdu.

Yolun ortasında dikilen bir adam elini sallayarak durmamızı işaret ediyordu.

Samson arabayı dikkatle yoldaki adama doğru sürdü. Havaya uygun olarak gri bir parka giymiş olan adam bize doğru koştururken başparmağıyla omzunun üstünden karşı şeritteki stop etmiş yeşil sedanı işaret ediyordu. Tipinin içinde arabanın yanıp sönen flaşörleri belli belirsiz seçilebiliyordu.

Adam yaklaşınca Samson camını indirdi.

"Durduğun için sağ ol evlat." Adam soluk soluğa kalmıştı, başını arabanın açık camına uzattı. "Arabam bozuldu ve karım olmak üzere!" Yabancı duraksayıp başını iki yana salladı, güç almak için bir elini SUV'un kapısına yasladı. Sonra bir kez daha arabasını işaret etti.

"Yani karımın bir Stephanie'si olmak üzere!" Bu kez de nefesi tıkanarak isterikçe güldü. "Durun baştan başlayayım. Karımın -karım Stephanie'nin- bebeği olmak üzere. İlk bebeğimiz!" Baba adayı avucuyla Samson'ın açık camının kenarına vurdu. Sonra karın içinde heyecandan hoplamaya başladı. Belki de ısınmak içindi. Ya da her ikisi. Tam olarak anlayamamıştım.

Adam bu karlı akşama mutluluğunu duyurmak ister gibi ıslık çalarak esen rüzgâra karşı, "Parmaklar dostum!" diye bağırdı. "El ve ayak parmakları! El ve ayak parmaklarını saymama çok az kaldı. Baba oluyorum!"

"Karınız arabada mı?" diye sordu Nola, Samson'ın camına doğru eğilerek. "Sancıları ne sıklıkla geliyor?"

"İki dakikada bir," dedi adam gözlerini kocaman açarak.

Nola, Samson'a *eyvah* der gibi baktı.

"Nasıl yardım edebiliriz?" diye sordu Samson, alçak çıkan sesinde gergin ve tiz bir tını vardı.

"Sizin arabaya sıkışabilir miyiz?" Adam SUV'un içine daha dikkatle baktı, Del ve bana, sonra da Tucker'a el sallarken yüzünde umut dolu bir ifade vardı. "Bizi götürebilir misiniz? Bu arada adım Jimmy. James Walker." Bay Walker, Samson'la tokalaşmak için elini camdan içeri soktu. Sonra hoplayıp zıplamaya devam ederek yine arabasını işaret etti.

"Stephanie'yi Mercy Hastanesine götürürken arabanın benzini bitti. 911'i aramak istedim ama düşüremedim."

"Mercy Hastanesi diğer tarafta," dedi Nola, Samson'a arkamızı işaret ederek. Sonra dönüp bana baktı, yüzünden endişe ve kararsızlık okunuyordu. Midemin yine bulanmaya başladığını hissettim, midemin bulanmasının zamanı durdurmakla ya da olmayan bir beyin sarsıntısıyla ilgisi yoktu, Nola'nın ne söyleyeceğini bildiğim için midem bulanıyordu.

"Onları Mercy'ye götürürsek geri dönüp eski lisenin ters istikametine gitmemiz gerekecek Gypsy. Yani Bayan B.'yi aramayı biraz daha ertelemiş olacağız. Ama... bu insanların gerçekten de bekleyecek durumu yok."

Arabadaki herkesin ikilemde kaldığını biliyordum. Ama anlaşılan diğerleri arasındaki sessiz bir anlaşmaya göre kararı vermesi gereken bendim: Ya bebekleri sağ salim doğsun diye Walker'ları hastaneye götürecektik... ya da onları yolda bırakıp büyükanne ve liseye doğru yolumuza devam edecektik.

"Gypsy?" Samson dikiz aynasından gözlerime bakarak bekliyordu. Del ve Tucker dikkatle bana bakıyordu. Herkes biri yeni biri eski iki canın geleceğini belirlemem için benden cevap bekliyordu.

"Onlara yardım etmek zorundayız," dedim gözyaşlarıma engel olmaya çalışarak. Kendimi Büyükanne Pat'e ihanet ediyormuş gibi hissediyordum. Del yeniden elimi tutup destek olmak ister gibi sıktı.

"Ben de büyükanneniz için korkuyorum Gypsy," diye mırıldandı Nola, arkasına dönüp elini titreyen dizime koydu. Samson dudaklarını birbirine bastırarak dikiz aynasından bana bakıp başını salladı, bildiği tek yolla bana cesaret vermeye çalışır gibiydi. Sonra hiçbir şey söylemeden SUV'u Walker'ların arabasına doğru sürdü.

"Bay ve Bayan Walker'ı hastaneye bırakıp hemen dönelim," dedim elimden geldiğince kendimden emin görünmeye çalışarak.

Üç dakika sonra Tucker, Del, Kaptan Fırtına Tüylüpantolon ve ben SUV'un arka koltuğunda, Nola'nın *Denver Alışveriş Merkezi* torbalarından dökülmüş öteberinin arasında sıkış sıkış oturuyorduk. Bagaj bölümünde emniyet kemeri yoktu ama idare etmek zorundaydık, arka koltuğa James Walker ve hamile karısı Stephanie'nin ihtiyacı vardı.

Kocası arabaya binmesine yardım ederken Bayan Walker elinden geldiğince bize gülümsemeye çalıştı. Herkese merhaba demeye başladı. Ama yine sancısı tuttuğundan daha çok "Merhabahh!" der gibiydi.

Samson gazlayıp arabayı hastaneye doğru sürmeye başladı. Bayan Walker, Bay Walker'ın göğsüne vurdu.

"Sana fırtınadan önce benzin almanı söylemiştim Jimmy! Tanrı şahidim olsun ki ilk bebeğimizi bir yabancının arabasında doğurursam..."

"Senden yapmamanı istemiştim ama," diye fısıldadı Del. "Sanırım zamanı durdurmak için çok iyi bir zaman."

"Yapamam Del," diye fısıldadım ben de, keşke yapabilseydim. "Bu kez olmaz."

"Nedenmiş? Büyü gücünü mü kaybettin?"

"Hayır. Şu an bunun bir faydası olmaz da ondan. Bayan Walker'ı hastaneye ikimiz götüremeyiz. Çok uzak. Hamile bir kadını alışveriş arabasına tıkamayız, alışveriş arabamız olsaydı tabii. Eğer şimdi zamanı durdurursam dünyaya gelmeye çalışan bir canı geciktirmekten başka bir şey yapmamış olacağım."

Bayan Walker tekrar inledi. Önündeki koltuğun köşelerini sıkıca tuttu. "Bizi götürdüğün için gerçekten minnettarım delikanlı," dedi Samson'a sıktığı dişlerinin arasından. "Ama daha hızlı gidemez misin acaba?"

"Çocuk elinden geldiğince hızlı gidiyor zaten Steph." Bayan Walker karısının sırtını okşayarak onu sakinleştirmeye çalıştı. "Bundan daha hızlı gitmesi için yoldaki bütün karları eritmesi gerekir."

Samson frene basıp ateş gibi elini alnına vurdu. Arkasına dönüp, "Ben neden bunu düşünemedim?" derken gözleri parıldamaya başlamıştı bile.

"Nola," dedi Samson hemen usulca. "Tıbbi genlere sahip olduğuna göre arkaya geçip Bayan Walker'ı sakinleştirmeye çalış. Bay Walker..." Samson baba adayına döndü. "Benim için üç şey yapmanızı istiyorum." Samson her bir isteği için kıpkırmızı parlayan birer parmağını havaya kaldırdı:

"Bir, bana güvenmeniz gerek. İki, arabayı siz kullanacaksınız. Üç... *aklınızı kaçırmayacaksınız.*"

İki dakika sonra Samson'ın görebildiğim tek kısmı açık sunroof'tan arabanın içine sarkan bacakları ve botlarıydı. Arabanın ön camından görünen manzara kahramanlık filmlerini andırıyordu. Turuncu-sarı renkli iki devasa alev arabanın tepesinden yay çizerek püskürüp önümüzdeki kar yığınlarını eritiyordu. Yolda sadece yanık izleri ve su birikintileri kalıyordu. Samson'ın tam üst tarafımda rüzgâra karşı oturduğunu, alevler uzun saçlarını yalarken kollarını cayır cayır yanan atlara hükmeder gibi öne doğru uzattığını hayal edebiliyordum. Samson'ın belden yukarısı şu anda güneş kadar sıcak olmalıydı. Yoldan geçen biri Bayan Kim'in SUV'unu İlyas peygamberi cennete taşıyan bir savaş arabası olarak görürdü herhalde.

Annemle babam bu yaptığını öğrense büyük ihtimalle Samson'ı okuldan alırlardı. O zaman odasından çalışmanın bir yolunu bulması gerekirdi çünkü bizimkiler evden çıkmasına bir daha asla izin vermezlerdi.

Del, Tucker ve ben SUV'un arkasında hoplayıp zıplayıp birbirimize çarpıp dururken, "Bu plan sadece beni mi endişelendiriyor?" diye sordu Del. "Arabalar benzinle çalışıyor. Benzin de son derece yanıcıdır."

"Ben endişeleniyorum!" diye cıyakladı Tucker, Kaptan Fırtına'yı sıkı sıkı tutarak.

James Walker'ın da endişelendiği ortadaydı. Arabayı deli gibi sürüyor, virajları yan yatarak alıyordu. Omzunun üstünden karısına baktığı zaman gözleri yuvalarından fırlamıştı ve dinamit üstünde oturuyormuş gibi terliyordu. Acaba bizi durdurduğuna pişman olmuş muydu?

Bayan Walker acıdan ya da panikten haykırdığında belki de zamanı durdurmalıyım diye düşündüm. Zavallı kadını suçlayamazdım; Samson'ı yeni yeteneğini kullanırken iş başında görmekle beyninize sıcak sos dökülmesi arasında pek de fark yoktu. Neyse ki Samson'ın tüm ısısı yukarı ve ön tarafa doğru gidiyor, bize gelmiyordu. Yoksa hepimiz kavrulurduk. Ya da patlayıp paramparça olurduk.

"Annemle babam liseye başlamadan önce bana bir doğum videosu izletmişti." Nola, Samson'ın zar zor kontrol ettiği alevlerin gürültüsünü bastırmak için bağırarak konuşuyordu. "Doktor değilim ama henüz ıkınmamanız gerektiğini biliyorum Bayan Walker." Sonra daha yumuşak bir sesle ekledi, "Umarım birkaç ninni öğrenmişsinizdir. Yakında bebeğe ninniler söyleyeceksiniz."

Kaptan Fırtına korkudan Tucker'ın paltosunun içine sinmişti. Tucker, Samson'a tezahürat mı yapsın yoksa kendini bu kaosa teslim mi etsin karar veremiyor gibiydi.

"Al Tuck," dedim cebimdeki son şekeri çıkararak.

"Ufaklığın dayanması için daha iyi bir fikrim var," dedi Del. "Kenara kay Gözlük, bana bırak." Del, Nola'nın alışveriş torbalarını karıştırıp Tucker'ın sakin ve küçük kalması için ihtiyacı olan şeyi çıkardı.

Del'in niyetini anlayınca gülümseyip ona izin verdim.

Şehrin gökdelenlerinin diğer tarafında Mercy Hastanesi göründüğünde Tucker'ın yüzü ustaca boyanmış, gökkuşağı renginde bıyıkları olan bir kedi yüzüne dönmüştü. Nola panik olmuş gibiydi, sanki Bayan Walker annesinin arabasının arka koltuğunda doğurursa ortaya çıkacak pisliği düşünüyordu. Samson ise bitkin düşmüştü.

Kardeşimin alevleri tükeniyordu.

Tulumlu işçiler hastanenin kaldırımlarında kar püskürtme makinelerini sürüyorlardı. Samson'ın son alev jetleri cızırdayarak sönerken şaşkınlıkla baktılar.

Jimmy Walker hızla otoparka dalarken Samson'ın Bebek Walker'ın ilk doğum günü pastasının mumunu yakmaya yetecek kadar bile ateşi kalmamıştı.

Bay Walker arabayı acil giriş kapısına mümkün olduğunca yanaştırdıktan sonra frene bastı. SUV sarsılarak patinaj yaptı, sonra da *çatırt* diye beton bir direğe çarparak durdu.

"Samson!" diye bağırdım, kardeşim SUV'un yan tarafına

doğru yuvarlanırken ayaklarının sunroof'tan yok olduğunu gördüm.

"Beni buradan çıkarın," diye bağırdı Stephanie Walker. "Galiba ağrıdan halüsinasyon görüyorum ve bu bebek bir saniye daha bekleyecek gibi durmuyor."

Herkes arabadan indi. Walker'lar dönüp teşekkür etmeden, hoşça kalın bile demeden hastaneye koştu. Bunu anlayışla karşıladık. Samson yardım etmek için sahip olduğu her şeyi tüketmiş olsa da karı-kocaya hayatlarının travmasını da yaşatmıştı.

Az sonra kardeşimi buldum. Samson kaldırıma serpilmiş buz çözücünün içinde sırtüstü yatıyordu, gözlerini yağan kara dikmişti. Dizleri yukarı çekiliydi, sağ kolunu tutuyordu. Kar taneleri saçlarına düşüyor, pantolonuyla tişörtünde birikiyordu. Yanına gittiğimde kendindeydi. Ama günlerdir ilk defa üşüyordu. Kolunu tutuşundan yaralandığını anladım.

"Galiba yine yaptım Gypsy," dedi zayıf bir sesle, kirpiklerindeki kar tanelerini uzaklaştırmak için gözlerini kırpıştırdı.

"Neyi yaptın Samson?"

"Sanırım yeni bir yeteneğin limitlerini zorladım." Samson memnuniyet dolu cılız bir gülümsemeyle bana baktı. "Bir de galiba omzum çıktı."

Bölüm 20

MERCY HASTANESİNE GİRMEK PLANLARIMIZDA yoktu. Büyükanne Pat hâlâ kayıpken ve Larimer Lisesi kilometrelerce arkamızda kalmışken değil. Ama Tucker'ın bu defa gerçekten tuvalete gitmesi gerekiyordu ve Nola da kardan ve soğuktan uzaklaşabilirsek Samson'ın omzunu yerine oturtabileceğini düşünüyordu.

Nola, Samson'ı hastanenin kayar kapısından içeri sokarken, "Söz veriyorum, elimizi çabuk tutacağız Gypsy," dedi.

Mercy Hastanesinin bekleme salonu ana baba günüydü. Salonun bir kısmı yolda kalanlar ve sokakta kalmaması gereken evsizler için portatif karyola ve battaniyelerle acil durum sığınağı haline getirilmişti. Tıbbi yardım almak için gelmiş insanlar da vardı, bunların kimi karınlarını tutuyordu, kiminin de bir yerleri sargılıydı. Danışmanın önünde kayıt yaptırmak için bekleyenlerden oluşan bir kuyruk vardı, yorgunluktan canı çıkmış bir memur danışma masasında birtakım kâğıtları karıştırıp gerekli bilgileri bilgisayara giriyordu. Duvardaki televizyondan son hava tahmini raporu duyuluyordu.

"... Hızlı ilerleyen fırtına yüzünden kar yağışı beklenildiğinden daha erken hafifleyebilir. Kar küreme araçları görev başında olsa da lütfen tedbiri elden bırakmayın..."

Yakınlarda bir yerde küçük bir çocuk çığlık attı, yaşlı bir adam öksürdü. Küçük bir oğlanın salonun karşısından fırlattığı kâğıt uçurtma, bekleyenler tarafından kuşatılmış kayıt memurunun gözüne çarptı. Bu hengâmenin içinden geçip gitmek kolay oldu. Kimsenin bize baktığı yoktu.

Nola, Samson'ı yarı destekleyip yarı iterek götürürken kimse bir şey sormadan, isimlerini almadan ya da gerçek bir doktoru yardıma çağırmadan Samson'ın omzunu yerine oturtmayı deneyebileceği boş bir muayene odası ya da kilitlenmemiş bir malzeme deposu arıyordu. Hastane personeli olanları fark ederse iş uzardı. O zaman da Büyükanne Pat'e zamanında yetişemezdik.

"*Of.* Beni itmeyi bırak," diye sızlandı Samson fısıltıyla, Nola, Samson'ı sarı bir koridorda ite ite götürüyordu. "Acı çekiyorum, hatırladın mı? Az önce günü kurtardım ya hani?" Köşeyi dönüp kaybolurlarken Nola'nın cevabını son anda duydum.

"Bebek gibi davranmayı kes."

Yaptığı onca şeyden sonra -ateş jetleri, karları eritme ve arabanın tepesinden düşme- Samson kendisine bebek denmesini umursar mıydı acaba?

Samson ve Nola sarı koridorda giderlerken Del ve ben de Tucker'ı mavi bir koridora sokup bekleme alanının karmaşasından uzakta bir tuvalet aramaya başladık.

"Gerçekten çok tuvaletim var Gypsy!" Tucker kolumu çekiştirerek Del'le aramızda hoplayıp zıplıyordu. Kaptan Fırtına, Tucker'ın paltosunun yakasından başını çıkarıp miyavladı. Tuck yavru kedisini sıkıca tutup kendi gökkuşağı rengi bıyıklarını buruşturdu. Del yüz boyama konusunda şimdiye dek gördüğüm en iyi işi çıkarmıştı, böyle detaylar eklemek ancak profesyonel bir makyaj sanatçısının aklına gelirdi. Küçük çocukların sırf yüzleri boyanınca bile kendilerini ne kadar değişmiş hissettiklerini unutmuştum. Ben de zamanında yüzümü kedi gibi boyatmıştım... ayrıca çiçek, ejderha ve kaplan da olmuştum. Ama hiçbiri Del'in Tucker'a yaptığı kadar güzel olmamıştı.

"Gypseeeee," diye mızmızlandı Tucker, hâlâ koluma asılıyordu. Tuck'ın yorulduğunu biliyordum. Saat 20.40'tı ve uzun ve aksiyon dolu bir akşam geçiriyorduk. Kansaska-Nebransas'ta, annem ve babamla birlikte evimizde olsaydık Tucker çoktan dişlerini fırçalamayı bitirmiş, pijamalarını giymiş olacaktı. Masal dinlemeye, kucaklanmaya ve iyi geceler öpücüğü almaya hazırlanacaktı.

"Bil bakalım ne oldu Tuck?" dedim kardeşimi mor bir koridorun ortasındaki erkekler tuvaletine sokarken. "Kediye dönüşmek için özel bir yeteneğe ihtiyacın kalmadı. Del senin için bu büyüyü yaptı."

"Mırrr," dedi Tucker, Kaptan Fırtına Tüylüpantolon'u bana verirken. Annemle babam Tucker'ın kediyi almasına izin versin diye dua ettim.

Tucker erkekler tuvaletinde işini görürken Del ve ben de tuvaletlerin karşısındaki duvarın dibinde küçük kediyle oynamaya başladık. Üstüme bir yorgunluk çöktü. Ama gece daha bitmemişti. Bitkinliğime yenik düşemezdim. Eğer gördüklerim gerçeğe dönüşürse gücümün her bir zerresine ihtiyacım olacaktı. Keşke bir süper kahraman olsaydım, tıpkı Del'in düşlediği gibi... O zaman adamakıllı kaslarım olurdu ve büyükanneyi kolayca kurtarabilirdim.

Bi-biip! İkimiz de Del'in paltosunun cebinden gelen sesle irkildik. Del afallamış vaziyette Tripp'in telefonunu çıkardı, kaşlarını çatarak gözlerini telefona dikti.

"Neymiş?" diye sordum.

"Mesaj," dedi Del. "Tripp'ten." Şifre girmek gerekmeksizin ekranda görünen mesajı bana gösterdi.

Telefonumu aldığını biliyorum
o yaptıklarını nasıl yaptın bilmiyorum
ama seni bulmaya geliyoruz

Endişeyle Del'e baktım. "Tripp bu akşam gerçekten peşine düşmez, değil mi? Bu fırtınada böyle bir şey yapacağını sanmıyorum." Ama aklıma Del'in Tripp'i tuvalet kâğıdıyla sardığı ve B-Bug'ın yumruğunun hedefine yerleştirdiği geldi, bunların arı kovanına çomak sokmaktan farkı yoktu. Ben de sahneye çiçeksi dokunuşlar ekleyerek durumu daha da kötüleştirmiştim galiba.

Del telefonu tekrar cebine soktu. "Aklınca beni korkutmaya çalışıyor," dedi. "Tripp ve B-Bug nerede olduğumu bilmiyorlar ki." Del gayet kibirli konuşsa da çene kasları gerilmişti. Mesaj asabını bozmuştu.

Bir süre Tucker'ın tuvaletteki otomatik el kurutucusuyla oynayışını dinledik, kurutucuyu durmadan açıp kapatıyordu, sonra Del, "Eski B-Bug'ı özlüyorum," dedi. "Gerçek adı *Byron*'dı. Byron Berger. Çok terbiyeli bir çocuktu."

"Şimdi ise epey bozulmuş görünüyor," dedim. "Eğer zamanı tam vaktinde durdurmasaydım arkadaşın Byron yumruğu burnuna indirmişti."

"Evet, büyük ihtimalle." Del omuz silkti. "Ama Tripp söylediği için yapacaktı. Büyükannem hayattayken Byron amcamın dükkânına gelirdi. Büyükanneme kendi büyükannesiymiş gibi davranır, kozmetik tezgâhında onunla takılırdı. Büyükannem de B-Bug'ı severdi, büyükannem sevdiğine göre B-Bug o kadar da kötü biri olamaz. Büyükannem insanları iyi tanırdı." Del sevgili büyükannesinin taklidini yapmak için üst perdeden titrek bir sesle şunları söyledi:

"Şu Byron Berger bir kaşık dolusu şeker kadar tatlı bir çocuk. Ama senin ancak yarın kadar tatlı Antwon, sen benim duble kaşık şekerimsin."

Del hatıralara dalarak gülümsedi.

"B-Bug büyükanneme hep saygılı davranmıştır," diye devam etti. "Sonra büyükannem öldü ve Üçüncü Travis Kaminski nakille Park Hill Academy'ye geldi. Tripp gelince okulda büyük değişiklikler oldu. Geldiğinin ilk haftası bütün okulu konrolü altına aldı, her şey birden değişiverdi." Del başını iki yana sallayıp güldü. "Tıpkı sizin yeteneklerinizin de birden değişivermesi gibi. Hayatın bu kadar çabuk değişebilmesi çok saçma. Öyle değil mi Gözlük?"

"Saçma gerçekten." İçimi çekip Kaptan Fırtına'nın minik kulaklarını okşadım.

"Büyükannen hayatta olduğu için şanslısın," dedi Del. "Ben büyükannemi çok özlüyorum."

Bir şey demedim. Patrice Beaumont gibi bir büyükanneye sahip olmak pek de hoş sayılmazdı.

Erkekler tuvaletindeki el kurutucusunun sesi bir türlü kesilmeyince sabrım tükendi. "Tucker! Ellerin çoktan kurudu. Gitme vakti."

Kısa molamız bitmişti. Şimdi Samson ve Nola'yı bulup tekrar yola çıkmamız gerekiyordu.

Tuck tuvaletten çıkar çıkmaz Del, Kaptan Fırtına'yı aldı, ben de Tucker'ın elini tuttum. Birlikte renklerle kodlanmış labirent gibi koridorlarda diğerlerini aramaya başladık.

Yeşil bir koridora saptığımızda hayatımın şokunu yaşadım.

Bu olabilecek en güzel şoktu.

"Bak Gypsy!" diye bağırdı Tucker elini benimkinden çekip koridorda koşmaya başlarken. "Bu Büyükanne Pat!"

Bölüm 21

MUTLULUKTAN UÇUYORDUM. TUCKER HAKLIYDI. Büyükanne Pat koridorun sonunda, bir tekerlekli sandalyede uyukluyordu, boş bir danışma masasının yanında unutulmuş gibiydi. Bacaklarına bir battaniye örtülmüştü, çenesi güve yeniği paltosunun yumuşak beyaz tüylerine gömülmüştü. Tacı yana doğru eğrilmiş, gözlükleri burnundan aşağı kaymıştı. İyi yürekli biri büyükannemi karda yolunu kaybetmişken bulup hastaneye getirmiş olmalıydı.

Gözlerimin yandığını hissedince şaşırdım. Yanaklarımın gözyaşlarıyla ıslandığını anlayınca daha da şaşırdım. Bu sadece rahatlamaktan kaynaklanıyor da olabilirdi ama birden içimde Büyükanne Pat'e karşı beklenmedik bir sevgi hissetmiştim.

"Hadi gelin çocuklar!" diye bağırdı Tucker omzunun üstünden. "Büyükanneyi Kaptan Fırtına'yla tanıştırmak istiyorum."

"Şşş, Tucker! Onu uyandırma!"

"Neden?" dedi Tucker gayet duyulabilir bir fısıltıyla, Del ve ben de büyükannenin tekerlekli sandalyesinin yanına varmıştık. Del, Kaptan Fırtına'yı tutarken ben de Tuck'ın yanına çömeldim. Büyükannemin bir elinde sıkıca tuttuğu solmuş papatyayı görünce gülümsedim; hayalet sevgilisi Cleavon Dorsey için uydurma bir butoniyer.

Büyükanne tekerlekli sandalyede çok iki büklüm ve zayıf görünüyordu, ayrıca battaniyenin ve süslü elbisesinin altından çıkan kocaman Sorrel botları da çok tuhaf duruyordu, onu kucaklamak istedim.

Büyükannenin kucağında dokunulmamış bir su şişesi vardı, bileğinden de hastane künyesi sarkıyordu. Plastik bantın üstündeki rakamların ne anlama geldiğini bilmiyordum. Künyenin üstünde ayrıca bir barkodla İSİMSİZ yazısı vardı. Büyükanne Pat hastane çalışanlarına adını bile söylememişti demek. Buraya getirdiklerinde büyükannenin kendini nerede, hangi zamanda ve kim sandığını merak ettim. Acaba korkmuş muydu?

"Büyükanneyi buradan uyandırmadan çıkarmak daha kolay olur," dedim Tucker'a sessizce.

"Ama... onu neden çıkarıyoruz? Onu korumak için yanında kalırsak büyükanne burada daha güvende olmaz mı?" Tuck parmağını usulca büyükannenin elinin üstündeki damarlarda gezdirdi. Çok hafif, Kaptan Fırtına'yı okşarken olduğundan bile hafif dokunmasına rağmen büyükannenin papatyasının üç yaprağı döküldü.

"Kardeşin haklı Gözlük," dedi Del. "Mercy Hastanesi bu

akşam büyükannenin olabileceği en güvenli yer."

Gözlüklerimi çıkarıp bileğimin tersiyle gözlerimi kuruladım. Büyükanne Pat'in donuk suratına bakarken her şeyi hatırladım: Eski lise. Saat kulesi. Dağılan bulutların arasından çıkan kocaman, yuvarlak ay. Büyükannenin düşüşü.

Gözlüklerimi tekrar takarken ellerim titriyordu. Yeteneğimin eski haline dönmediğini çok iyi anlamıştım, belki de asla dönmeyeceğini. Sadece daha önce gördüğüm şeyleri hatırlıyordum ve büyükanne tehlikede değilmiş gibi görünse bile hatırladığım şeyler beni hâlâ ürkütüyordu. Büyükanne şehirden çıkana, Larimer Lisesinin saat kulesinden mümkün olduğunca uzaklaşana kadar içim rahat etmeyecekti. Kader değişip beklenmedik yönlere sapabilirdi ama Evergreen'e geri götürebilirsem Büyükanne Pat'i güvende tutabileceğimi biliyordum. Ona bir daha Denver'a gelme imkânını tanımayacaktım, eğer gerekirse kendimi ona kelepçeleyecektim.

"Gidiyoruz," dedim inatla, sesim kararlılığım yüzünden çelik gibi sert çıkmıştı. "Büyükanneyi eve götürüyorum. Samson ve Nola'yı bulup buradan çıkalım."

Danışma masasının arkasında bulduğum makasla büyükannenin bileğindeki plastik künyeyi kestim. Nola ve Samson'ı bulmaya giderken büyükannenin tekerlekli sandalyesini Tucker'ın sürmesine izin verdim. Büyükanne hâlâ uyuyordu, böylesi çok daha iyiydi. Eğer uyanır da yaygara koparırsa dikkatleri üstümüze çekerdi. Hiçbir hemşire ya da doktor beş çocuğun bir kar fırtınasında tekerlekli sandalyedeki yaşlı bir kadını hastaneden çıkarmasına izin vermezdi.

"Bunu yapmak istediğinden emin misin?" dedi Del sarı koridoru tekrar bulduğumuzda.

"Eminim," dedim, babam nakliye kamyonuyla gelene ve hep birlikte evimize dönene kadar muhtemelen bir daha uyumayacağımı biliyordum. Kansaska-Nebransas'taki evimizde Büyükanne Pat, Büyükbaba Bomba'nın yatağını ve sallanan sandalyesini alabilirdi. Büyükbaba Bomba'nın odasını kendi kokularıyla doldurabilir ve hayatının geri kalanını ailesinin yanında, güven içinde geçirebilirdi.

"Neler oluyor? Neredeyim ben?" Büyükanne sarsıntıya uyanıp tekerlekli sandalyesinin kollarına yapıştı. Papatyasını da su şişesini de yere düşürerek arkasını dönüp üçümüze baktı. "Siz de kimsiniz? Beni kaçırıyor musunuz yoksa?"

"Hayır büyükanne," dedi Tucker sakinleştirmek için büyükannenin kolunu okşayarak. "Seni kurtarmak ve yeni kedimle tanıştırmak için buradayız." Tucker, Kaptan Fırtına Tüylüpantolon'u Del'den alıp havaya kaldırdı, yavru kedinin minik pençeleri tutunacak bir şey bulmak için çırpındı. Büyükannenin kediyi görünce tek söylediği, "Öf," oldu. Tucker'a, "Seni tanıyorum. Sen gürültücü, şımarık çocuksun. Göründüğünden çok daha büyük olan çocuk."

Tucker dimdik durarak gülümsedi. "Hatırlıyorsun!"

Büyükanne tekrar "Öf," dedi. Ama yüzündeki bir şey sanki bizi gördüğüne sevinmiş gibi rahatladığını söylüyordu.

"Merak etme büyükanne," dedim. "Seni eve götürmeye geldik."

"Hele şükür." Büyükanne dudaklarını büzdü.

Del gülerek yerden büyükannenin çiçeğini aldı. "Selam Bayan Beaumont. Ben torununuzun arkadaşı Antwon Delacroix." Papatyayı büyükannenin kulağının arkasına sıkıştırıp tacı düzeltti. Sonra birden geriye sıçrayıp "Vay canına!

Gypsy'nin büyükannesinin bir güzellik kraliçesi olduğunu bilmiyordum!" dedi.

Büyükanne gülüp hadi oradan der gibi el salladı. Ama yanakları kızarmış, gözlerinde utangaç bir kıvılcım parlamıştı. Del'in büyükannesi haklıydı, Antwon Delacroix gerçekten de duble kaşık şeker kadar tatlıydı.

"Dalkavukluk sana bir şey kazandırmaz genç adam," dedi büyükanne ama Del'in sevimliliği hoşuna gitmişti. Kucağındaki battaniyeyi tutup tekerlekli sandalyesinde hafifçe öne eğildi, sanki böylece daha hızlı gitmesini sağlayabilecekti. "Şu şeyi daha hızlı süremez misiniz çocuklar? Eğer beni dizilerime yetiştirecekseniz sen ve bu tatlı dilli genç daha hızlı olmak zorundasınız Gypsy."

Dilim tutulmuştu. Büyükanne az önce bana gerçekten Gypsy mi demişti? İçimde bir gülme isteği uyanıp kaynamaya başladı. Üç gündür ilk defa Büyükanne Pat bana ismimle hitap etmiş, beni başkasıyla karıştırmamıştı.

"Endişelenme büyükanne, daha hızlı gidebiliriz. Bekle!" Elimde olmadan sırıtarak büyükannenin tekerlekli sandalyesinin tutamaçlarını sıkıca kavrayıp koridorda koşmaya başladım, Samson ve Nola'yı son gördüğümüz yere gidiyordum. Büyükanne heyecanla *yihuuuuu* diye bağırınca daha da sırıtmaya başladım.

"Ha şöyle Nettie," dedi büyükanne. "İşte şimdi hızlandık. Çabuk, çabuk! Kış balosuna yetişmemiz gerek." Bir anda yine Nettie Arbuckle oluvermiştim işte.

Bu kez büyükanneyi düzeltmeye kalkmadım. Beni bir kez hatırlamıştı. Bu da zihninin bir yerlerinde Gypsy Beaumont diye bir kızın hâlâ var olduğunu gösteriyordu. Belki tek bilmem gereken de buydu.

Bölüm 22

NOLA VE SAMSON TARTIŞIYOR olmasalardı belki de onları bulamazdık. Boş bir röntgen odasında bir çekişmenin ortasındaydılar.

İlk şoku atlatıp Büyükanne Pat'i görmüş olmanın rahatlığıyla dolduktan sonra tekrar tartışmaya başladılar.

"Sana dokunmama izin vermezsen omzunu yerine oturtamam."

"Doktor değil şarkıcı olmak istediğini sanıyordum. Neden onun yerine bana bir şarkı söylemiyorsun? İçimde canımı daha az yakacağına dair bir his var."

"Gypsy? Lütfen kardeşine söyler misin, böyle bebek gibi davranmaya devam ederse..."

"Samson bebek değil," dedim abimi savunmaya çalışarak. Sonra Samson'a dönüp bir parmağımı havaya kaldırdım. "Sen! Şey gibi... ahmak gibi davranmayı bırak ve Nola'nın yardım etmesine izin ver. İlk yardım konusunda bir şeyler biliyor galiba."

"Bunu daha önce hiç yaptın mı?" diye sordu Samson istemeye istemeye boyun eğerek.

"Şey." Nola cevap vermekte kararsızdı. "Hayır... pek sayılmaz." Samson'ın gözleri kocaman açılınca Nola hemen onu sakinleştirmeye çalıştı. "Ama babam geçen sömestir yetenek yarışmasında Bo Peters tek tekerlekli bisikletiyle sahneden düşünce bunu yaparken izlememe izin vermişti. O akşam şarkı söyleyememiş olabilirim ama çıkan bir omzun yerine nasıl oturtulacağını öğrendim."

"O zaman bir an önce yap da bitsin." Samson gözlerini kapattı.

Beş dakika sonra röntgen odasından çıkarken Samson'ın sağ kolu Nola'nın leopar desenli eşarbıyla askıya alınmıştı. Kül gibi solgun yüzünde yanağındaki erik rengi ruj izi göze çarpıyordu.

Nola *bir... iki... üç* diye sayıp Samson'ın omzunu yerine oturtuvermişti. Sonra, Samson hâlâ uluyup söylenmekle meşgulken, Nola onu yanağından öpmüştü.

Kalabalık bekleme salonunda Büyükanne Pat'in tekerlekli sandalyesini kayıt memurunun önünden nasıl geçireceğim diye kaygılanıyordum ama kaçışımız tereyağından kıl çekercesine kolay oldu. Yolda zincirleme kaza olmuştu ve yaralılar ambulanstan hastaneye taşınıyordu, bu da hastanedeki kargaşanın iyice artmasına neden olmuştu. Doktorlar ve hemşireler o kadar yoğundu ki her koridorda Aziz Patrick Günü geçit töreni yapılıyor olsaydı bile bakıma muhtaç hastalarını bırakıp da bakmazlardı.

Yanımda Del'le Büyükanne Pat'in tekerlekli sandalyesini iterek bekleme salonundan geçirip otoparka çıkardım. Otoparktaki arabalar dev marşmelovlara benziyordu. Hâlâ kar yağıyordu ama akşam canımıza okuyan rüzgâr hafiflemeye başlamıştı.

"Ah, hayır! Hayır, hayır, hayır!" diye bağırdı Nola, annesinin arabasına yaklaşıyorduk, araba hâlâ hastaneye geldiğimizde park ettiğimiz yerde duruyordu. Buraya geldiğimizde hepimizin dikkati dağınıktı ama şimdi SUV'a yaklaştıkça hasar envanterinde ne varsa gözümüzün önüne serilmişti. Arabanın içinde küçük bir kar tepeciği yükseliyordu çünkü kimsenin aklına sunroof'u kapatmak gelmemişti. Farlardan biri direğe çarpınca kırılmış, ön tampon da göçmüştü. Ama tampon ve fardaki hasar arabanın tavanındaki alevlerden kararmış, çatlamış ve soyulmuş boyayla kıyaslanınca hiçbir şey değildi. Samson'ın nerede oturup alev yeteneğini kullandığını açıkça görebiliyorduk. Poposunun izi arabanın metaline çıkmıştı.

"Annemle babama *bunu* nasıl açıklayacağım?" Nola yıkılmış görünüyordu.

"Bir şeyler düşünürüz," dedi Samson moral vermeye çalışarak. "Ama şimdi gitmemiz gerek Nola. Gypsy Denver'da kaldığımız sürece büyükannenin tehlikede olduğunu düşünüyor. Gece daha sona ermedi."

Nola bir kaşını kaldırdı. "Yolları bizim için yine temizleyecek misin? Evergreen'e kadar?" Samson kafasını hastaneye doğru eğip omzunun acısıyla yüzünü buruşturdu.

"Buna gerek yok," dedi. "Televizyon kar küreyicilerin şehirde dolaştığını ve kar yağışının beklenenden önce duracağını söyledi. Bu çok iyi. Çünkü şu anda büyükanneye bir yudum su vermeye yetecek kadar bile kar eritebileceğimi sanmıyorum. Ama arabayı yeterince dikkatli kullanırsam Evergreen'e tek parça halinde varmamızı sağlayabilirim herhalde."

"Ah, hayır!" Aynı anda sürücü kapısının koluna uzandıklarında Nola, Samson'a parmağını salladı. "Kolun askıdayken bu karda güvenli bir şekilde araba kullanman mümkün değil. İki elini de direksiyonda tutabilecek birine ihtiyacımız var."

Samson kaşlarını çattıysa da kapının kolunu bıraktı. "Kim kullanacak öyleyse? Sen mi?"

"Evet," dedi Nola. "Ehliyetim olmayabilir ama sürücü adayı belgem var. Aylardır pratik yapıyorum. Üç hafta sonra direksiyon sınavına gireceğim. Del'i dikkatle eve bıraktıktan sonra ekstra dikkatle Evergreen'e gideceğiz. Senin de dediğin gibi, yollarda kar küreyiciler varken ne kadar zor olabilir ki?"

Del ve ben arabanın içindeki karları elimizden geldiğince temizledikten sonra büyükannenin tekerlekli sandalyeden inip arka koltuğa geçmesine yardım ettik ve oturtup emniyet kemerini taktık. Tucker ve Kaptan Fırtına'nın bagaj bölümünde keyfi yerindeydi. Büyükanneyi koltuğa yerleştirir yerleştirmez Del'le aynı şeyi düşünerek boş tekerlekli sandalyeye, sonra da birbirimize baktık.

Onu da almamız gerekiyordu.

İkimizin de aklına alışveriş arabasının ne kadar işimize yaradığı gelmişti. Nola ve Samson'a bir şey söylemeden tekerlekli sandalyeyi sessizce katlayıp arabanın arkasına, Tucker ve Nola'nın alışveriş torbalarının yanına yerleştirdik.

Tuck yeniden SUV'un arkasında olduğuna memnundu, yavru kedinin yanına bir anne kedi gibi kıvrılabiliyordu çünkü.

Büyükanne pencereden kaçtığından beri ilk defa her şey yoluna girecekmiş gibi hissediyordum. Annemle babama bir sürü açıklama yapmak zorunda kalacağımızı biliyordum, Nola'nınkilere de. Ama önemli olan Büyükanne Pat'in yakında güvende olacağıydı.

Nola geri vitese takıp beton direkten uzaklaşırken Bayan Kim'in arabasındaki hasarı karşılamaya yardımcı olmanın bir yolunu bulmaya çalışıyordum. Belki hükümet için çalışabilirdim, casus olarak iş bulabilirdim. Zamanı durdurma yeteneğim bu alanda gayet işe yarayabilirdi. Etkisiz hale getirilmesi gereken bir saatli bomba olursa başkan beni arayıp zamanı durdurmamı isteyebilirdi mesela. Ben de geri sayımı durdururdum. Belki de dünyanın geri kalanı güven içinde donarken bombayı etkisiz hale getirmek için Del gibi zamanı durdurma yeteneğimden etkilenmeyen biri çıkardı. Ya da bunu yapmayı ben kendim öğrenirdim.

Büyükannenin diğer tarafında oturan Del'e bir göz attım ve yine zamanın onun için neden durmadığını merak ettim, ya da gördüğümüz o ikizler için. Hepimizde ortak olan neydi? Bizi birleştiren ne olabilirdi?

Artık Samson'ın ateşi kırk beş derece olmadığı için ısıtıcı sonuna kadar açık olduğu halde arabanın içi soğuktu. Ön camın ötesinde her şey beyaz bir örtüyle kaplıydı. Trafik lambalarının tepesinde bile beyaz şapkalar vardı ve kırmızı ve sarı ışıkları buzla kaplıydı. Arada bir geçen kar küreme araçları dışında Denver sokakları bomboştu. Nola arabayı yapması gerektiği gibi yavaş yavaş ve dikkatle sürüyordu.

Yine de Nola'nın direksiyonu sıkıca kavrayan parmakları bembeyaz kesilmişti. Annesinin SUV'uyla viraj alırken salyangozları bile sıkıntıdan esnetecek kadar yavaş sürüyordu.

"Yürüseydim amcamın evine bundan daha hızlı giderdim," diye söylendi Del, Nola'nın duyamayacağı kadar alçak sesle söylemişti bunu. Ama Del'in hızımızı gerçekten sorun ettiğinden şüpheliydim. Belki o da benim gibi henüz vedalaşmaya hazır hissetmiyordu.

"Olgunlaş artık, Patrice," diye mırıldandı büyükanne, yine anılarını yutan o korkunç beyin bulutunda kaybolmuştu.

"Ne dedin büyükanne?"

"Babam bana hep böyle diyor Nettie," dedi büyükanne kederli bir sesle. "*Olgunlaş artık*, diyor. *Kurallara uy Patrice. Bu dünyadaki yerini bil ve dikkat çekmeye ya da farklı olmaya çalışarak aileni utandırma. Bir daha seni Cleavon Dorsey gibi bir oğlanla yakalamayayım! Bize benzemeyen insanlarla düşüp kalkmaktan fayda gelmez.*"

"Biliyor musun Nettie?" Büyükanne koluma girip beyaz buklelerini benim kızıl-kahve buklelerime yasladı. "Galiba babam haklı. Belki de gerçekten bir aptal gibi davranıyorum. Belki de artık büyüyüp kendime çekidüzen vermenin zamanı geldi."

"Baban haklı falan değil," dedim usulca. "Dikkat çektiğin ya da senden farklı insanlardan hoşlandığın için endişelenmene gerek yok. Baban yanılmış."

Büyükannenin bir zamanlar açık görüşlü ve yürekli olduğunu öğrenmek beni üzmüştü. Bir noktada babasının telkin ettiği tutucu fikirlere inanmaya karar vermiş olmalıydı. Babasının korkuları büyükanneyi ne zaman değiştirmeye başlamıştı?

Tucker dizlerinin üstünde doğrulup büyükannenin koltuğuna yaslandı, sanki o da büyükanneyi babasının yanıldığına inandırmak istiyordu. Büyükannenin kürk paltosunun omzunu okşayarak sordu:

"Sana bir hikâye anlatayım mı büyükanne?" Sonra büyükannenin evet ya da hayır demesini beklemeden ilk yetenekli atamızın hikâyesini anlatmaya başladı, bazı insanların sivrisinekleri çekmesi gibi altını çeken öncü kızın hikâyesini. Büyükannenin oturduğu yerde dikleşip dikkatle dinlemesi beni şaşırttı.

Saatime baktım. 21.15'di.

Tucker genç Eva Mae'nin altın tozuyla kaplanmış şekilde Missouri Nehri'nden çıktığı bölüme gelmişti ki Nola keskin bir dönüş yaptı, SUV bir kavşağın ortasında kaymaya başladı.

"Dikkat et!" diye bağırdı Samson. "Araba geliyor Nola."

"Görüyorum. Elimden geleni yapıyorum."

Eski bir Jeep olan diğer araba korna çalarak hızla yanımızdan geçti.

"Ne kabalık," dedi Nola sertçe. Sonra tekrar yola koyuldu, ön cam silecekleri de deli gibi atan kalplerimizle aynı ritimde çalışıyordu.

"Bence geri dönmelisin," dedi Samson. "Ya da bir an önce bu yoldan çık." Acıyla yüzünü buruşturarak boynunu uzatıp karla kaplanmış tabelaları okumaya çalıştı. "Bu yolun tek yön olduğuna eminim, yanlış yöne gidiyoruz."

"Her şey yolunda," dedi Nola endişelenen Samson'ı başından savar gibi. "Welton'dayız, Welton batıya giden tek yönlü bir sokaktır."

"Doğuya," diye düzeltti Del. "Welton doğuya giden tek yönlü bir sokaktır."

"Bu doğru olamaz çünkü şu anda batıya doğru gidiyorum." Nola hafifçe SUV'un ön panelindeki pusulaya vurduktan sonra gözlerini yoldan ayırıp omzunun üstünden Del'e baktı. "Welton'ın doğuya gittiğinden emin misin Del?"

"Kesinlikle!" Del'in sesi üç oktav yükselmişti. Bir elini Samson'ın koltuğuna koyarak üstümüze gelen devasa kar küreyiciyi gösterdi.

Tam geleceğe dair gördüklerimin hepsinde yanıldığımı -artık bir geleceğim bile olmayabileceğini- düşünürken Nola yoldan saparak kar küreyicinin önünden kaçtı.

Daldığımız yeni cadde küçük bir vadi tarafından ikiye bölünüyordu. Bir dere ve karla kaplı bir bisiklet yolu vadinin dibinde, beş metre aşağıda uzanıyordu. Vadinin tepesinde SUV kenar taşlarını aşıp karlara gömülmüş kaldırıma çıkarken hepimiz koltuklarımızda sarsılıp sıçrıyor, sıkı sıkı tutunmaya çalışıyorduk. Nola'nın kozmetik çantası patlayan bir mısır tanesi gibi zıplıyordu. Bagaj bölümünde kemersiz oturan Tucker havaya fırlayıp duruyordu. Kaptan Fırtına da öyle.

"Tutunacak bir şey bul Tucker!" diye bağırdım, keşke kardeşimi güvenli bir yere oturtmaya dikkat etseydim. Büyükanneye bir göz attım, şimdi tamamen uyanıktı ama kocaman açılmış gözleri boşluğa bakıyor gibiydi.

"Arabayı tekrar yola çıkarmaya çalış Nola," dedi Samson, elinden geldiğince sakin bir sesle konuşmaya çalışıyordu.

"Deniyorum," dedi Nola aşağı sarkmış alçak ağaç dallarını yarıp geçerken. Dallar *tap-tap-tap* diye ön cama çarptıktan sonra tıpkı yazı tahtasını çizen tırnaklar gibi arabanın yan tarafını boylu boyunca çizdi.

Tam karşımızdaki bariyerleri görünce Samson, Del ve ben aynı anda, "Frene bas!" diye bağırdık.

"Tamam tamam," diye bağırdı Nola. Ayağını hızla yere vurunca freni kaçırıp yanlışlıkla gaz pedalına bastı.

Bölüm 23

BARİYERLER BİZİ DURDURMALIYDI AMA durdurmadı. Nola çok hızlı gidiyordu. Az sonra olacakları görmek için eski yeteneğime ihtiyacım yoktu. SUV caddenin iki tarafını ayıran vadiye uçacaktı. Direkt dereyi boylayacaktık.

Dört tekerleğimiz de yerden ayrılırken, "Herkes tutunsun!" diye bağırdı Nola. Arabanın arka kısmı panayır yerlerindeki uçan arabalar gibi havaya kalkarken ön kısmı aşağı doğru dalışa geçti.

Kalbim patlayacakmış gibi atıyordu. Büyükannenin kaderini değiştireyim derken hepimiz için kötü bir son mu hazırlamıştım yoksa?

Gözlerimi sımsıkı kapatıp ne olur ne olmaz *dur-dur-DUR* diye bağırdım. Yeteneğimi harekete geçirmek için kelimeleri söylememe gerek olmayabilirdi ama söylemekten zarar gelmezdi. Tek bağıran da ben değildim zaten.

Hâlâ düşüyormuşuz gibi başım dönüyor, karnıma kramplar giriyordu. Oysa araba durmuştu. Çığlıklar kesilmişti. Her şey durmuştu, tam yapmak istediğim gibi.

SUV havada yanlamasına asılı duruyordu. Arabanın burnu tuhaf bir açıyla buzlu suların köpürerek aktığı dereden altmış santim kadar yukarıda kalmıştı.

Del'in hafifçe ıslık çalıp "Kıl payı kurtulduk Gözlük. Belki bir dahakine zamanı daha çabuk durdurmalısın," dediğini duydum.

Verebildiğim tek cevap, "Hı hı... evet... tamam," oldu.

Bütün ağırlığımız kemerlerimize binmişti, zor nefes alıyorduk. Diğerleri yerlerinde donup kalmıştı. Yani çoğu. Büyükanne Pat kaburgalarımı dürttüğünde neredeyse kalp krizi geçiriyordum:

"Sandviççi kızın araba kullanma tarzını hiç beğenmedim. Ben iniyorum!"

"Büyükanne!" diye bağırdım. "Hâlâ hareket ediyorsun!"

"Elbette hareket ediyorum kızım. Daha ölmedim." Del de ben de engel olmaya fırsat bulamadan Büyükanne Pat kemerini çözüp yana doğru devrildi. Del'i gümüşi bir dantel ve tül bulutuna boğarak tepetaklak kapıya doğru yaslandı. Onu kurtarmak için zamanı durdurmuştum ama büyükanne yine de başını belaya sokmanın bir yolunu buluyordu.

"O zaman büyükanneni de Zamansız Savaşçılar saflarına ekleyebiliriz," dedi Del boğulduğu kumaş yığınının arasından.

Patrice Beaumont yaşlı olabilirdi, zayıf ve kırılgan da olabilirdi ama zihni bulansa bile ihtiyar kemikleri hâlâ cesaret doluydu. Odasının camından kaçma yürekliliğini göstermişti... otobüs... gece... kar... soğuk... büyük şehir macerasına okuduğu eski liseye varma umuduyla atılmıştı. Sırf babasının gitmesine izin vermediği o altmış yıl önceki baloyu -balonun hayaletini- görebilmek için.

Kardeşim Mibs babamızın sıradan yeteneğinin asla pes etmemek olduğuna karar verdiğinde ben daha üç yaşındaydım. Babamın bu kararlılığı nereden aldığını şimdi anlıyordum: Büyükanne Pat asla teslim olmuyordu. Gençliğinde hayallerinin bastırılmasına izin vermiş olabilirdi ama şimdi bu hayallerden vazgeçmeyi reddediyordu. Sadece illüzyon da olsalar.

Belki büyükannenin de babam gibi bir yeteneği vardı. Belki de büyükannenin yeteneği onu inatçı bir deli fişek haline getiriyor, zamanı durdurmamdan etkilenmeyen irade sahibi bir yaşlı kadına dönüştürüyordu. Düşününce Büyükanne Pat ortadayken zamanı hiç durdurmadığımı fark ettim. Kendi başına o kadar uzaklaşabilmesine şaşmamalıydı. O akşam kaçmasına mani olmak için zamanın ayağına her çelme takışımda büyükanne beni atlatmayı başarmıştı.

Del ve büyükannenin, ve görebildiğim diğer insanların, herkes gibi donup kalmamasının bir nedeni olmalıydı. Üçümüzde ortak olan tılsımlı şey neydi peki?

"Bu teneke kutunun içinden nasıl çıkacağım ben?" diye karga gibi öttü büyükanne. Sonra olduğu yerde dönüp kapının kilidini buldu ve çekmeye başladı. Ama zaman durduğu için kapı sabitlenmişti.

"Seni... sinir bozucu... zımbırtı!" Büyükanne narin vücuduyla kapıyı iterken söyleniyordu. Bir ayağıyla Nola'nın koltuğundan, diğeriyle de Del'in suratından güç alıyordu.

Del büyükannenin ayak bileğini tutmaya çalıştı. Ama tam tutamadan kapı ardına kadar açılıverdi. Büyükannem de yuvarlanıp aşağı düştü.

Büyükannemin derenin kenarındaki karların üstüne yumuşak bir *harş* sesiyle düşüşünü izlerken bağırdım, "Büyükanne!" Büyükanne Pat yerde sırtüstü yatıyordu. Ölü gibi kıpırtısızdı.

"Hayır!" diye haykırdım, sadece bir metre yüksekten düştüğü halde büyükanne kesin ölmüş ya da düzelemeyecek kadar ağır yaralanmıştı. Az sonra Büyükanne Pat gözlerini açıp öksürdü. Rahat bir nefes aldım. Ama bu rahatlık uzun sürmedi.

Büyükanne ayağa kalkıp giysilerindeki ve saçlarındaki karları silkeleyeceği yerde yattığı yerde kaldı ve... tuhaf davranmaya başladı.

Her zamankinden de tuhaf.

Kollarını ve bacaklarını açıp kapayarak karın içinde beyaz yaylar çizdi. Bir an büyükannenin kollarını ve bacaklarını kontrol edemediğini düşündüm, karın içinde Bambi gibi görünüyordu, ayağa kalkamayan çarpık bacaklı ve beceriksiz bir geyiğe benziyordu.

Colorado'ya gelirken arabada verdiği ne-beklememiz-gerekir derslerinden birinde annem kardeşlerimle bana büyükannenin hastalığının eninde sonunda sadece hafızasını etkilemekten öte sonuçları olacağını söylemişti. Başka şeyleri yapmanın da onun için zorlaşacağından bahsetmişti. Basit şeyler -kendi kendine oturabilmek, kıyafetlerinin düğmelerini ilikleyebilmek, kendi yemeğini yiyebilmek- bir gün imkânsız hale gelebilirdi.

O günler bu kadar çabuk mu gelmişti?

"Ha ha! Baksana Gözlük, büyükannen karda oyun oynuyor."

"Ne?"

Tekrar baktım ve Del'in haklı olduğunu gördüm. Ben de gülmeye başladım. Büyükanne kontrolünü kaybetmiş falan değildi, kar meleği yapıyordu.

Del'le birlikte gülerek emniyet kemerlerimizi çözüp arabanın açık kapısından kayarak büyükannenin yanına gittik. Ama kahkahalarımız uzun sürmedi. Araba hâlâ donmuş derenin hemen üstünde, yan yatmış vaziyette havada duruyor, görünmez bir ipe asılmış üç tonluk bir Noel süsüne benziyordu, bu ipi eninde sonunda kesmek zorunda kalacağımı biliyordum. Zamanı yeniden başlattığım anda Bayan Kim'in arabası *dur* dememden hemen önce gitmekte olduğu hızla suya çakılacaktı.

Del'le birlikte bir yolunu bulup herkesi arabadan çıkarmamız gerekiyordu.

Büyükanne yerde yatıp hayatında ilk -belki de son- kez kar görüyormuş gibi davranırken Del ve ben işe koyulduk. Diğerlerini arabadan çıkarmak hayli zor bir işti, çok geçmeden terden sırılsıklam olmuştuk.

"Sanki sen Thumbelina'sın, ben de Tom Thumb, Ken ve Barbie'yi Barbie'nin plastik rüya arabasından çıkarmaya çalışıyor gibiyiz," dedi Del. İki büklüm kalmış Samson'ı çekmeye çalışıyorduk, Del nefes nefese kalmıştı, Samson'ı yere indirip atılacak kırık bir oyuncak gibi Nola'nın yanına yerleştirdik.

Del durup paltosunun koluyla alnını kuruladı ve papyonunu çözdü.

"Bu çılgınca durumu anlatmak için biraz çocukça bir yöntem oldu galiba," dedi utangaç bir gülümsemeyle.

"Hiç de değil," dedim sırıtarak. "Bence durumumuza cuk oturuyor."

Tucker'a baktım. Küçük kardeşim bagaj bölümünde havada takla atarken donup kalmıştı, içimden onu bir daha emniyet kemeri olmadan arabaya bindirmemeye yemin ettim. Tucker'ın ileri uzanmış elinin yanında uçan Kaptan Fırtına Tüylüpantolon Süper Kedi gibi görünüyordu. Yumuşak patileri ve miniminnacık pençeleri dört bir yana açılmıştı. Kuyruğu tüylü bir ünlem işareti gibiydi.

Başımızı kaldırıp arabanın içine bakarken Del elini omzuma koydu. Arabanın burnu aşağı çevrili olduğu için arka tarafı yüksekte kalmıştı.

Del içini çekti. "Minik cüceyi yere nasıl indireceğimiz konusunda bir fikrin var mı?"

Başımı salladım. "Galiba tırmanmamız gerekecek."

Sonunda Del'le birlikte SUV'un içindeki her çocuğu ve kediyi dışarı çıkarmanın bir yolunu bulduk. Mercy Hastanesinden yanımızda getirdiğimiz tekerlekli sandalyeyle battaniyeyi bile almayı başardık. Sabah her yerimiz şişlikler ve yara berelerle dolu olacaktı ama en azından güvendeydik. Ne kadar güvende olabilirsek tabii, şimdi resmen yolda kalmıştık.

Büyükanne Pat karların içinden ayağa kalkmıştı. Şimdi kardan adam yapıyordu, eğik duran kardan adamın dörtte üçünü tamamlamıştı, eserine uzaktan bakabilmek için birkaç adım geri gitti. Tacı yine yamulmuştu. Gözlükleri buğulanmıştı. Darmadağın olmuş saçları kar taneleriyle parıldıyordu.

Büyükanne gözleri kapalı, dizlerine kadar karın içinde duruyordu. Ayaklarını hiç hareket ettirmeden kolunu yavaşça kaldırıp salladığını, sonra yine indirdiğini gördüm. Karla kaplanmış sokak lambalarının donuk ışığı altında kanatlarını ağır çekimde çırpan bir kuğuya benziyor, havada asılı kalmış kar tanelerini kollarıyla temizliyordu. Nefesim kesildi. Büyükanne bilerek ya da bilmeyerek havada dik duran bir kar meleği yapıyordu, tıpkı Del'le otobüs terminalinden ilk ayrıldığımızda yapmayı düşündüğüm gibi.

Bir adım geri gittim, zamanı, arabayı, saat kulesini ve Denver'dan çıkamayışımızı unutmuştum. Bu endişeler kafamdan çıktığı anda yaşadığım ânın büyüsünü hissettim. Büyükanne ayakta duran kar meleği yapmaya devam ederken etrafıma baktım, gerçekten baktım.

Nefes al.

Nefes ver.

Şehrin üstünde asılı kalan kar taneleri şiir gibiydi. Kar tanelerinin derin sessizliğiyle çevrelenmişken bir anlığına durmak istedim. Dinlemek. Dünyanın gürültüsü vermeye çalıştığı mesajı boğmadan başımı çevirip gökyüzüne kulak vermek.

Gökyüzünün soğuk şiirinin tek bir fısıltılı kıtasını dahi kaçırmak istemediğimden gözümü bile kırpmadan derin bir nefes daha aldım ve içimi bu sonsuz kış gecesiyle doldurdum. Yukarıda sadece kar vardı. Ardından ayı da görünce şaşırdım. Gökyüzünün beyaz kubbesinde bir yarık açılmış, karanlık kadife parçalarına hazine gibi dağılan yıldızlar ortaya çıkmıştı.

Ay bulutların arasından dev bir saat gibi yusyuvarlak ve parıl parıl parlıyordu. Fırtına devam ediyordu –daha doğrusu ben dünyanın yeniden dönmesine hazır olduğumda devam edecekti.

Ama hazır değildim. Tam olarak değil. Bu muhteşem ânın içinde olmak geçmişe ya da geleceğe bakmaktan ya da onlar üzerine düşünmekten çok daha güzeldi. Belki de yeteneğimin değişmesi iyi olmuştu.

Ne olduğunu anlamadan dönmeye başladım. Sonsuz kar tanelerinin arasında kollarımı iki yana açıp buz kristallerini yakalamak için dilimi çıkararak döndüm, döndüm, döndüm.

"Hey... Gözlük?" Del'in sesiyle daldığım hülyalardan uyandım. "Tamam kar çok güzel ama hava soğuk ve yolda kaldık. Şimdi ne yapacağız?"

Sahiden ne yapacaktık?

Dönmeyi kesip Bayan Kim'in SUV'una baktım, araba şimdi yanık ve eziklerle kaplıydı, içi de kardan dolayı ıslanıp lekelenmişti. Yaşadığım büyülü an bir anda kayboldu, kalbime ve zihnime yine fırtınalar üşüştü.

"Zamanı yeniden başlattığımda," dedim -başımı yavaşça iki yana sallayarak- "araba olduğu gibi yere çakılacak. Buna engel olamayız."

"Kötü şeylerin olmasını engellemek için her şeyi sonsuza dek böyle tutamazsın Gözlük."

Del'in haklı olduğunu biliyordum ama bu harekete geçmemi kolaylaştırmıyordu.

"Çakılmasına izin vermek zorundasın," dedi Del arabaya bakarak. "Yapabileceğin başka bir şey yok. Yerçekimi artı zaman eşittir düşüş."

Gözümün önüne Büyükanne Pat'in saat kulesinden düşüşü geldi. Ya büyükanneyi kurtarmak için de yapabileceğim bir şey yoksa?

Yeryerçekimi + zaman = Büyükannenin düşüşü ise?

"En iyisi her şeyi oluruna bırakalım," dedi Del, ne düşündüğümü tahmin etmiş gibi.

Son bir kez arabaya, aya, yere düşmeyen kar tanelerine baktım. Sonra büyükanneyi getirip tekerlekli sandalyeye oturttum. Onu Mercy Hastanesi battaniyesine sarıp yanağından öptüm, küçük bir çocuk gibi başını öte yana çevirmesini bile dert etmedim; sanki rollerimiz yine değişmişti. Sonra Bayan Kim'in kara talihli arabasına doğru döndüm.

Artık nasıl yapacağımı biliyordum. Zamanı yeniden nasıl başlatacağımı. Kendimi hazırladım. Deli gibi atan kalbimi susturdum. İçimdeki korkuyu bastırıp gözlerimi açık tuttum. Geleceği karşılamak için kollarımı iki yana açtım.

"Ne olursa olsun," dedim, büyünün harflerde, hecelerde yatmadığını biliyordum, bütün mesele inanarak söylemekteydi.

Bir sessizlik oldu. Bir çekim. Bir ıslık sesi. SUV çok kısa bir an dönerek düşüşüne devam etti. Sonra da dereye çakıldı.

Bölüm 24

SUYA ÇARPIP YUVARLANAN ARABANIN camları şangır şungur kırılırken buza benzeyen binlerce cam parçası etrafa saçıldı. Samson uçuşan cam parçalarından korumak için kendini Tucker'ın üstüne attı. Ben büyükanneye sarılırken Del de kollarını kollarımın üstünden dolayıp ikimize birden siper oldu. Nola küçük dilini yutmuş gibi karların içinde oturuyordu, kendini arabanın dışında bulunca afalladığı ortadaydı. Çok geçmeden yine zamanı durdurduğumu anladılar.

O akşam annesinin arabasını alırken Nola bizi arabayı kirletmememiz konusunda uyarmıştı. Acaba istesek arabaya bundan daha fazla zarar verebilir miydik? Burun üstü dereye çakılan SUV'dan çatırtı ve tangırtılar geliyordu. Tekerlekler birkaç saniye daha döndükten sonra durdu. Motor son bir uğultu çıkarıp sessizliğe gömüldü.

Zihnini iyice yoğunlaştırarak hurda metali sanata çeviren bir kuzenim vardı. O anda Ledger'ın yanımızda olmasını çok isterdim; metal bükme yeteneğini kullanarak hurdahaş olmuş arabayı bir limuzine çevirebilirdi. Ya da robotsu bir masal arabasına. Hiç olmadı birkaç eziği düzeltebilirdi.

"Annemin arabasını mahvettim!" diye bağırdı Nola.

Yukarıda bulutlar açılmaya devam ediyor, karanlık gökyüzü gitgide daha çok meydana çıkıyordu. Şimdi kar yağışı azalmıştı, fırtına hafifliyordu.

Samson dikkatle ayağa kalkıp yüzünü buruşturarak askıdaki kolunu düzeltti, sonra tişörtündeki ve pantolonundaki karları silkelemeye başladı. Kardeşim artık fırın gibi kızgın olmadığından paltosunu almadığına hayıflanıyordu herhalde. Özellikle de yolda kaldığımız için.

Samson sağlam koluyla Tuck'ı paltosunun ense kısmından kavrayıp ayağa kaldırdı. Tucker'ın gökkuşağı bıyıkları karda bozulmuştu ama hâlâ bir kedi olduğu anlaşılabiliyordu. Samson, Tucker'ı tepeden tırnağa süzüp kollarını, bacaklarını ve kafasını yoklayarak küçük kardeşimizin tek parça halinde olduğuna kanaat getirdi. Sonra Tucker'ın boyalı burnunu sıktı.

"İyi misin Tuck?"

Tucker başını sallarken bir an kalıverdi. Yüzü komik, tuhaf bir ifade aldı. Kıvranıp sallanmaya başladı. Sonra elini pantolonunun içine sokup Kaptan Fırtına'yı dışarı çıkardı. Sarman kedicik acı acı miyavladı.

Dönüp suçlar gibi Del'e baktım.

Del omuz silkti. "Kediyi kaybolmayacağı bir yere koymak zorundaydım."

Tucker'ı muayene etmeyi bitirdikten sonra Samson ıslak ve soğuk karlardan kalkmasına yardımcı olmak için sağlam elini beceriksizce Nola'ya uzattı. Ama Nola, Samson'ın elini tutmadı. Hatta ona bakmadı bile. Gözlerini annesinin mahvolmuş arabasından alamıyordu.

"Üç hafta!" diye inledi. "Ehliyetimi almama yalnızca üç hafta kalmıştı!" Sonra hıçkırarak ağlamaya başladı. Samson ne yapacağını bilemiyormuş gibi ayağını karlara sürdü. Hiçbirimizin yapabileceği ya da söyleyebileceği bir şey yoktu. Bayan Kim'in arabasını bu hale getirdiğimiz için hepimiz dut yemiş bülbüle dönmüştük.

"Hadi Nola," dedi Samson yumuşak bir sesle. "Bu soğukta daha fazla kalamayız. Gidebileceğimiz bir yer olmalı. Ben buranın yabancısıyım ama Del ve sen şehri biliyorsunuz."

Nola burnunu çekerek ayağa kalkması için Samson'ın yardım etmesine izin verdi. Bileğinin tersiyle gözyaşlarını silip zaten çizgi çizgi akmakta olan makyajını iyice yüzüne bulaştırdı. Nola tepetaklak duran SUV'dan kozmetik çantasını ve alışveriş torbalarını alırken ben de Samson'a büyükannemden bahsettim.

"Nedenini bilmiyorum ama büyükannem de zamanı durdurmamdan etkilenmiyor Samson. Tıpkı Del gibi."

Kardeşim bakışlarını benden Del'e, sonra da büyükanneye çevirip titredi. "Bu çok ürkütücü. Siz üçünüzü bağlayanın ne olduğunu merak ettim."

Gizemli yetenekler üzerine kafa yoramayacak kadar soğuktu. Samson grubu yamaçtaki patikadan yukarı, caddeye çıkardı. Kar eritemeyecek kadar bitkin olduğundan karı ezerek büyükannenin tekerlekli sandalyesinin geçebileceği aralıkta iki küçük iz açma işini Tucker'a verdi. Durum böyleyken bile büyükannenin tekerlekli sandalyesini itmek imkânsız denecek kadar zordu. Del ve ben bu işi birlikte omuz omuza yapıyorduk, aynı alışveriş arabasını ittiğimiz gibi. Nola alışveriş torbalarının ve annesinin arabasını mahvetmiş olmanın verdiği suçluluk duygusunun ağırlığı altında geriden geliyordu.

"Ben yoruldum. Nereye gidiyoruz?" diye sızlandı Tucker, daha sadece üç blok yürümüştük.

"Hepimiz yorgunuz Tuck," dedi Samson. Isıtacak paltosu da yeteneği de olmadığından Samson'ın dudakları morarmıştı. "Seni sırtımda taşırdım ama," dedi dişleri birbirine vurarak, "omzum berbat haldeyken imkânsız."

"Sıcak bir yer bulmaya çalışıyoruz Tuck," diye açıkladım. "Otel lobisi ya da bütün gece açık bir kafe gibi, oturup bekleyebileceğimiz bir yer. Sonra yine annemi ararız ya da Del'in amcasını. Ama önceliğimiz büyükanneyi bu soğuktan kurtarmak. Sadece biraz daha yürümen gerek Tuck," dedim. "Bunu yapabilirsin. Artık büyüdün, unuttun mu?"

Tucker abartıyla içini çekti. "Bazen küçük olmayı özlüyorum."

Tucker güldüğümü görmesin diye ağzımı kapattım. Onun bilmediği bir şey biliyordum, beş yıl boyunca saklamaya yemin ettiğim bir sır. Ekim ayında, on üçüncü yaş günümün sabahında yeni kazandığım yeteneğim bana Tucker'ın geleceğini göstermişti. Değişim yüzünden kardeşim yeteneğini erken kazanınca bunu neredeyse unutmuştum. Yaşadığımız ani değişimin Tuck'ın geleceğinde gördüğüm şeyleri kalıcı olarak değiştirip değiştirmeyeceğini bilmiyordum. Ama şimdiye dek hoşuma gitse de gitmese de gördüklerimin hiçbiri yanlış çıkmamıştı.

Gördüğüm eğlenceli şeyler göz önüne alındığında bu iyi bir haberdi. Eğlenceli olmayanları düşünürsek kötü.

Saatime baktım. 21.40'tı. Del eski lisenin saatinin yıllardır çalışmadığını söylemişti. Kadranları sürekli gece yarısına iki dakika kalayı gösteriyordu. Yine de saat on bire yaklaştıkça geriliyordum.

"Bak Nola!" Samson birden durdu. "Hayallerin gerçek oldu."

Nola'nın nefesi kesildi. Bakışlarını takip ettim. Gözlüklerimin buğusunu silerek bir blok ilerideki neon tabelanın yanıp sönen ışıklarına baktım. Şehri örten karın beyazlığında tabelanın turuncu parıltısı lava benziyordu. Tabelanın bir kenarı kırılmıştı ama durduğum yerden bile yanıp sönen dört harfi rahatça okuyabiliyordum. Bir *N*, bir *O*, bir *L* ve bir de *A* görüyordum. Tabela göz kırpar gibi durmadan yanıp sönüyordu:

NO LA

NO LA

NO LA

Hepimiz ağzımız açık sokağa bakarken, "Neye bakıyorsunuz?" diye sordu Tucker.

"Nola'nın adı yazıyor Tuck," dedim. "Nola'nın adı... ışıklarla yazılmış."

Bölüm 25

NOLA GÖZLERİNİ NEON TABELANIN yanıp sönen harflerinden alamıyordu. Karın ortasında şoka girip kalmıştı. İsminin ışıklarla yazıldığını görünce annesinin hurdaya çıkan arabasını ve olanları annesiyle babasına anlattığında başına gelecekleri unutmuşa benziyordu. Bir eliyle kozmetik çantasını ve alışveriş torbalarını tutarken diğer eliyle şapkasını çıkardı, ulusal marşı söylemeye başlayacaktı sanki.

"Bu bir işaret olmalı," diye fısıldadı.

"İşaret zaten." Samson hafifçe kıkırdadı. Gözleri Nola'nın saçlarında parıldayan kar tanelerine takıldı.

"Bir restoran tabelası," dedi Del ışıkların Nola üzerinde yarattığı büyüyü bozarak. "Volcano Laverne's'in tabelası bu. Ama kırılmış."

"Ah! Orayı duymuştum," dedi Nola heyecanla. Gözündeki son yaşları da silip makyajını daha da mahvetti. "Volcano Laverne's Hawaiian BBQ and Waffle House. Yirmi dört saat karaokeleri var."

"Doğru," dedi Del. "Büyükannem beni bir kez oraya götürmüştü. Efsanevi bir yer. Her gün, her saat waffle ve dana kaburga yapan Laverne LaFlamme'dan başkası yok. Laverne'in ananaslı waffle'larından yemediysen yaşamış sayılmazsın. Ya da kalua tekniğiyle pişirilmiş domuz etinden. Mmm." Del büyükannesiyle yediği yemeğin tadı hâlâ damağındaymışçasına karnını ovaladı.

"Waffle mı?" Tuck'ın yorgunluğu geçiverdi. Kaptan Fırtına'yı paltosunun içinde tutarak restorana doğru koştu, karın içinde ufacık bir kar küreyici gibi gidiyordu.

"Hadi gel Gypsy! Hadi Büyükanne! Yemek yemedik ama geleceğimizde bir waffle kulesi görüyorum."

Az sonra hepimiz kırık tabelanın yanıp sönen ışıkları altında duruyor, restoranın girişine bakıyorduk. İki yüksek binanın arasında yer alan restoran iki katlı, geniş tuğla bir yapıydı, bir tarafında paslanmış bir yangın merdiveni görünüyordu. Şimdi altında dururken tabelaya ampullerle yazılan ismin aslında VOLCANO LAVERNE'S olduğunu açıkça görebiliyorduk. Ama ampullerin çoğu patladığı için uzaktan NOLA diye okunuyordu.

Hâlâ Denver'da, Larimer Lisesinin bu kadar yakınında olmak beni rahatsız ediyordu. Ama artık arabamız da bizi götürecek başka bir taşıt da olmadığından açık, sıcak ve hoş bir yer bulduğumuz için rahatlamıştım. Burada büyükanne dinlenebilir, Tucker istediği kadar waffle yiyebilir, Nola da karaoke tarzında gönlünce şarkı söyleyebilirdi.

"Neden burada dikiliyoruz?" Biz soğukta titreyerek Nola'nın ışıklarla yazılmış adına bakakalmışken Del gözlerini devirerek elini kapıya attı.

Del kapıyı açar açmaz bir gürültü dalgasıyla beraber enfes yemek kokuları üstümüze akın etti. Uğultu halindeki kahkahalarla yumuşak slide gitar ve ukulele sesleri içimi tepeden tırnağa ısıtırken gülümsedim.

Restoranın içi dar ve uzundu, iki duvarın kıyısında oturma bölümleri sıralanıyordu, masalar ve sandalyeler salonun ortasına, küçük karaoke sahnesinin hemen önüne yerleştirilmişti. Bütün duvarlar tüylü halılarla kaplıydı, zemin ise çam ağacından cilalı parkelerle döşenmişti.

Restoranın tamamen aydınlık olan tek yeri karaoke sahnesi ve açık büfe waffle standıydı. İkisi de pembe-sarı yanıp sönen ışıklarla, bambu lambalarla ve rengârenk kâğıt fenerlerle süslenmişti. Tavandan yapma palmiye yaprakları ve süsler sarkıyordu. Mutfak kapısının yanında alçıdan yapılmış bir volkan yükseliyor, sahte alevler volkanın ağzında dans ediyordu.

Kendimizi kardan sonra tuhaf bir tropik cennetin içinde bulmuştuk.

İnsanlarla dolu bir cennetin.

Görünürde hiç hostes yoktu, anlaşılan kimse geldiğimizi fark etmemişti. Herkes bağırıp çağırarak sahnedeki uzun boylu kadını alkışlamakla meşguldü.

Kadın Laverne LaFlamme olmalıydı. Buranın kraliçesi gibi duruyordu. Çift kat fırfırlı Hawaii elbisesi spot ışıkların altında göz kamaştırıyordu. Kafasında düşecekmiş gibi eğrilmiş turuncu-sarı bir peruk vardı. Boynuna gökkuşağı renginde çiçeklerden oluşan bir Hawaii kolyesi takmıştı. Ayrıca hayatımda gördüğüm en uzun takma kirpiklere sahipti.

Birinin gelip yer göstermesini beklerken göz alıcılığından ve pırıltısından büyülenmiş gibi Bayan LaFlamme'a bakıyordum. Restoran sahibi kadın sahnenin ortasında yapay elmaslarla kaplı bir ukulele çalarak Hawaii ve country havası taşıyan bir şarkı söylüyordu. Country türü şarkıları zaten severdim, bu onlardan bile güzeldi.

"Oturacak yer yok galiba," dedi Samson, sesi gürültüden zar zor duyulmuştu. Oturma bölümlerini ve masaları gözden geçirdim. Samson haklıydı, restorandaki tüm oturma yerleri doluydu. Taba-kahverengi üniformalar giymiş bir grup genç asker gördüm, silindir şeklindeki büyük çantaları ayaklarının dibinde duruyordu. Çılgın saçları ve piercing'leri olan bir grup gencin yan masasında oturuyorlardı. Bu geç saatte bile restoran küçük çocukları olan ailelerle, üzerlerinde iş elbiseleri olan kadın ve adamlarla doluydu. Salonun ortasında bekârlığa veda partisi veren gürültücü kadınlar oturuyordu. Kafalarında beyzbol şapkalarıyla bir grup yaşlı gazi bile vardı, kıyafetlerinde geçmişteki gemileriyle savaşlarının isimlerinin yazdığı rozetler ve armalar taşıyorlardı.

Restoranda toplumun her kesiminden insan vardı ve hepsi de grubun bir parçasıydı. Herkes yiyordu. Herkes sohbet ediyordu. Ve herkes -ama herkes- Laverne LaFlamme'ın boynundaki gökkuşağı renkli çiçek kolyeden takıyor, bu da en azından bir ortak yönleri olmasını sağlıyordu. Volcano Laverne's Hawaiian BBQ and Waffle House'da sanki insanlar arasındaki farklılıklar da tıpkı dışarıdaki tipi gibi kapıdan içeri adımını atamıyordu. Burada kimse fırtına esnasında yalnız kalmak zorunda değildi.

Kalabalık restoranda etrafıma bakınıp bize de bir yer olması için dua ederken Laverne şarkının nakaratına başladı:

Hepimiz... kırmızı sostan... ve poi'den yedik,
Luau tavuğundan ve mısır kırmasından...

"Aloha çocuklar! İyi akşamlar madam! Kapıda durmanıza gerek yok." Laverne şarkısına ara verip sadece ukulelesini tıngırdatmaya devam etti. Kabarık peruğunu cesaretlendirircesine sallayarak seslendi, "Kapıyı arkanızdan güzelce kapatın! Sefil fırtınayı içeri davet etmek istemeyiz, değil mi? Buyurun oturun." Sonra kalabalığa seslendi, "Biraz yer açın millet!"

Laverne eliyle işaret ederek bizi çağırıyor, bekârlığa veda partisi veren kadınların sıkışıp sandalyelerine ikişerli oturmaya başlayarak açtığı yeri işaret ediyordu. Ev sahibemiz dudaklarını mikrofona yaklaştırıp durarak herkesi susturduktan sonra, "Yeni içeri girmiş olanlarınıza söylüyorum, ben ev sahibeniz Laverne LaFlamme, bu da benim restoranım." Restorandaki kalabalık çılgına döndü, hatta askerlerden bazıları alkışlamak için ayağa kalktı.

Sanki araba kaza yapmamıştı. Nola'nın gözleri süslerden ve pullardan yansıyan ışıklarla büyülenmişçesine parıldıyordu. Düşüncelerini rujla alnına yazılmışlar gibi net okuyabiliyordum. Nola Kim bu kalabalığın kendisini de tıpkı bu şekilde alkışladığını hayal ediyordu. Her zaman düşlediği gibi.

Laverne LaFlamme şarkısını bitirir bitirmez sahneye birini davet etti. "Bahriyeli Onbaşı Vazquez. Sahneye gel şekerim!"

Sahnenin dibindeki karaoke makinesinden ve köşelere yerleştirilmiş hoparlörlerden yepyeni akorlar yükselmeye başladı. Askerler tekrar alkışlamaya koyulurken salonun değişik yerlerindeki televizyon ekranları aydınlanarak yeni şarkının sözlerini göstermeye hazırlandı. Onbaşı Vasquez sımsıkı topuz yapılmış saçlarını açıp salladıktan ve "Çak," diyen birkaç kişinin eline vurduktan sonra sahneye koştu.

Laverne ukulelesini diğer enstrümanlarla dolu plastik bir kaba koydu: Kabın içinde kazoo'lar, slide whistle'lar, müzikal borular ve tefler vardı. Danışma bölümüne varınca uzun kirpikli gözlerini kırpıştırarak birkaç menü ve bir kol dolusu çiçek kolye aldı.

Büyükanne battaniyesini bir kenara atıp titrek titrek ayağa kalktı.

"Ga-galiba yanlış yere geldim. Bu kış balosu değil. Cleavon beni burada asla bulamaz." Büyükanne kapıya doğru döndü. Ama daha iki adım atmamıştı ki dengesini kaybedip sendeledi. Sonra da yere düştü, tıpkı ipi kopmuş bir Hawaii deniz kabuğu kolyesi gibi.

Bölüm 26

"YAYGARAYI BIRAKIN! BENİM BİR şeyim yok." Büyükanne, Del'le bana hafifçe vurdu, ikimiz birlikte büyükanneyi kaldırıp tekrar tekerlekli sandalyesine oturtmaya çalışıyorduk. Samson endişe dolu gözlerle bana baktı.

Nola battaniyeyi yerden alıp büyükanneyi sararken kendi kendine çıkışır gibi, "Bayan B. muhtemelen susuz kaldı. Bunu nasıl düşünemedim!" dedi. "Yaşlı insanlar çabucak susarlar."

"Sen kime yaşlı diyorsun?" diye tersledi onu büyükanne tacını düzelterek.

Laverne bizi tepeden tırnağa süzdü. Tucker'ın boyalı yüzüne, Nola'nın mahvolmuş makyajına ve Samson'ın leopar desenli kol askısına bakarken yüzünde sıcak bir ifade belirdi.

"Vay canına! Sanki biri sizi çiğneyip tükürdükten sonra üstünüze basmış gibi görünüyorsunuz."

Gerçekten de tam böyle hissediyorduk.

"Hadi gelin!" dedi Laverne eliyle onu izlememizi işaret ederek. "Sizi ve sinirli kraliçeyi -büyükanneye bakıp uzun kirpikli gözlerinden birini kırptı- daha sakin ve konforlu bir yere götüreyim."

Onbaşı Vasquez aşkın savaş meydanına benzetildiği bir şarkı söylerken büyük ve tropik yemek salonunda Laverne LaFlamme'ın peşine düştük. Restoran sahibi kalçalarını sallayarak bir eli havada bizi kısa bir koridordaki tuvaletlerin yanından geçirdi. Dar koridorun sonundaki kilitli bir kapıyı açınca yukarı çıkan bir dizi merdiven göründü.

"Benim bir şeyim yok! Bacağıma kramp girdi, o kadar." Büyükanne Pat itirazlarına devam ederken ellerini ürkmüş bir kumrunun kanatları gibi sallayıp duruyordu. "Bunlara gerek yok. Beni eve götürün! Dizilerimi özledim."

"Eminim bu gençler ilk fırsatta seni eve götüreceklerdir madam," dedi Laverne. "Maalesef fırtına yüzünden kimse bir yere gidemiyor. Ama şimdi benim mekânımdasınız, burada herkesin başımın üstünde yeri var. Dizilerini benim dairemdeki televizyonda izleyebilirsin şekerim. Kendinize gelmeniz için gidip size atıştıracak bir şeyler ayarlayacağım."

"Waffle!" Tucker eğilip büyükannenin kulağına bağırır gibi fısıldadı. "Waffle iste büyükanneciğim." *Büyükanneciğim.* Bu Tucker'dan daha önce hiç duymadığım bir sevgi ifadesiydi ve büyükanne cevap vermese de Tucker vermiş gibi gülümsüyordu.

Laverne'in dairesine çıkan basamaklar dik ve dardı. Bacağına gerçekten kramp girdiyse büyükanneyi oraya çıkarmak zor olacaktı. Ama Laverne sorunu anında çözdü. Herkesi -en çok da büyükanneyi- şaşırtarak eğilip büyükanneyi tekerlekli sandalyeden kucaklayıverdi. Sonra da büyükanneyi askıya asılı bir elbise kadar hafifmiş gibi basamaklardan yukarı taşıdı.

"Tamam." Biz de peşlerinden yukarı çıkarken büyükannenin sesi geliyordu. "Kalıyorum. Ama güzel bir ton balıklı sandviç yaparsan küçük hanım."

"Waffle, büyükanneciğim!" diye hatırlattı Tucker basamakları çıkarken. "Waffle istemeni söylemiştim."

Laverne'in dairesi küçük olmakla birlikte rengârenk, rahat ve sıcaktı, tıpkı restoranı gibi. Hemen paltolarımızla şapkalarımızı çıkardık, Laverne'in kabarık minderli koltuklarına, kırlentlerin altında kaybolmuş mor kadife kanepesine ve müzikli ve hareketli Hawaii dansçısı lambasına hayran olmuştuk. Dairenin bir duvarı boydan boya pencerelerle kaplıydı. Ama bu akşam burnunu cama dayamış fırtınayı dışarıda tutmak için perdeler kapalıydı.

Az sonra büyükanne kanepenin minderlerine gömüldü. Ayaklarını saten bir pufun üstüne uzatmış, elbisesi, tacı ve kemikli elinde tuttuğu uzaktan kumandayla gerçekten de bir imparatoriçeye benziyor, Laverne'in televizyonuna hükmediyordu. Bir şeyler yiyip içtikten sonra izleyecek bir dizi bulmuştu, onu şu rahattan koparabilecek bir şey olduğunu sanmıyordum.

Ama hâlâ şehirdeydik. Büyükannenin üstünde hâlâ balo elbisesi vardı. İçim bir türlü rahat etmiyordu.

Laverne bana telefonunu uzattığında derin bir nefes alıp Samson'a annemin numarasını tuşlaması için izin verdim. Telefonu kulağıma götürürken Samson da yanımda duruyordu. Bu kez ilk çalışta annem telefonu açtı.

"Alo?"

"Selam anne. Benim."

"Gypsy! Tanrı'ya şükür!" Annem sesimi duyar duymaz haykırdı. "Neredesiniz? Kardeşlerin iyi mi? Ya büyükanne? Samson iki mesaj bırakmış ama kardeşini bilirsin işte, pek bir şey söylememiş. Özür dilerim Gypsy," diye devam etti annem. "Telefonumun kapalı olduğunun farkında değildim. Arabayla ufak bir problem yaşadım da, hah." Annem bir an sıkıntıyla güldü. Panik halindeki isterinin sınırlarında gezinen bir gülüştü bu. "Ama şimdi büyükannenin evine döndüm. Sizi asla yalnız bırakmamalıydım, büyükannenin sorumluluğunu size vermemeliydim. Neler oldu anlat."

Özür dileyenin annem olması çok tuhaftı, sanki yokluğunda hepimizin birden kaybolması onun hatasıymış gibi. Olanları duyduktan sonra bizden özür dilememizi isteyecekti bence.

"Hepimiz güvendeyiz," dedim ama beynimi kurcalayıp duran bir kelime daha vardı: *şimdilik*. Şimdilik hepimiz güvendeydik.

Olanları anneme en kaba hatlarıyla anlatıp onu üzeceğini bildiğim yerleri atladım: Yani Tucker'ın yanlışlıkla bir kediyi sahiplendiğini, benim evsiz bir adamın alışveriş arabasını çaldığımı, hep birlikte büyükanneyi güvende olacağı bir hastaneden gizlice çıkardığımızı. Ve tabii Bayan Kim'in yeni arabasının tamamen mahvolduğunu. Bunları daha sonra Samson'la birlikte, annem ve babamla yüz yüzeyken açıklayabilirdik. Annem Evergreen'de, biz Denver'da mahsur kalmışken bunları anlatıp annemi iyice korkutmanın kimseye yararı yoktu. Laverne de annemle kısa bir konuşma yapıp bir yetişkin olarak hepimizin güvende olduğunun garantisini verdi. Sonra Evergreen'e dönmenin bir yolunu bulana kadar annemle sürekli irtibatta kalacağıma yeminler ederek telefonu kapattım.

Telefonu kapatırken Nola, "Hepimizin burada Bayan B ile birlikte kalmasına gerek yok, değil mi?" dedi. Aşağıdan gelen müzik sesi mıknatıs, kendisi de demir tozuymuş gibi kapıya doğru yöneldi. "Yani... bir şarkı söyleyip geri gelebilirim..."

"Şarkı mı söylemek istiyorsun şekerim?" Laverne, Nola'ya gülümsedi.

"Hem de her şeyden çok! Annemle babam beni ömür boyu dışarı çıkmamakla ya da daha da kötüsüyle cezalandırmadan önce belki de bu son şansım. Tıp becerilerini kullanarak ses tellerimi bile alabilirler."

"Şarkı söylemek Nola'nın en büyük hayali," dedi Samson, Laverne'e.

Nola ellerini birleştirip şimdiye dek hayallerini ciddiye alan ilk insan Samson'mış gibi bakıp sırıttı. Nola bir çizgi film karakteri olsaydı kafasında kırmızı ve pembe kalplerden oluşan bir hale belirir ve dönmeye başlardı.

Nola'nın verdiği tepkiyle yüzü kızaran Samson başını çevirdi. "Şey... gerçek bu, öyle değil mi?"

"Madem öyle," dedi Laverne, "doğru sahneye tatlım!"

"Evet!" Nola havaya bir yumruk salladıktan sonra kozmetik çantasını aldı. "Ama önce makyajımı tazeleyeyim."

Nola daha çantayı açamadan, "Dur, dur, dur!" diye bağırdı Del. Bir an için Del'in zamanı durdurmaya çalıştığını sandım, gerçi artık bunu yapamadığını öğrenmişti. Ama Del sadece yeni bir makyaj felaketini önlemeye çalışıyordu.

Del başını iki yana sallayarak, "Buna daha fazla seyirci kalamam," dedi Nola'ya. "Büyükannem görse beni asla affetmezdi. Zaten berbat haldeki yüzünü daha da mahvetmeden dudak kalemini kılıfına koyup oturman lazım."

Laverne kıkırdadı, ince çizilmiş kaşlarından birini havaya kaldırıp başını sallayarak Del'in söylediklerini onayladı. Bir elini Nola'nın omzuna koyup onu odanın öteki ucunda, açık mutfağın önünde duran bir tabureye yönlendirdi.

"Hazır olduğunda aşağı gel tatlım. İstediğin şarkıyı çalarız." Laverne gitmeden önce banyoya girip bir paket makyaj temizleme mendiliyle geri geldi, savaş alanının ön saflarındaki bir hemşirenin doktorun avcuna sargı bezini koyduğu gibi mendili Del'in eline koydu.

"Ben dizimi ararken sen de o hikâyenin kalanını anlatsana koca ufaklık." Tucker'la birlikte Laverne'in televizyonunda kanalları tarayan büyükannenin sesi dikkatimi çekti. "Nehre düştükten sonra üstünde parıldayan altınlarla sudan çıkan kıza ne olduğunu bilmek istiyorum." Büyükannenin yetenekli atamız hakkında bir şeyler daha öğrenmek istemesi beni şaşırtmıştı ama Tucker memnuniyetle hikâyeyi o akşam ikinci kez anlatmaya koyuldu.

"Tamam büyükanneciğim. Bir zamanlar..."

Tucker, Kaptan Fırtına'yla birlikte Laverne'in kadife kanepesinde, Büyükanne Pat'in yanında oturup hikâyeler anlatır ve televizyon kanallarını gezerken Nola, Del'in makyaj yapmasına engel olmamız için Samson'la bana yalvaran gözlerle bakıyordu. Ne Samson ne de ben karışmak istedik. Samson

Laverne'in şişkin minderli koltuklarından birine çöküp gözlerini kapadı, Bay ve Bayan Walker'ı hastaneye götürmek için harcadığı efor yüzünden hâlâ bitkin durumdaydı.

"Pekâlâ, pes ediyorum!" dedi Nola kozmetik çantasını Del'e doğru iterek. "Ama sana güveniyorum. Umarım ne yaptığını biliyorsundur. Tucker'ın yüzü gibi sanatsal bir iş çıkaracaksan söyleyeyim, sahneye rengârenk bir kedi gibi çıkmak istemiyorum. Sakın bıyık falan yapayım deme!"

"Sakinleş," dedi Del. "Sadece suratına sıvanmış şu simsiyah garaj kapısını kaldıracağım. O zaman herkes şimdiye dek sakladığın göz alıcı spor arabayı görecek."

Nola bunu duyunca canlandı.

Del, Nola'nın yanaklarındaki ve göz kapaklarındaki akmış makyajı temizlemeye koyulurken ben de yanlarında bir tabureye oturdum. Nola'nın kozmetik çantasındaki karmakarışık hazineye baktım; farlar, ojeler, fırçalar, rujlar, eyeliner'lar ve süngerlerden oluşan yığını görünce afalladım.

"Aa!" Elimi Nola'nın çantasına sokup karanlıkta parlayan simli jel şişesini çıkardım. Şişenin içindeki sıvı opal, gümüş ve beyaz renklerde ışıldayarak bana yeni yağmış karın ay ışığında parıldayışını hatırlatıyordu.

Nola'dan izin istemeden parlak sıvıdan elime koca bir damla sıktım, kollarıma ya da saçıma sürmeyi planlıyordum. Ama daha avucumda soğuk jeli hissettiğim anda Evergreen'deyken büyükannenin elini elimden nasıl çektiğini hatırladım, sonra da ona bulaştırabileceğim yetenekten korkarak ellerine nasıl dezenfektan döktüğünü.

Dönüp büyükanneye, tacına ve elbisesine bakınca daha yeni başka bir anı zihnime hücum etti. Artık yeteneğim değişmeden önceki gibi geçmişi göremiyordum ama büyükannenin fırtınanın ortasında kar melekleri yaparken ölmekte olan bir kuğunun son dansını sergileyen yaşlı bir balerin gibi ay ışığının altında kollarını havaya kaldırıp indirişini hiç unutmayacağımı biliyordum. Bu Patrice Beaumont'a dair az sayıdaki büyülü anıdan biri olabilirdi. Ailemin yetenekli tarafına ait anılar kadar güzel bir anı.

Parıldayan jel şişesini hâlâ elimde tutarken aklıma gelen bir fikirle gülümsedim.

Bölüm 27

"...VE SUDAN ÇIKTIĞI ZAMAN..." Tucker başını Büyükanne Pat'in koluna yaslamış ilk yetenekli atamızın hikâyesini anlatmaya devam ediyordu. "Eva Mae altın tozuyla kaplıymış. Ha ha! Japon balığı gibiymiş demek. Anladın mı büyükanneciğim, onlar da altınla kaplı gibi görünüyor ya?" Tucker kıkır kıkır gülerken büyükannenin elbisesinin gümüş rengi eteklerinin dibine çömeldim, onu kızdırmamak için televizyonun önüne geçmemeye özen göstermiştim. Nola'nın makyaj çantasından aldığım karanlıkta parlayan jeli dökmemeye çalışarak sıvı ay ışığından vıcık vıcık bir damlayı avucuma aldım. Parmağımın ucuyla büyükannenin buruşuk tenine yapışkan maddeden benek benek sürmeye başladım, ellerini, kollarını ve yanaklarını parıl parıl yaptım.

Yüzünü çevreleyen seyrek kar beyazı saçlarına da biraz parıltı eklemek için elimi uzattığımda büyükanne bana baktı. "Ne yapıyorsun Nettie?"

"Baloya hazırlanmana yardım ediyorum Patrice," dedim, jelin geri kalanını da sürebilmek için büyükannenin istediği kadar benim Nettie olduğuma inanmasına göz yumdum. "Müthiş bir balo olacak, unuttun mu? Sevgilin Cleavon için güzel görünmek istemez misin?" Bunu neden söylediğimi bilmiyorum. İstediğim en son şey büyükanneyi baloya gitmesi için özendirmekti oysa. Ama ışıltılı jeli sürmemin kendimce nedenleri vardı ve ben işimi bitirene kadar büyükannenin sakince oturmasını istiyordum.

Jel bitince ellerimi taytıma sildim, böylece taytım da parıl parıl olmuştu. Dikkatle büyükannenin gözlüklerini çıkarıp temizledim, acaba bulanıklığın içinde büyükanne ne görüyordu? Gözlükleri kibarca tekrar büyükannenin burnuna yerleştirdim. Ayağa kalkıp eserimi görmek için biraz geri çekildim.

"Patrice Beaumont," dedim. "Seni Eva Mae El Dorado'nun onursal akrabası ilan ediyorum. Ama sen altın tozundansa ay ışığının ve yeni yağan karın parıltısını toplamanı sağlayan bir yeteneğe sahipsin."

Büyükanne bana garip garip baktıktan sonra gözlerini parıldayan elleriyle kollarına indirdi. "Ah," dedi usulca. "Şuraya bakar mısın? Parıl parıl parlıyorum. Ne acayip." Işıltıyı biraz daha inceledikten sonra bana bakıp gülümsedi.

Gülümsedi!

"Ne güzel," dedi. "Sihire kavuşmak için çamurlu bir nehre düşmeme de gerek kalmadı." Büyükanne şimdi daha çok gülümsüyordu. Işıltıları sevmişti!

"Büyükanneciğim?" Dizide reklam arası başlayınca Tucker dönüp büyükanneye baktı. "Büyükanneciğim?" dedi bir kez daha büyükannenin eteğini çekiştirerek.

Büyükannenin gözlerinde şaşkın, yabancı bir ifade belirdi, sanki *büyükanneciğim* kelimesi ona *ambale olmak, galatı meşhur* ya da *şıpsevdi* kadar anlamsız geliyordu. Ama sonunda cevap verdi, "Evet?"

"Dünyada her şeyden çok istediğin bir şey var mı?"

Büyükanne elini kaldırıp dalgın dalgın tacını düzeltti. Sonra yavaşça indirip kucağına bıraktığı elini izledi, bileğini sağa sola döndürüp nasıl parıldadığına baktı. Tucker'ın sorusuna cevap verirken büyükannenin sesi titriyordu.

"Galiba istediğim bir şey vardı... bir zamanlar," dedi. "Ama artık ne olduğunu unuttum sanırım."

Tucker, büyükanne önemli bir sır vermiş gibi başını salladı. "Hatırladığım kadarıyla," dedi, "ben büyümek istiyordum. Bir de kedi istiyordum." Tucker yavaşça kucağında uyuyan Kaptan Fırtına'yı okşadı. "Bu hafta ikisine de kavuştum, ayrıca sen de sandığım gibi bana şaplak atmadın. Bu da iyi oldu." Tuck memnuniyetle içini çekti. "Kedileri seviyor musun büyükanne?" Tucker kedi burnu gibi boyanmış pembe burnunu oynatarak umutla başını kaldırıp baktı.

Büyükanne, Tuck'a ve Kaptan Fırtına'ya bakarak kaşlarını çattı. "Şey... sevdiğimi sanmıyorum."

Büyükannenin verdiği cevabı düşünürken Tuck'ın gökkuşağı rengindeki bıyıkları seğirdi. Sonra omuzlarını silkti. "Sorun değil," dedi. "Belki bir kediyle biraz zaman geçirirsen fikrini değiştirirsin. Ama eğer bir şeyi çok istersen -önemli bir şeyi- bana haber ver. Artık büyüyebildiğim için isteğinin gerçekleşmesine yardım edebilirim belki."

Del omzunun üstünden bir göz atıp büyükannenin ışıltılarını beğenmişçesine başını salladı, "İyi iş çıkarmışsın Gözlük." Del, Nola'nın göz makyajını yeniden yaparken döşeme tahtalarından alt kalttaki müziğin sesi geliyordu. "Şimdi büyükanneyle daha fazla ortak yanınız var. Senin için, onun ise dışı ışıl ışıl parıldıyor."

Duble kaşık şeker, diye düşündüm kızarmamaya çalışarak. Del çok şekerdi. Şeker ve şakacı.

Gözlüklerimi düzeltip yukarı ittim. Bu defa büyükanneye benzeme fikri beni rahatsız etmemişti. Sanırım büyükannemin içindeki sıradan sihrin izlerini görmeye başlamamın faydası olmuştu. Büyümenin olgunlaşmak demek olduğuna inanmadan önceki genç halini görebilmiştim. Dünyanın parıltılarla dolu olduğunu unutmadan önceki...

Büyükannenin yaşlı ellerini tutup her şeyin yoluna gireceğini söylemek istiyordum. Sihir olsa da olmasa da... yetenek olsa da olmasa da... o hatırlasa da hatırlamasa da bir aile olduğumuzu söylemek istiyordum.

Belki de Del haklıydı. Belki büyükannem hâlâ hayatta olduğu için şanslıydım. Buklelerimden birini çekiştirdim, belki büyükanneye benzediğim için de şanslıydım.

"Büyükanne Pat'le doğum günlerimiz bile aynı," dedim Del'e, büyükanneyle aynı gün doğmuş olmanın eskiden beri bende yarattığı dehşetin yok olmaya başladığını hissediyordum. "İkimiz de ekimin on birinde doğmuşuz."

"Ciddi misin? Mümkün değil!" Del elindeki far paletini yere düşürdü, sonra paleti almak için hemen yere eğildi.

"Ciddiyim," dedim. "Değil mi büyükanne?"

Büyükanne umursamaz bir tavırla elini salladı, bütün dikkatini televizyona verdiğinden bizi pek dinlemiyordu.

Del bana baktı. "On bir ekim," dedi şaşkınlık dolu bir sesle.

"Evet... ne olmuş?"

"Ben de on bir ekimde doğdum! Anlaşılan üçümüzün ortak bir yanı varmış."

"Bu bazı şeyleri açıklıyor," diye homurdandı Samson, hâlâ karşımda gözleri kapalı oturuyor, özenle sargılı kolunu tutuyordu.

"Ne demek istiyorsun?" diye sordum. Samson'ın gözleri birden açıldı. Bana, Del'e, büyükanneye baktı. Sonra yüzünü buruşturarak oturduğu yerde doğruldu.

"Zamanı durdurduğunda büyükannenin de Del'in de etkilenmediğini söylemiştin. Öyle değil mi?"

"Evet..." dedim usulca. "Bir de şu iki kız," diye ekledim. "Otobüs terminalinden çıktıktan sonra dans okulunun penceresinden Del'le bana el sallayan kızlar. İkize benziyorlardı."

"İkiz mi? Gayet mantıklı." Samson başını salladı. "Tuvalu'yu hatırlıyor musun?"

"Tuvalu mu?" dedim şüpheyle. Sonra hatırladım. "Tuvalu!" Samson'ın doğum günümüz aynı diye büyükanneyle kozmik ve bilinemez bir bağla bağlı olmadığıma beni inandırmak için bilgisayarda ortak doğum günlerini araştırdığı gün aklıma geldi.

"Doğru," dedim. "Milyonlarca insan her gün iyi ki doğdun şarkısını söylüyor. Tuvalu'daki yirmi yedi kişi de öyle."

"Tuvalu neresi?" diye sordu Del ve Nola aynı anda.

"Bir önemi yok," dedim ayağa kalkarak. "Anlamadın mı Del? Büyükanne ve ben aynı günde doğduğumuz için aramızda bir bağlantı var. Seninle de öyle! Her şeyine bahse girerim gördüğümüz o kızlar da on bir ekimde doğmuştur. O zaman şehirde yeteneğimden etkilenmeyen binlerce insan var demektir. Ama her biri farklı yerlere dağılmış durumda."

Del'in kaşları havaya kalktı. "Yani seninle aynı gün doğmuş insanlar zamanı durdurmandan etkilenmiyor mu demek istiyorsun?"

"Başka bir açıklaması olamaz."

Samson'ın teorisi doğru olsa gerekti. Ailemin sahip olduğu güçlerin temelinde hangi sihir ya da bilim dalı yatıyor olursa olsun insanların doğum günlerinde eğlenmeye düşkün olduğu ortadaydı. Kuşaklar dolusu yetenek sahibi insan bunun canlı kanıtıydı. En sıradan insanlar bile doğum günlerinin özel olduğunu bilirdi.

Beş dakika sonra Nola bambaşka biri olmuştu. Del, Nola'nın ağlamaktan bozulan makyajını tamamen temizlemişti. Sonra kalın eyeliner'lardan geriye kalanı hafifletip yeniden şekillendirmiş, hafif renk, hatta biraz da parıltı vermişti. Nola'nın kara erik rengi rujunu silmiş, dudaklarına ve yanaklarına hafif bir pembelik kondurmuştu. Del büyükannesinden geçmiş olan o kendine has büyüsünü yapmış, Nola'yı rakunluktan doğal güzelliğini ön plana çıkaran büyüleyici bir seviyeye terfi ettirmişti.

"İşte bunu diyordum," dedi Del, memnuniyetle gülümseyerek fırçaları, süngerleri bırakıp geri çekildi.

"Vay canına," diye fısıldadı Samson, Nola'nın yeni halini görünce. Sonra söylediğini unutmuş gibi tekrarladı. "Vay canına."

Nola kıpkırmızı oldu. Sonra kozmetik çantasını Del'den alıp küçük bir ayna çıkardı. "Dur bakayım!" Kendini şöyle bir inceledikten sonra o da duyulur duyulmaz bir fısıltıyla aynı şeyi söyledi. "Vay canına."

"Güzel olmuş, değil mi?" dedi Del.

"Harika," diye cevapladı Nola. Birkaç saniye daha hayran hayran kendine baktıktan sonra aynayı indirip "Şimdi beni biraz daha kendime benzetirsen gidip şarkımı söyleyebilirim," dedi.

Del başını eğip içini çekse de razı oldu. Nola'nın gözlerine kalın eyeliner çektikten sonra pembe ruju silip yerine turuncu rujunu sürdü. Birkaç becerikli dokunuşta daha bulunduktan sonra Nola tatmin oldu.

Nola hâlâ çok güzel görünüyordu ve Del'in gurur duyduğu da ortadaydı, el çırpıp olduğum yerde zıpladım. "Senin de bir yeteneğin var Del! Ya da süper gücün ya da adına her ne demek istiyorsan." Tucker'ın sanatsal kedi suratına, sonra da Nola'nın göz kamaştırıcı pop-star makyajına baktım. "Yıldızlar için makyaj sanatçısı olabilirsin, her gün insanların parlamasına yardımcı olabilirsin. Eğer yeni bir süper kahraman ismi arıyorsan bence Bay Baştan Yaratan olmalı."

"Gerçekten mi?" Del düşünceli bir tavırla kaşını kaldırdı. "Sence makyajda yetenekli olmak bir oğlan için utanç verici değil mi?"

"Saçmalama," dedi Tucker kanepeden bakıp gökkuşağı bıyıklarını oynatarak. "Erkekler de yüz boyamadan ve makyajdan hoşlanabilir. Değil mi Gypsy?"

"Evet Tuck," dedim küçük kardeşime şefkatle gülümseyerek. Sonra Del'e döndüm, "Bu işte çok iyisin Del, ayrıca severek yapıyorsun. Önemli olan da bu değil mi?" Samson ve Nola başlarını sallayarak onayladılar.

Del heyecanımızdan cesaretlenerek omuzlarını dikleştirip göğsünü öne çıkardı ve kaslarını gerer gibi kolunu havaya kaldırdı. "Ah evet, dünya gezegeninin insanları hazır olun, Bay Baştan Yaratan iş başında!"

"Bana da yapar mısın?" diye sordum, Nola kadar güzel görünmek ve güzel hissetmek istiyordum. Del'in aynı dönüştürücü büyüyü bana da yapmasını istiyordum.

"*Ne*?" Del kollarını indirip bana çıldırmışım gibi baktı. "Hayır, olmaz. Senin makyajın zerresine ihtiyacın yok, Gözlük."

El çırpmayı bırakıp kımıldamadan durdum. Ne demek istediğini anlamamıştım. "Nasıl yani?"

"Yok işte," dedi Del başıyla beni işaret ederek. Boş boş bakmaya devam ettiğimi görünce gözlerini devirdi. "Anlamamakta ısrar mı ediyorsun? Diyorum ki sen zaten bu halinle harika görünüyorsun Gözlük. Yüzünde makyajla değiştireceğim hiçbir şey yok Gypsy Beaumont!"

Ağzım açık kaldı. Hâlâ Del'in sözlerini tam olarak kavramaya çalışıyordum ki Nola oturduğu tabureden kalkıp Del'in elindeki allık fırçasını çekti. "Ver de ben yapayım."

Makyajı Nola yaparsa palyaçoya döneceğimden emin olduğum için itiraz etmek üzereydim. Del de aynı şeyi düşünmüş olacak ki Nola'yı durdurmak için elini uzattı. Ama Nola'nın tek yaptığı fırçayı burnumun ucuna bir kez değdirmek oldu. Sanki bir tabloya son fırça darbesini indirmiş gibiydi.

"İşte oldu. Mükemmel." Nola gülümsedi. "Tek ihtiyacın buydu. Artık sen de hazırsın!"

"Neye hazırım?"

"Geri vokalim olmaya elbette! Eminim harika tef çalıyorsundur Gypsy Beaumont."

Bölüm 28

TEFLERİ HER ZAMAN SEVMİŞ olsam da hayatımda hiç tef çalmamıştım. Bir defasında dükkânın birinde kurdelelerle süslü bir tef gösterdiğimde babam evin sadece Tucker içeride olduğu zaman bile yeterince gürültülü olduğunu söylemişti. Nola kolunu koluma dolayınca dilim damağım kurudu. Bir salon dolusu yabancının karşısında sahneye çıkma düşüncesi bende S.O.S çağrısı gönderme isteği uyandırıyordu.

Ya dünyada Shelby Foster gibi bir milyon insan daha varsa? Ya onlardan yarısı aşağıdaki restorandaysa ve tefe ilk vurduğum anda bana arkalarını dönerlerse? Kendimi herkesin içinde aptal durumuna düşürme olasılığını düşününce Nola'yı sahneye yalnız çıkması için ikna etmeye uğraştım.

"Şaka mı yapıyorsun?" dedi Nola. "Sen ve ben burayı yıkacağız Bayan Gözlük. Karaokeye hazır ol!"

"Peki, büyükanne ve Tucker ne olacak?" diye sordum beni merdivenlere doğru itip çekerlerken. "Bir daha gözümü büyükanneden ayırmayacağıma yemin ettim."

"Biz büyükanneyle iyiyiz," diye seslendi Tucker. "Dizi izliyoruz."

"Söz veriyorum, sadece beş dakika sürecek," dedi Nola. "Beş dakikadan da az! Lütfen benimle gel Gypsy. Oğlanlar burada kalıp Bayan B'ye göz kulak olabilir. Hangi şarkıyı söylemek istediğimi de biliyorum. Ama sen olmadan sahneye çıkmam. Daha önce kimsenin önünde şarkı söylemedim. Sen bir genç kızsın, herkesin gözünü sana dikmesinin nasıl bir şey olduğunu bilirsin. Gerçekten yanımda bir arkadaşa ihtiyacım var."

Genç kız? Arkadaş? Nola beni gerçekten böyle mi görüyordu? İçimden mutluluktan dönerek dans etmeye başladım. Belki endişeden midem bulanıyor da olabilirdi.

"Yapabilirsin Gözlük," dedi Del. Yardım ister gibi Samson'a baktım ama benim ahmak kardeşimin tek yaptığı şey gülümsemek oldu.

İki dakika sonra karaoke sahnesindeydim. Elimde bir tef vardı. Gözlerimi kısarak ışıklara ve yüzlere bakıyor, ayağımı sıkan kar botlarımın içinde terliyordum. Ayak parmaklarımı oynatmayı ne kadar da istiyordum!

Zamanı durdurup kaçmanın şimdi tam sırasıydı aslında. Ama Nola öyle heyecanlı görünüyordu ki gösterisini karlar altında bırakan kara bir bulut olmak istemiyordum.

Pat-*çın.*

Kararsızlık içinde tefi bir kez kalçama çarptım. Kalbim deli gibi atarak kalabalığa baktım. Herkes gülümsüyordu.

Müzik piyanodan gelen enerjik notalarla başladı. Nola'nın ayağının dibindeki bir ekranda ve salona yerleştirilmiş monitörlerde on saniyelik bir geri sayım belirdi.

3... 2... 1... ve Nola'nın ilk şarkı sözleri ekranda göründü.

İlk başlarda tefe elimden geldiğince hafif vuruyor, fazla çatlak görünmeden şarkının neşeli disko ritmine ayak uydurmaya çalışıyordum.

Pat-*çın.*

Pat-*çın.*

Pat-*çın.*

Nola şarkı söylemeye başlayınca performanstaki rolümü unutarak tefi çınlatmayı tamamen bıraktım. Nola, Samson'la birlikte onu odasının camında gördüğümüz zamanki heves ve coşkuyla şarkı söylüyordu. Neşeli bir şarkıydı. On yedi yaşındaki bir dans kraliçesini anlatıyordu. Tek sorun şuydu ki...

Nola Kim şarkı söyleyemiyordu.

Hem de hiç.

Detone oldu, bocaladı, cırtlak cırtlak bağırdı, sonra nakarata girerken korkunç biçimde tizleşerek irkilmeme sebep oldu.

Karnıma ağrılar girerken salona çabucak bir göz attım. Midem altüst oluyor, Nola adına duyduğum utançtan yanaklarım alev alev yanıyordu. Onu kurtarmak istiyordum. Bekârlığa veda partisi veren kadınlar yuhalamaya başlamadan Nola'yı sahneden indirmek istiyordum. Kalabalıktaki bebekler ağlamaya başlamadan. Askerler kremalı waffle'ları fırlatmaya başlamadan. Bu Nola'nın hayaliydi, şarkı söyleme yeteneğine olan inancını kimsenin mahvetmesini istemiyordum.

Zamanı durdursa mıydım? Zamanı durdurursam Nola'nın donup kalmış bedenini sahneden sürükleyebilir, SUV yere çakılmadan Del'le birlikte herkesi nasıl kurtardıysak Nola'yı da öyle kurtarabilirdim.

Kendimi hain gibi hissederek geri geri gidip karanlığa doğru çekildim. Ama az sonra Nola'nın yetenek konusundaki açığını coşkusuyla kapattığını gördüm. Ve görünen o ki bu coşku bulaşıcıydı.

Nola şarkı söylemeye devam ederken boşuna endişelendiğimi anladım. Zamanı durdurmaya gerek yoktu. Tersine ânın tadını çıkarmak için bir sürü neden vardı.

Bekârlığa veda partisi verenler yuhalamıyordu; kadehlerini kaldırmış, hayatlarında olmadığı kadar eğleniyor görünüyorlardı. Askerler hiçbir şey fırlatmıyor, alkış tutuyorlardı. Laverne bile yarısına kadar gelen bir komiyle peruğunu titrete titrete dans ediyordu.

Karanlıktan öne çıktım, vokal şarkıcı ve tefçi olarak görevimi ihmal ettiğim için kendimi berbat hissediyordum. Nola arkadaşına güveniyordu. Bir Shelby Foster da ben olmayacaktım. Ne olursa olsa Nola Kim'e sırtımı dönmeyecektim.

Yepyeni bir kararlılıkla tefimi sıkıca tutup tekrar kalçama vurarak *çın*-latmaya başladım, bu kez ben de salondakiler kadar coşkuluydum.

Del ve Samson'ın koridorun başında durup izlediklerini görünce şaşırdım. Yukarıda, büyükanne ve Tucker'ın yanında olmaları gerekiyordu. Anlaşılan Nola'nın ilk sahne alışını kaçırmak istememişlerdi. Samson durmadan omzunun üstünden arkasına bakıyor, Laverne'in dairesine giden kapıyı kontrol ediyordu. Tedbirli davranması güzeldi.

Kardeşim endişemi anlamış olmalıydı, göz göze geldiğimizde yukarıyı işaret edip büyükanne ve Tuck'ı anlatmak istediğimde Samson başparmağını kaldırıp her şey yolunda der gibi cevap verdi. Sonra gözlerini yine Nola'ya dikti, sanki Nola bir peri masalının bülbülüydü ve Samson hiç durmadan onu dinlemek istiyordu.

Nola'nın hayali gözlerimizin önünde gerçek oluyordu. Gerçek hayat versiyonunun tam olarak Nola'nın hayal ettiği gibi olmamasının bir önemi yoktu. Ya da ahenkli olmamasının. Nola'nın gözleri zafer kazanmışçasına parlıyor, yüzü ışıldıyordu. Volcano Laverne's sahnesindeki bu değerli anda, dışarıda ismi ışıklarla yazarken Nola'nın utanmadığı ortadaydı. Nola bir pop yıldızıydı.

Nola'yı örnek alıp nasıl ses çıktığını umursamadan tefi içimden geldiği gibi çalmaya başladım. Kendimi tefi çalmaya öyle kaptırmıştım ki salondaki kargaşayı en son ben fark ettim, boğazını tutmuş ter döken kıpkırmızı suratlı adamı da en son ben fark ettim. Sonunda Nola'nın yere düşerken *tak* diye ses çıkaran mikrofonu ve peşinden gelen kulak tırmalayıcı cızırtı dikkatimi çekmeyi başardı.

"Biri 911'i arasın!" Nola karaoke makinesinin fişini çekip çevik bir hareketle sahneden yere atladıktan sonra doğruca boğulan adama doğru koştu.

Bir anlık bir kargaşa ve mırıltılardan sonra salon sessizliğe gömüldü. Kimse konuşmuyordu. Fısıltı bile yoktu. Nola adamın soluk yolunu açmaya çalışırken hepimiz nefesimizi tutmuştuk. Nola önce oturduğu yerde adamın sırtına beş kez sertçe vurdu, bu işe yaramayınca Heimlich manevrasına geçerek adamın karnına beş kez baskı yaptı.

Bir kez daha tüm gözler Nola'nın üzerindeydi. Ama bu kez kimse dans etmiyor, şarkı söylemiyor ya da tempo tutmak için ayaklarını yere vurmuyordu. Boğulan adamın yüzü kırmızıdan mora döndü. Gözleri yerinden çıkacakmış gibi dışarı fırlamıştı. Birkaç asker yardım etmek için öne çıktı. Ama Nola onları hemen uzaklaştırdı.

"Herkes geri çekilsin," diye bağırdı, sonra hastasının gırtlağından kısa bir kaburga kemiği parçası fırlayıp karşıya uçtu.

Adam sandalyesine yıkıldı, kesik kesik nefes almaya başladı. Ailesi minnetle Nola'ya sarılıp teşekkür etti. Nola onlardan kurtulup arkasını döndüğünde kalabalık deli gibi alkışlamaya başladı. Laverne sahneye atlayıp yanımda durarak kalabalığa ayağa kalkmalarını işaret etti.

Ben de yerimde zıplayarak alkışlayıp boğazım ağrıyana kadar bağırarak tezahürat yaptım.

Laverne bize katılmaları için el sallayarak Del ve Samson'ı salona çağırdı. Nola herkesle tokalaşıp yumruk tokuştururken ve hiç tanımadığı insanlarla kucaklaşırken Del ve Samson da heyecana kapılıp onu takip ettiler.

Ben de peşlerinden gitmek için sahneden indim ama kalabalıktan ilerleyemedim. Biri boynuma bir çiçek kolyesi geçirerek beni de Volcano Laverne's ailesinden biri haline getirdi. Herkes Nola'yı tebrik etmek ve harika iş çıkardığını söylemek istiyordu. Nola hepimizin oturmasına yetecek kadar yer olan bir masaya geldiğinde boynunda üç tane çiçek kolyesi, kafasında da ön tarafında *Gelinin Takımındanım* yazan plastik bir kovboy şapkası vardı.

Nola şarkı söylerken bir pop yıldızı gibi hissetmiş olabilirdi ama şimdi gerçek bir kahramandı; yüzünün ışıltısına bakılırsa şarkı söylerken hissettiğinden on kat daha iyi hissediyordu. Ayakta alkışlanmıştı, üstelik gerçekten iyi yaptığı bir şey için alkışlanmıştı.

Nola ve oğlanlar oturduktan saniyeler sonra masaya ulaştım, ben vardığımda daha önce o masada oturan dört savaş gazisi Nola'yı selamlıyordu. Gaziler akçaağaç şuruplarını ve acı soslarını geride bırakarak başka bir masaya katıldılar.

Nola hâlâ titreyerek bir başkasının sıcak çikolatasından bir yudum aldı. "Harikaydı! Ama sahnedeyken sesimi duydunuz mu? Vay be! Odamda müziği iyice açıp şarkı söylediğim zaman sesim çok daha iyi çıkıyor. Belki de doktor olmalıyım. Biraz ilkyardımla bu kadar alkış toplayabileceğimi düşünmemiştim."

Samson sağlam kolunun dirseğiyle Nola'yı dürterek samimi bir sesle, "Şarkı söylemeye de devam etmelisin," dedi.

"Gerçekten öyle mi düşünüyorsun?" Samson'ın elini tutup parmaklarını onunkilere dolayan Nola'nın gözleri her zamankinden de parlaktı. Samson oturduğu yerde huzursuzca kımıldansa da Nola'nın parmaklarını sıkıca kavradı.

"Kesinlikle," dedi başını gereğinden fazla sallayarak. "Yani... şarkı söylemeyi çok sevdiğin için."

Del bir kaşını şüpheyle kaldırıp başını iki yana salladı. Masanın altından bacağını tekmeleyince başını sallamayı kesti.

Nola ne olacaktı acaba? Doktor mu olacaktı, şarkıcı mı... yoksa çarpışan araba şoförü mü? Olmak istediği her şeyi olmanın bir yolunu bulmasını diledim. Aylardan beridir ilk defa geleceği görmek için gözlüklerimi indirmeyi düşünmedim. Belki de her şeyi oluruna bırakıp izlemek daha iyiydi. Belki de Samson'ın Nola'ya iyice sokulmasını izlemekle fazla meşguldüm, Nola da Samson'a doğru uzanmıştı, olacakları bekliyordum...

Nola ve Samson öpüşünce restoran bir kez daha alkış seslerine boğuldu.

Geleceğe dair gördüklerim arasında bu neden yoktu acaba?

Del masadaki peçetelikten bir avuç dolusu peçete alıp gözlerini temizliyormuş gibi dalga geçti. "Ah, dostum. Bunu görmem gerekmiyordu," dedi gülerek. "Lütfen biri beni kör edebilir mi?"

Tavan lambaları cevap verir gibi bir-iki kez yanıp sönerek titreşti. Üçüncü titreşmede salon sessizliğe büründü. Sonra bütün ışıklar söndüğünde herkes bir ağızdan çığlık attı. Akşamın büyük kötü fırtınası son bir hamle yapıp elektrikleri kesmişti. Restorandaki herkes karanlıkta yolunu bulmaya çalışıyordu.

Bölüm 29

EN BÜYÜK AĞABEYİM ROCKET benden on dört yaş büyüktü. Daha ben doğmadan elektrik yeteneğine kavuşmuştu bile. Güç dalgalanmaları, paramparça ampuller ve kapkaranlık odalar hep hayatımın bir parçası olmuştu. Elektriğin kesilmesi beni korkutmuyordu.

Restoranın elektriği kesilir kesilmez her kafadan bir ses çıkmaya başladı. Donuk ışıklı acil durum floresanları halı kaplı duvarlara ürkütücü gölgeler düşürüyordu. Çok geçmeden loş salon fener ve lamba olarak kullanılan telefon ve tabletlerin ışığıyla aydınlandı.

"Büyükanne Pat!" dedim, birden onu yukarıda Tucker'la yalnız bıraktığımız aklıma gelmişti.

"Tucker!" dedi Samson. "Özür dilerim Gypsy. Onlara göz

kulak olacağımı söylemiştim." Samson'la aynı şeyi düşündüğümüzden emindim: Tucker ve büyükanne yukarıda ışıksızdılar, Tucker, Laverne'in Hawaii dansçısı şeklindeki lambasını deviriyor, biri Kaptan Fırtına'nın kuyruğuna basıyor, büyükanne karanlıkta Laverne'in dik merdivenlerinden yuvarlanıyor, Tucker korkudan kocaman oluyor.

"Kimse panik yapmasın!" Laverne'in sesi karanlık restoranda çınladı, sanki bunu direkt Samson ve bana söylemişti. "Lütfen herkes biz biraz daha ışık getirene kadar yerinde kalsın."

"Hadi gidelim," dedim. Diğerleri çoktan ayağa kalkmıştı.

"Peşinden geliyoruz Gypsy," dedi Samson. Kardeşim neden beni görevlendirmişti anlamadım, belki de hep başkalarının göremediği şeyleri gördüğüm için karanlıkta yolu en iyi benim bulabileceğimi düşünmüştü. Ne de olsa görünmez olduğunda onu hep görebiliyordum. Acaba sadece az önce olduğu ya da biraz sonra olacağı yerleri mi görüyordum diye merak ettim. Belki de yeteneğimi on üç yaşına girmeden göstermeye başlamıştım.

Dördümüz birbirimizden ayrılmamak için el ele tutuşarak küçük bir insan zinciri oluşturduk. En önden giderek masaların, sandalyelerin ve insanların arasından geçiyordum. Ama restoranın bir ucundan diğerine gitmek düşündüğümden de zordu, Laverne'in uyarılarına rağmen kimse yerinde kalmamıştı.

Büyükbaba Bomba sağ olsaydı biz Laverne'in dairesine çıkan merdivenlere ulaşana kadar sadece bir kürdan kullanarak Rushmore Dağı'na bir başkan sureti daha oyabilirdi. Karanlıkta döne döne merdivenleri çıkarken yukarıda işlerin yolunda gitmediğine dair korkum her basamakta daha da artıyordu. Büyükanne ve Tucker'ı gözümün önünden ayırmamam gerektiğinden emindim. *Yine* aynı şeyi yapmıştım.

Haklı çıktım. Merdivenlerin tepesine vardığımızda Tucker ve büyükannenin yerinde yeller esiyordu.

"Hayır, hayır, hayır." Boynumdaki Hawaii kolyesini yolup attım. Neden sürekli büyükannenin benden kaçmasına izin veriyordum?

"Buralarda bir yerdedirler," dedi Del beni rahatlatmaya çalışarak. Laverne'in dairesini çabucak aradık, zaten büyük bir daire değildi. Tucker ve büyükannenin saklanabileceği ancak birkaç yer vardı. Banyoya baktık. Yatak odasına. Kanepenin arkasına. Samson, Laverne'in küçük mutfağındaki çekmecelerin birinden bir el feneri buldu ama fenere gerek yoktu. Biz aşağıdayken büyükanne ve Tucker perdeleri açmıştı. Ay ışığı içeri doluyordu.

Del ve ben yukarıyı aramaya devam ederken Samson ve Nola el feneriyle aşağı koşup Tucker ve büyükanne biz görmeden restorandaki kalabalığa karışmış olabilir mi diye bakmaya gittiler. Birkaç dakika sonra döndüler, merdivenleri koşarak çıktıkları için soluk soluğa kalmışlardı.

"Bayan B'yi de Koca Tuck'ı da bulamadık," dedi Nola. "Ama aşağıda öyle bir kargaşa var ki tam önümüzde dursalar bile onları görmeyebilirdik. Kaybolduklarını Laverne'e söyledik. Herkese haber veriyor. Denizciler de insanları organize ediyor. Biz konuşurken bir arama grubu oluşturuyorlardı. Siz bir şey gördünüz mü acaba?.."

Nola birden sustu. Neden sustuğunu anlamak için başımı Nola'nın gözlerini diktiği yere çevirdim.

Nola da Samson da gözlerini pencereden dışarı dikmişti, ayın güzelliğinden ve doğuya doğru savrulan kar bulutlarının ardından ortaya çıkan yıldızlarla dolu gökyüzü manzarasından büyülenmiş gibiydiler. Denver'ın ışıkları sönmüştü. Ama Nola ve Samson'ı donduran şey ay, yıldızlar ya da gölgeler içindeki şehir değildi.

Camdan dışarı baktım. Gözümü hiç kırpmadım. Nefes bile almadım.

"O gördüğümüz yer..." dedi Samson. Sözünü bitirmedi, soracağı sorunun cevabını zaten biliyordu.

Kederle başımı salladım. "Evet. Büyükanne ve Tucker elektrikler gidince perdeleri açmış olmalı. Büyükanne orayı görünce de..."

Tef çalmak için aşağıya inmeden önce bıraktığım yerden paltomu aldım. Ceplerini karıştırıp boş şeker kâğıtlarını ve büyükannenin okul balosu davetiyesini çıkardım.

Titreyen parmaklarla davetiyeyi önümde tutup ön yüzdeki kabartmalı bina resminin mimarisiyle uzaktan net olarak görebildiğim binanın şeklini karşılaştırdım.

Yutkunmaya çalıştım ama yapamadım. Sanki benim boğazıma da kaburga kemiği takılmıştı ve boğuluyordum.

Davetiyenin üstündeki saat kulesi resmine bir kez daha baktım. Gözlerimi birkaç santim sağa kaydırıp camdan dışarı bakınca harabeye dönmüş gerçek saat kulesini gördüm. Saatin bozuk kadranları neredeyse gece yarısını gösteriyordu. Benim saatimin kadranları ise 10.45'i. Ama artık zamanın bir önemi yoktu.

Ben ne yapmıştım? Tek istediğim büyükanneyi güvende tutmaktı. Ama o akşam yaptığım her şey boşa gitmişti. Sonunda Büyükanne Pat'i tam da kötü kaderinin kapısına getirmiştim. Kötü şeylerin olmasını engelleyemiyorsam geleceği görmenin ne anlamı vardı ki? Büyükanneyi düşüşüne adım adım yaklaşmaktan alıkoyamadıktan sonra zamanı durdurmanın ne anlamı vardı?

"Sizce bu?.." dedi Nola.

Del yanımda başını salladı, gözlerini baktığı yerden ayırmamıştı. "Hepimiz aynı şeyi düşünüyoruz."

"Büyükanne Pat ve Tucker oraya gittiler," dedim saat kulesini göstererek. "Liseye gittiler. Peki biz görmeden restorandan çıkmayı nasıl başardılar?"

"İşte böyle," dedi Samson. Mutfağın köşesindeki paravanı kenara çekti, arkada bir kapı vardı. Kapı dışarıdan gördüğümüz yangın merdivenlerine açılıyordu. Tucker ve büyükanne kapıyı arkalarından tam kapatmamışlardı. Kapı aralığından sızan soğuk yüzünden dişlerim birbirine vuruyordu.

Kırmızı paltomu giyip büyükanne ve Tucker'ın peşinden yangın merdivenlerinden inmeye hazırlanırken daire birden kalabalıklaştı. İri yarı dört genç denizci ve üç ihtiyar, tutuk savaş gazisi fırtına gibi içeri dalmıştı.

Onları istesek de istemesek de destek kuvvetler gelmişti.

"HURRA!"

Tanımadığım insanların bizimle birlikte aramaya katılmasını istediğimden emin değildim. Bir yandan, bizim dört çocuktan oluşan küçük ekibimiz şimdi daha büyük, tek bir amaçla bir araya gelmiş insanlardan oluşan geçici bir ordunun parçası haline gelmişti. Bu amaç da başlarına kötü bir şey gelmeden Büyükanne Pat'i ve küçük Tuck'ı bulmaktı.

Diğer yandan, bu kadar insanın içinde olmak sakıncalı, hatta belki de tehlikeliydi. Bir sürü asker vardı. Bize katılanlar yeteneklerden, geleceği görmekten ya da büyüyüp dev kadar olabilen çocuklardan habersizdiler.

Öyle de kalmalıydılar.

Daha önce Bayan Kim'in arabasının tamir masraflarına yardım edebilmek için hükümet adına çalışmayı hayal etmiştim. Yeteneklerimi casuslukta ya da bombaları etkisiz hale getirmekte kullanabileceğimi düşünmüştüm. Peki, ordu ailemin şaşırtıcı yeteneklerini öğrenirse gerçekten ne olurdu? Kardeşlerimi silah olarak kullanmaya mı kalkarlardı? Tucker'ı ayıcık şeker, kedi yavruları ve yüz boyamayla mı kontrol ederlerdi peki? Ya da hepimizi uzaylılarla birlikte 51. Bölge'ye kapatıp incelemek için kesip biçerler miydi?

Görev için yola koyulmadan önce Onbaşı Vasquez beni sorguya çekti.

"Öyle görünüyor ki güç bir durumla karşı karşıyayız evlat. Neden kardeşinle büyükannenin eski liseye gittiğini düşünüyorsun? O bina tehlikeli. Yıkılması gerekiyor."

Vazquez'e kış balosu davetiyesini gösterdim.

"Büyükanne Pat hasta. Kendini hâlâ lisede sanıyor. Bu baloya gittiğini sanıyor."

"Bundan nasıl emin olabilirsin? O kadar hastaysa başka bir yere de gitmiş olabilir. Aynı yerde dönüp dolaşıyor da olabilir!"

"Kardeşimi dinlemeniz gerek. O... şey, en iyisini bilir." Samson kelimeleri özenle seçiyordu. Beni kendine doğru çekerek arka çıkmaya hazırlandı. Sonra, "Gypsy öyle diyorsa öyledir," dedi. Samson hâlâ daireye sızmakta olan soğuk hava yüzünden titriyordu. Gazilerden biri, kurtarma ekibine katılamayacak kadar yaşlı ve iki büklüm bir adam, kardeşimin üstünde sadece bir tişört ve leopar desenli bir kol askısıyla soğuğa çıkmaya hazırlandığını görünce paltosunu çıkarıp Samson'a verdi.

"Teşekkür ederim efendim." Samson memnuniyetle aldığı paltoya elinden geldiğince sarındı.

Del yüksek sesle, "Hadi millet," diyerek bizi kapıya doğru yönlendirdi. "Gitmemiz gerek."

"Evet, zaman kaybediyoruz," dedi Nola.

Zaman.

Zaman konusunu ne yapacaktım?

Şimdi saniyelerin akmasını durdurursam Del'le kendi başımıza yola koyulabilirdik. Askerleri ve diğer herkesi geride bırakabilirdik. Ama bunun bir faydası olmazdı. Büyükanne Pat zamanı durdurmamdan etkilenmiyordu. Saat kulesine doğru yoluna devam ederdi. Tucker'ı bile donup kaldığı yerde bırakır giderdi herhalde. O zaman da hepimiz yine başka bir yere dağılmış olurduk.

Şimdi titreme sırası bendeydi. Bu Patrice Beaumont'ın hayattaki son gecesi olabilir miydi? Yoksa daha birlikte kutlayacağımız doğum günleri var mıydı?

Bir numaralı önceliğim Tucker ve Büyükanne Pat'in Larimer Lisesine varmasına engel olmaktı. Askerler yardım etmek istiyorsa onları durdurmayacaktım. Belki de her şey sona ererken tek başıma olmazdım.

Bölüm 30

SOKAĞA ÇIKIP DA YÜKSEK binaların arasında kalınca liseyi anında gözden kaybettim. Ama sorun değildi, artık yerini biliyordum. Anlaşılan denizciler de biliyordu. Büyükanne ve Tucker bizden öndeydi, hızlı gidemeseler bile büyükannenin saat kulesinin tepesine çıkabileceğini, daha doğrusu çıkacağını biliyordum. Büyükanne Pat'in düşeceğini ve düşerken onu tutmaya çalışmak için orada olmam gerektiğini biliyordum.

Bunu bizimle birlikte gelen Onbaşı Vasquez'e, diğer denizcilere ve gazilere nasıl açıklayabilirdim ki?

Koşarak önden giden bir asker az sonra arkasına dönüp bağırdı. "İzlerini buldum Onbaşı."

"Göster bana Er Anderson!" Onbaşı Vasquez kamuflaj pantolonlu dizlerini kaldıra kaldıra karın içinde koşmaya başladı. Geri kalanımız da yetişmeye çalışarak onbaşının arkasından koşturduk.

Yerde iki ayrı ayak izinden oluşan izler vardı: Büyükannenin Sorrell botlarıyla ayaklarını sürüyerek bıraktığı izler ve hoplaya hoplaya giden Tuck'ın minik botlarının izleri.

"Ayak izlerini takip etmemize gerek yok," diye fısıldadım Samson'a. "Büyükanne ve Tucker'ın nereye gittiğini zaten biliyoruz."

"Senin yeteneğinden haberleri yok Gypsy. Sana ve gördüklerine duyduğum güvenden haberleri yok." Birkaç metre daha gittikten sonra Samson beni şaşırtarak sordu, "Onu özlüyor musun? Eski yeteneğini? Yoksa zamanı durdurmak daha mı çok hoşuna gitti?"

Hemen cevap vermedim. Askerlerin arkasından koştururken nefes nefese kaldığım için buğulanan gözlüğümü çıkarıp sildim. Gözlüğü geri takmadan önce bir an durdum, belki kendimi yeterince zorlarsam, yeterince istersem yeteneğimi eski haline getirebilirdim. Bir kez daha geleceğe bakma şansını bulabilirdim belki. Bundan sonra ne olacağını görmek için.

Ama ne olacağını zaten biliyordum ve beni korkutan da buydu.

Liseye gitgide yaklaşırken, "Henüz emin değilim," dedim Samson'a. "Galiba bu yenisi daha çok hoşuma gidiyor. Peki ya sen?"

Samson da cevap vermeden önce duraksadı. Sonra neredeyse utanarak, "Ben de yenisini tercih ederim. Böyle olmanın hoşuma gideceğini hiç düşünmemiştim. Çok parlak. Çok belirgin. Çok..."

"Çok ateşli?" dedi Nola alaycı bir sesle. Kardeşimin yüzü itfaiye arabası kadar kızardı.

"Siz kafayı yemişsiniz," dedi Del. "Benim harika güçlerim olsaydı hangisini daha çok seviyorum diye düşünmezdim. Bahtıma çıkanla yetinirdim."

"Bu da ne..." Önümüzden giden Er Anderson ansızın durup takip ettiği ayak izlerini gösterdi. "Şu küçük ayak izleri giderek *büyüyor*."

Doğru söylüyordu. Her adımda Tucker'ın ayak izleri daha da büyüyor, izlerin arasındaki mesafe de açılıyordu. Volcano Laverne's restoranının üç blok güneyinde, karla kaplı bomboş sokağın ortasında Büyükanne Pat'in ayak izleri tamamen yok olunca iz süren askerler serseme döndü. Bu Tucker'ın ayak izleri içine altı askerin sığabileceği kadar büyüdükten ve askerler gördüklerinden hayrete düşerek kafalarını iki yana salladıktan hemen sonra olmuştu.

"Kimi takip ediyoruz biz?" dedi yaşlı adamlardan biri. "Paul Bunyan'ı mı?"

Ben ise askerlerin tersine neler olduğunu kolayca tahmin edebiliyordum. Bir sebepten Tucker büyüdü, Büyüdü, BÜYÜDÜ. Hiç olmadığı kadar büyük oldu. Sonra da Büyükanne Pat'i kaldırıp karda taşımaya başladı. İzlerin tek açıklaması buydu.

Büyükanne Pat'in Tucker'ın dev gibi avucunda bağdaş kurup oturduğunu hayal ediyordum, sanki Tucker King Kong, büyükanne de tehlikedeki kızdı. Büyükanne Pat, Kaptan Fırtına'yı tutuyor olsun diye dua ettim, bu sayede kedicik minik pençeleriyle Tucker'ın montunun içine tutunmak zorunda kalmazdı.

"Ga-galiba onları kaybettik Onbaşı," dedi Er Anderson. Etrafına bakınarak kasketini çıkarıp kafasını kaşıdı. "Belki de bu noktada çocuk Koca Ayak'a dönüşmüştür. Ha ha!" Er Anderson'un esprisine kimse gülmedi.

Samson endişeyle bana baktı. Şimdi gizli yeteneklerini sorun etmenin ya da askerler kıçlarını kaşırken bir şey yapmadan beklemenin sırası olmadığını anladım. Lisedeki kulenin saat kadranları on bir elli sekizde takılıp kalmış olabilirdi ama bu acele etmemize gerek olmadığını göstermiyordu.

Karın içinde yürüyerek sokağın karşısına geçtim, koşarak bir başka sokağı daha geçtim, diğerleri arkamdan geliyordu. Peşimde arama ekibiyle bir köşeyi döndüm, deve dönüşmüş küçük kardeşimin her an karşımda bitmesini bekliyordum.

"İşte orada," dedi Del bana yetişirken, tam o anda kafamı kaldırıp liseyi gördüm.

Eğrilip yamulmuş tel örgülerle ve dikenli tellerle çevrilmiş harabe halindeki bina saat kulesinin altında dört kat boyunca yükseliyordu. Kulenin kendisi de bir altı metre vardı. Kapılara ve ilk kat pencerelerine yazılarla kaplı kontrplak parçaları çakılmış, üzerlerine turuncu tabelalar asılmıştı, TEHLİKE: GİRMEK YASAKTIR. Üst katlardaki tuğlalara tırmanmış sarmaşıkların üstünde ağır karlar birikmişti. Hepsi kırılmış olan üst kat pencerelerinden geriye karanlık boşluklar ve ürkütücü delikler kalmıştı.

Kış balosu davetiyesindeki azametli lise binası çoktan yıkıntıya dönüşmüştü. Ama okulun bir zamanlar şehrin önde gelen binalarından biri olduğunu hayal etmek zor değildi. Görkemli ve asil bir bina.

"Gypseeeee! S-S-Samsoooon!" Tuck'ın bağırdığını duyunca binayı da tuğlaları da dikenli telleri de unutuverdim. Sesi uzaktan ve cılız geliyordu. Hâlâ dev kadar mıydı? Yoksa küçülüp eski haline mi dönmüştü?

"Orada!" diye bağırdı gazilerden biri. "Çocuk orada." Hepimiz dönüp adamın gösterdiği yere baktık. Tucker lise binasının dibinde küçücük bir top gibiydi. Kedi gibi boyanmış yüzü dokuz canının dokuzunu da kaybetmişti, yanaklarında sadece gözyaşlarıyla dağılmış renkli boyalar kalmıştı. Teker teker teldeki tırtıklı delikten geçtik.

"Tucker!" Samson bağırarak kardeşimize doğru koştu. "Yaralandın mı?"

"Ne oldu?" dedim bir saniye sonra yanlarına vararak. "Büyükanne nerede?"

İkimiz de yanına çömelirken Tucker bir Samson'a bir bana baktı. Öyle üzgündü ki başta yanımızda getirdiğimiz küçük orduyu bile fark etmedi. Hıçkırarak ağlıyor, zor nefes alıyordu. Sonra ulurcasına bağırdı:

"*Kaptan Fırtına'yı kaybettim*!"

Neredeyse iki tam dakika -iki paha biçilemez, korkutucu, tiktaklayan dakika- sonra Tucker olanları anlatabilecek kadar sakinleşti.

"Dairedeki ışıklar söndü Gypsy." Tucker gürültüyle burnunu çekti, sonra burnunu koluma sildi.

"Elektrik kesildi Tuck," diye açıkladım sakin bir sesle konuşmaya özen göstererek. "Kar yüzünden olmuş olmalı." Karanlık şehri işaret ettim. Kilometrelerce mesafede tek bir ışık bile görünmüyordu.

"Ben... ben iyiydim Gypsy. Rocket eve ziyarete geldiğinde hep elektrikleri keserdi." Burnunu çekti. "Karanlıktan korkmadım. Ama büyükanne korkuyordu. Daha iyi görebilmesi için perdeleri açtım. Sonra büyükanne pencereden bu binayı gördü ve buraya gelmek istediğini söyledi..."

"Sen de büyükanneye onu buraya getireceğini mi söyledin?"

Tucker başını salladı. Büyükanne için büyümüştü. Üzgün ya da öfkeli olduğu için değil, büyükanneyi sevdiği için büyümüştü, büyükanne korkmasın ve en çok istediği şeye ulaşabilsin diye. Elinden gelen tek yolla onu mutlu etmek istemişti.

"Büyükanne karda yürüyemiyordu Gypsy. Ben de iyice konsantre olup büyüdüm. Daha önceki seferlerden bile büyük oldum! Büyükanneyi taşıyabilecek kadar büyük."

"Bu harika Tuck." Samson başını salladı, Tuck anlatmaya devam etsin diye güven verici bir sesle konuşuyordu. "Annemle babam bunu duyunca gurur duyacaklardır eminim."

"Gerçekten mi?" Tucker yaş dolu gözlerle bize baktı.

Samson bana bakıp omuz silkti. O da ben de biliyorduk ki annemle babam büyük ihtimalle öfkeden deliye döneceklerdi. Ama bize gereken Tuck'ın kendini iyi hissetmesiydi, böylece büyükannenin nerede olduğunu söyleyebilirdi ve askerlerin önünde büyüyüp kocaman olmasının da önüne geçmiş olurduk.

"Kocaman olmuştum," diye devam etti Tucker. "Kaptan Fırtına aklımdan çıkmıştı. Paltomun içindeydi. Ama yolda düşmüş." Tucker tekrar ağlamaya başladı, derin hıçkırıklar arasında konuşmaya çalıştı, "Büyükanneyi... indirdim, kedimi arayacaktım. Sonra korktum ve yeniden küçüldüm..."

"Büyükanneyi yere mi indirdin?" diye sözünü kestim. "Nereye Tuck? Büyükanneyi nereye bıraktın?" İçimden gelen korkunç bir ses cevabı zaten bildiğimi söylüyordu.

Tucker söylemek istemiyormuş gibi başını iki yana salladı. Sanki bize söylemeye korkuyordu.

"Sorun değil Tuck. Sana kızmayacağız."

Tucker tekrar burnunu çekti. Sonra yavaşça parmağını kaldırdı. Doğruca saat kulesini gösterdi. Ne kadar boynumu uzatıp baksam da Büyükanne Pat'i göremedim.

"Tekrar yap Tuck," dedim. "Kocaman ol. Hemen büyükanneyi oradan indir!"

"Yapamaaaam," diye uludu Tucker. "Denedim Gypsy. Ama sadece küçücük kalıp osurdum, osurdum, osurdum. Büyükanne orada güvendedir değil mi? Üstünde durması için kocaman bir çıkıntı vardı."

"Tucker!"

"Kaptan Fırtına'yı bulmam lazım!" Tucker salya sümük ağlamaya koyuldu. Nola, Tucker'ın elini tuttu, Samson ve bana bakıp başını salladı.

"Siz gidin çocuklar." Nola başıyla saat kulesini gösterdi. "Bayan B'nin orada olduğunu zaten biliyorsun Gypsy. Ben kedisini bulması için Tucker'a yardım edeceğim. Tüylü dostunu bulmadan kimseye yardım edemez ve birinin ona göz kulak olması gerek. Gidin! Zaman daralıyor."

Yine zaman.

Zaman, zaman, zaman, zaman, zaman.

Ayağa kalkıp diğerlerine döndüm. Del ellerini yumruk yapmıştı, harekete geçmeye hazır görünüyordu. Dört denizci ve iki gazi şaşırmış gibiydi.

"Olan şu..." dedim. Elimden geldiğince hızlı konuşarak askerlere durumu özetledim. "Tucker'ın kedisi kayıp ve büyükannemiz de saat kulesindeki çıkıntıda mahsur kaldı. Her an oradan düşebilir. Bunun nasıl mümkün olabildiğini açıklamaya vaktim yok. Oraya çıkmak zorundayız." Saat kulesini işaret ettim. "Hemen!"

"Anlaşıldı." Onbaşı Vasquez başını salladı, emirlere uyulması ve sorgulamadan harekete geçilmesi gerektiğini anlamıştı. Başka söze gerek kalmadan Vasquez, Anderson ve diğer denizciler en yakındaki pencereyi kapatan kalın tahtaları sökmeye koyuldular. İçeri girebilmemiz için bir yol açıyorlardı.

Nola, Tucker'ı susturdu ve genişleyen daireler çizerek bizden uzaklaşıp karda küçük sarman kedi yavrusunu aramaya başladılar. Onlarca yıldır ilk kez macera yaşayan ve şimdiden yorulan iki yaşlı gazi hemen Nola ve Tucker'a katıldı. Deneyimli gözleriyle Kaptan Fırtına Tüylüpantolon'u aramaya başladılar.

Onbaşı Vasquez ceketini kırık pencerenin camlarının üstüne örttü. Binanın içine önce Er Anderson'u soktu. Sonra Vasquez ve diğer iki denizci -Er Casey ve Parker- geri kalanımızı iterek içeri girmesine yardım etti.

Samson karga tulumba içeri tıkıştırıldıktan sonra, "Keşke ben de kediyi aramaya gitseydim," diye homurdandı.

Eski lisenin içi karanlık ve ürkütücüydü. Samson, Laverne'in dairesinden aldığı el fenerini kendimizi içinde bulduğumuz eski ve tozlu sınıfta gezdirdi. Fenerin ışığında çizimlerle dolu bir kara tahta, çöp ve kuru yaprak yığınları, sarkan örümcek ağları ve yan yatmış bir kırık sandalye gözüme ilişti.

Samson'ın fenerinden çıkan ışığı takip ederek sınıftan boş koridora çıktık. Islak botlarımız kırık ve kirli döşeme tahtalarında gıcırdıyordu.

"Ana merdivenleri bulup kuleye çıkmanın bir yolu var mı diye bakmamız lazım," diye bağırdı Onbaşı Vasquez. Okulun giriş holüne yaklaşırken Vasquez birdenbire durdu. Karanlıkta güçlükle görülebilen yumruğunu havaya kaldırdı. Bununla hepimize durmamızı işaret ediyordu.

Büyük bir gıcırtı ve yere sürtünen metal sesiyle tüylerim diken diken oldu. İlk aklıma gelen şuydu: *Hayaletler*! Sonra daha mantıklı -daha umut verici- düşündüm: *Büyükanne Pat!*

İkisinde de yanılmıştım.

Bölüm 31

OKULUN GİRİŞ SALONUNDAKİ NE hayaletti ne de Büyükanne Pat. Bu B-Bug'dı. Tuğla kadar yumrukları olan yumuşak sesli kabadayı. Büyükanne Pat'in sevgilisi Cleavon Dorsey sandığı çocuk.

"Byron!" diye bağırdı Del grubun önüne geçerek. B-Bug karanlıkta bize döndü, elinde metal bir çubuk tutuyor, son derece korkutucu görünüyordu. Del'in yanına gittim, eğer koca kabadayı elindeki metal boruyu kaldırıp saldırırsa zamanı durduracaktım.

"Del?" B-Bug elini havaya kaldırıp Samson'ın üstüne doğru tuttuğu fenerin ışığından korumak için gözlerine siper etti. Byron Berger'ın üstü başı toz içindeydi. Paltosu yırtılmıştı.

"Sen misin Del?" B-Bug'ın soluğundan buhar çıkıyordu, el fenerinin zayıf ışığında bile terlediğini görebiliyordum. "Biliyorum, büyük ihtimalle benden nefret ediyorsun Del -hem Tripp'ten hem de benden nefret ediyorsun- ama bana yardım etmelisin. Biz buraya girdikten sonra tavanın bir kısmı çöktü. Tripp'in bacakları sıkışıp kaldı. Yaralı değil... yani sanmıyorum. Ama onu sıkıştığı yerden çıkaramıyorum."

Onbaşı Vasquez el fenerini Samson'ın elinden aldı. Feneri yere doğru çevirip her yeri kaplamış olan moloz ve döküntüleri inceledi, fenerin ışığı Üçüncü Travis Kaminski'nin solgun, sivilceli yüzüne vurunca durdu.

Tripp belden aşağı tuğlaların altına sıkıştığı yerden bize bakıyordu.

"Yardım et Del," diye bağırdı. Fenerin sarı ışığında gözleri deli gibi sağa sola dönüp duruyordu. "Bana yardım edersen her şeyi unuturum. Fotoğrafı silerim. Seni rahat bırakırım. Amcanın dükkânına bir daha adımımı bile atmam, hiçbir şey de çalmam, söz veriyorum. Hatta okula döndüğümüzde bir hafta boyunca her gün bana makyaj yapmana izin veririm, hem de öğle vakti, kafeteryanın ortasında. Gönlünü almak için her şeyi yaparım."

"Büyükannem makyaj yapmak için sana harcanan emeğe acırdı," diye söylendi Del.

"Saatlerdir Tripp'i kurtarmaya çalışıyorum Del." B-Bug kafasını iki yana salladı. "Ama başaramadım. Kendi başıma yapamıyorum. Güçlüyüm ama yeterince değil. Belki sen ve arkadaşların bana yardım eder ha?" B-Bug gözlerini kısarak yeniden ışığa baktı. Acaba Del'in yanındakilerin tam olarak ne tür arkadaşlar olduğunu görebiliyor muydu? Bence Tripp de B-Bug da Del'in Amerikan Deniz Kuvvetlerinden bir müfreze eşliğinde ortaya çıkmasına hazır değillerdi.

Tripp ve B-Bug'ın burada ne işi vardı? Del'in liseye geleceğini nereden biliyorlardı? Del bile benimle birlikte otobüs terminalinden çıkarken buraya geleceğini bilmiyordu. Beni Aardman Çiçekçilik'e kadar götüreceğini sanıyordu. Tripp şu mesajı gönderip Del'i bulmaya geleceklerini söylemişti. Ama Del, Tripp'in mesajı yalnızca gözdağı vermek için gönderdiğini düşünmüştü.

Del hiçbir şey söylemeden yanımda duruyordu. Kabadayıları burada görmekten benim kadar onun da afalladığı açıktı. Vasquez, Tripp ve B-Bug'a doğru yürümeye başladı. Diğer askerler de karanlıktan çıkıp Vasquez'in peşinden gittiler.

"Siz... siz de kimsiniz?" B-Bug'ın gözleri şaşkınlıktan faltaşı gibi açılmıştı. Kendini savunmak ister gibi metal boruyu havaya kaldırdı, vuruşa hazırlanan bir beyzbol oyuncusu gibi duruyordu, karşısındaki yabancılara vurmaya hazırdı. Ama Vasquez biraz daha yaklaşınca B-Bug boruyu indirip "Yardıma mı geldiniz?" diye sordu. Bunu söylediği anda neden orada olduğumuzu hatırladım.

Hay bin helikopter böceği! Zaman kaybediyordum. Saat kulesine gitmem gerekiyordu. Büyükanne Pat'i bulmam gerekiyordu.

Nefesimi salıp diğerlerini iterek Samson feneriyle etrafa bakarken gördüğüm geniş beton basamaklara doğru yöneldim. Gözlüklerimi düzelttim. Gözlerim zaten karanlığa alışmaya başlamıştı. Merdivenler bütünüyle karanlık sayılmazdı, yukarıdaki kırık pencerelerden ay ışığı vuruyor, basamakları yer yer aydınlatıyordu. Samson ve Del hemen arkamdaydı.

"Hey durun! Oraya tek başınıza çıkmanızı istmiyorum çocuklar," diye bağırdı Vasquez arkamızdan. Onu dikkate almadım. Tripp gibi hırsız bir kabadayıyı kurtaracağım diye büyükannemin hayatını riske atamazdım. Ben olmadan da bunu yapabilecek dört dalyan gibi denizci vardı zaten.

"Anderson, Parker, Casey!" Onbaşı Vasquez'in sesinin yankısı peşimizden yukarı geldi. "Siz üçünüz burada kalıp şu çocuğu molozların altından çıkarın. Ben kuleye çıkıp yaşlı kadını aramalarına yardım edeceğim." Bir saniye sonra basamaklardan onbaşının ayak sesleri gelmeye başladı.

Vasquez, Tripp'i kurtarırken ışığından faydalansınlar diye el fenerini aşağıda, diğer üç askerin yanında bırakmıştı. Tripp ve B-Bug'ın buraya nasıl geldiğini düşünerek harcayacak daha fazla zamanım yoktu. Şimdi kafamda bir tek Büyükanne Pat vardı. Saat kulesi sahnesi gerçek oluyordu ve sonunda ne olacağını hâlâ bilmiyordum.

Kırmızı paltomun kollarına baktım. Büyükanneyi yakalayıp havada tutabilecek kadar güçlü müydüm? Bunu zaman gösterecekti.

İlk üç katın basamaklarını ikişer ikişer çıktım. Nefes nefese dördüncü katın basamaklarını çıktığımda tökezledim, Del kolumu tutup beni düşmekten kurtardı.

"İyi misin Gözlük?"

"İyiyim," dedim önümüzdeki döner merdiveni gördüğüme sevinerek, kıvrılarak yükselen demir merdiven doğruca saat kulesine çıkıyordu.

Onbaşı Vasquez Amerikan Deniz Kuvvetlerinden olabilirdi ama merdivenleri ilk çıkan bendim. Elimden geldiğince acele ederken botlarım paslı metal basamakları tangırdatıyordu. Merdivenin sallanması umurumda bile değildi. Ayrıldı ayrılacak metal basamakların çatırtı ve gıcırtılarına da kulaklarımı tıkamıştım.

Zamanı durdurduğum zaman nasıl kalp atışlarımı sayıyorsam şimdi de aynı şekilde basamakları sayıyordum: On... yirmi... otuz üç... kırk yedi... elli.

Elli basamak çıkınca kendimi saat mekanizmasını barındıran kare şeklinde küçük bir odada buldum. Odanın ortasındaki büyük, ahşap bir kutudan çıkan birtakım kollar ve çubuklar saatin dört ayrı yüzüne doğru gidiyordu. Her yönde ayrı bir yüz. Kuzey, güney, doğu ve batı.

Oda içeri sızan ay ışığıyla aydınlanmıştı. Örümcek ağları parti süsleri gibi her yerden sarkıyordu. Yerde kalın bir toz tabakası oluşmuştu, sanki unutulmuş bir peri tozu deposundaydım. Büyükanne Pat dışarıdaydı, V şeklindeki Romen rakamına sarılmış, kulenin çanını çalan çıkıntının üstünde dengesini korumaya çalışıyordu. Onu sadece silüet halinde görüyordum, saatin camının önünde sallanan, zamanın unuttuğu, gölgeli bir Külkedisi kuklası olarak. Saatin devasa kadranlarının ikisi de büyükannenin tepesinde gökyüzüne doğru uzanıyor, sanki gece yarısından, sihrin bozulduğu saatten, ebediyen kıl payı uzaktaymış gibi daima 11.58'i gösteriyordu.

Daha fazla durup düşünmeden -ya da Del, Samson ve sonra da Onbaşı Vasquez'in döner merdivenleri çıkıp gelmesini beklemeden- saatin kırık parçalarına takılarak koşup kulenin tepesindeki küçük odayı boydan boya geçtim. Ellerimi saatin camına dayadım. Önümdeki camda ne bir kapak ne de herhangi bir açıklık vardı. Büyükanne Pat'i güvenli bir şekilde içeri çekmek mümkün değildi.

Ayağımı çarpınca metal bir çubuk çın çın öterek yuvarlandı. Camı kıracak bir şey bulmak için etrafı araştırdım. Tam da aradığım gibi -rahatça kullanabileceğim kadar kısa ama hasar verecek kadar ağır- sağlam bir metal bulunca büyükanneme seslendim. Onu korkutup düşmesine ben sebebiyet vermeyeyim diye önce usulca seslendim.

"Büyükanne! Benim Gypsy. Yani şey... Nettie Arbuckle. Ya da kim olmamı istersen. Sadece sıkı tutun ve korkma. Olduğun yerde kal. Soğukta kalma diye içeri girmen için camı kıracağım. Dayanmaya çalış!"

Kendimi hazırlayıp kolumu geriye çektim. Sonra bütün gücümü kullanarak metal çubuğu kalın cama indirdim. İlk vuruşta camı sadece çatlatmıştım. Altıyla dokuz arasındaki üçgen panel boyunca bir çatlak oluşmuştu. Camdaki yedi rakamının altına mümkün olduğunca sert bir tekme indirdikten sonra tekrar metal boruyla vurdum... bir kez... iki kez... üç kez, sonunda üçgen şeklindeki cam panel parçalanıp altı kat aşağıdaki kar yığınının içine yağdı.

Büyükannenin titreyen bir sesle, "Ben artık eve gitmek istiyorum," dediğini duydum.

Diğerleri yanıma koşarken saatin yüzünde açtığım deliğin içine baktım. Büyükannenin dönüp bana baktığını gördüm, simli jel yüzünden ay ışığında yüzü ışıldayıp parlıyordu. Botlarının kaydığını, ışıl ışıl ellerinin tutunmak için uzandığını gördüm. Ama tutunabileceği bir şey yoktu.

Hiçbir şey.

*

Her şey tam da önceden gördüğüm gibi oldu. Büyükannenin ağzı şaşkınlıktan O şeklinde açıldı. Bembeyaz saçları yüzünün etrafında uçuşurken başındaki taç kayıp gitti. Etekleri de cılız bacaklarını ortaya çıkararak havalandı.

Kilise tuvaletindeki aynada olacakları önceden gördüğüm zaman tam bu anda gözlerimi kapamıştım. Büyükanne Pat'in kaderinin bundan sonrası benim için bir sırdı.

Büyükanne için ellerimi uzattım, uzattım, uzattım. Hayatımın en iyi, en cesur ânında altı kat aşağıya düşebileceğimi hiç düşünmeden atıldım.

Belki de bu hayatımın en aptalca ânıydı.

Kendimi saatte açtığım delikten dışarı atarak büyükanneyi tutmaya çalıştım. Parmaklarım büyükannenin bileğini bulup sıkıca kavradı. Ancak o zaman fark ettim ki ben de düşüyordum.

Keşke yeni yeteneğim bana hayalini kurduğum kanatları verseydi ya da zihin gücüyle uçma gücü bağışlasaydı. Bunlar çok daha fazla işime yarayabilirdi.

Sonra sağ botumun bilek kısmından kavrayan elleri hissettim. Birden düşüşüm kesildi. Vücudum öyle bir acıyla geri çekildi ki ikiye bölündüğümü sandım. Zayıf ve narin yapılı da olsa birlikte kuleden aşağı sarkarken Büyükanne Pat'in ağırlığı yüzünden kollarım yerinden çıkacak gibi olmuştu.

"Off!" Bütün gücümle büyükanneyi tutarken ciğerlerimden kopup gelen tek bu oldu. Aşağı bakmamaya çalışıyordum. Yere ne kadar kaldığını görmek istemiyordum.

"Seni tuttum Gözlük." Del'in sesi gergin çıkıyordu. O gece ilk kez botlarım ayağımı bu kadar sıktığı için şükran duyuyordum. Eğer sağ botum daha bol olsaydı büyükanneyle birlikte çoktan düşmüş olurduk.

"Sen beni tutuyorsan seni kim tutuyor?" diye bağırdım Del'e.

"Ben!" Samson'ın sesi Del'in yukarısında bir yerlerden geliyordu. "Ama daha fazla tutamam, omzum mahvoldu. Onbaşı Vasquez!" diye bağırdı Samson. "Yardımınıza ihtiyacım var."

Samson sağlam eliyle Del'in kemerinin arkasını tutmuş, ayağıyla saat mekanizmasından destek alarak geriye doğru eğilmişti. Beni ayak bileğimden yakalamak için ileri atılmış olan Del ise yarı beline kadar kuleden aşağı sarkıyordu.

"Tuttum seni, evlat," dedi bir kadın. Sonra yavaşça yukarı çekildiğimi hissettim. Onbaşı Vasquez'in yardıma geldiğini bildiğimden Büyükanne Pat'in bileklerini yeni bir azimle daha da sıkı tuttum. Büyükannenin çıkardığı inilti kalbimi parçaladı.

"Her şey yoluna girecek büyükanne," dedim. "Yalnız değiliz. Bir daha hiç yalnız kalmayacaksın, söz veriyorum." Ama avuçlarım terlemeye, parmaklarım kaymaya başlayınca çok geç kalacaklarını anladım. Beni kurtarabilirlerdi ama büyükanneyi tek başıma daha fazla tutamazdım. Bunca şeyden sonra sonuç olarak Büyükanne Pat yine de düşüyordu işte.

İşte o anda hâlâ işe yarayabilecek bir yeteneği olan tek kişiye seslendim. Pek görülmemiş biçimde yeteneğini beş yıl önceden alan birine.

"TUCKER! Sana ihtiyacım var! Sana *hemen* ihtiyacım var!"

Ben küçük Tuck'a bağırıyordum ama BÜYÜK Tuck geldi.

Bölüm 32

BAZEN DÜŞÜP ÖLMEKTEN KURTULURUZ. Ya bir yere tutunuruz ya da birileri bizi tutar. Ya da düşüp dizlerimizi, çenemizi, dirseklerimizi ya da gururumuzu yaralarız. Belki biraz ağlarız, sonra kalkıp gökkuşağı renginde yara bandı buluruz. Eğer şanslıysak hayat her zamanki gibi devam eder.

Anderson, Casey ve Parker hâlâ okulun içindeydiler, B-Bug'ın Tripp'i molozların altından kurtarmasına yardım ediyorlardı. Nola ve iki ihtiyar gazi binanın köşesinden çıkıp koşarak yanımıza geldi. Gazilerden birinin kucağındaki turuncu renkli çizgili kürkü görünce rahatladım. Anladığım kadarıyla kurtarma ekibinde Tucker'ın büyüyüp... Büyüyüp... KOCAMAN olduğunu gören tek kişi Onbaşı Vasquez'di. Tucker'ın büyükanneyi elimden kaydığı anda yakaladığını gören bir tek Vasquez'di. Ve bizimle birlikte yere Tucker'ın açık avucunda inen sadece Vasquez'di.

Gözle görülecek kadar sarsılmış olan Vasquez, Tucker'ın yeniden küçülüp eski haline dönüşünü izlemişti. Ben bile Tucker'ın büyüklüğünü görünce afallamıştım. Bu kadar büyüyebildiğini bilmiyordum.

Her şey göz önüne alındığında onbaşı kendini şaşırtıcı derecede hızlı toparladı. Vasquez askerlik hayatında benim hiç görmediğim pek çok şey görmüş olmalıydı. Kendilerine has ve bir bu kadar şaşırtıcı şeyler. Belki de küçük bir çocuğun deve dönüşmesini izlemek -başka birisini kurtarmak için mümkün olduğunca büyüyüp cesurca davrandığını görmek- Onbaşı Vasquez'in çok iyi anlayabileceği bir şeydi.

Yine de onbaşı tanık olduğu şey yüzünden kekeliyor ve dengesini kaybeder gibi oluyordu. Etrafına bakınıyor, sanki kendisine şaka yapan arkadaşlarının ellerinde kamerayla bir yerlerden çıkıp "Nasıl da kandırdık ama!" demesini bekliyordu.

"Bu... burada neler olduğunu biri bana açıklayacak mı?"

Yine küçük haline kavuşmuş olan Tucker iki elini ağzına dayayıp yüksek sesle Vasquez'e fısıldadı, "Kocaman olup herkesi kurtardım."

"Evet... onu anladım. Harika iş çıkardın. Ama... ama... *nasıl?*"

"Gördüklerinizi unutamaz mısınız Onbaşı?" dedim, ceketinin içinden bir uydu telefonu çıkarıp küçük kardeşimi yakalamak için helikopterlerden oluşan bir takım, uyuşturucu iğne atan silahlar ve devasa bir ağ istemesin diye dua ediyordum.

Vasquez boş bakışlarla uzun uzun bana baktı. Sonra alçak sesle söylenip omzunu silkti. "Neyi unutayım? Ben bir şey görmedim ki evlat."

Hepimiz şaşkınlıkla ona bakarken Vasquez ellerini havaya kaldırdı, "Eğer burada bir dev gördüğümü söylersem akıl sağlığımın bozuk olduğu gerekçesiyle ânında deniz kuvvetlerinden atılırım. *Doğaçlama yap, uyum sağla, sorunu alt et.* Biz denizcilere bunlar öğretilir. Şu anda ben de uyum sağlıyorum çocuklar."

Ben de bütün gece aynı şeyi yapmış gibiydim: Değişen yeteneğime uyum sağlayarak büyükannemi kurtarmak için doğaçlama yapmış, önüme çıkan her yeni korkuyu ve engeli alt etmeye çalışmıştım.

"Sanırım büyükannenizin biraz dinlenmeye ihtiyacı var," dedi Vasquez. Sanki içindeki bir şey yerinden kurtulmuş da onu yerine oturtmaya çalışıyormuş gibi kafasını iki yana sallamaya devam ediyordu. "Yaşlı kadını daha fazla soğukta tutmayıp içeri götürelim, bu arada diğerlerinin çocuğu molozlardan kurtarmak için yardıma ihtiyacı var mı diye bir bakalım. Anderson yardım çağıracaktı, kurtarma ekibi yakında burada olur. Herkese battaniye ve su da verirler. Büyükannenizle de ilgilenirler. Artık güvende."

İçimi bir ferahlık duygusu kapladı. Eski yeteneğimle son gördüklerim gerçekleşmişti ve büyükanne de ben de düşmekten kurtulmuştuk.

Bu kez terk edilmiş lise binasına arkadan girdik, kontrplak kaplamaların arasında bulduğumuz boşluk bizi binanın arkasındaki spor salonuna çıkardı. Bu öncekinden daha kısa ve zahmetsiz bir yoldu. Acaba Tripp ve B-Bug da Del'i aramak için okula buradan mı girmişti?

Vazquez, Büyükanne Pat'i içeri taşımak istedi. Ama Samson ve Tucker binaya doğru yavaş yavaş yürüyen büyükanneye kendileri destek olmak istediler. Büyükanne Pat tir tir titriyor, televizyon dizileri, ton balıklı sandviçler ve kocaman elleri olan gürültücü oğlanlar hakkında bir şeyler geveliyordu. Gözleri gözlüklerinin arkasından odaklanmaksızın boşluğa bakıyor gibiydi. Tacı kaybolup gitmişti. Hafıza sorunları sayesinde saat kulesinin tepesinde yaşadığı travmayı çabucak atlatacağını umuyordum.

Kollarım ağrıyordu, omurgam da birkaç santim uzamış gibi geliyordu. Büyükanne altı kat yukarıda ellerimden kayarken hissettiklerimi ömür boyu unutabileceğimi sanmıyordum. Ya da maceranın sonunda yalnız olmadığımı anladığım anda hissettiğim rahatlamayı. Kardeşlerim ve arkadaşlarım -hatta Amerikan Deniz Kuvvetleri askerleri bile- yardım etmek için yanımdaydı. Sonuçta birileri arkamı kollamıştı.

Binanın arka tarafındaki devasa spor salonuna girerken ayak seslerimiz yankı yapıyordu. Salonun ahşap döşemesi uzun zaman önce parçalanmış, arkasında sertleşmiş topraktan ve dağılmış betondan oluşan bir yüzey bırakmıştı. Yıllar boyunca rüzgârla içeri dolmuş kuru yaprakların, alüminyum konserve kutularının ve parça parça olmuş alışveriş torbalarının arasından yürüdük. Kırılan çatı pencerelerinden giren karlar zeminin kimi yerlerinde tuhaf şekilli yığınlar oluşturmuştu.

Salonun içi tam olarak karanlık değildi. Tepe camlarının ve pencerelerin çoğu kırıldığından doğruca içeri dolan ay ışığı salonun zeminine benek benek düşüyor, paslanmış basket potalarını aydınlatıyordu. Işık hüzmeleri tozlu kirişlere ve çürük tribünlere vuruyordu. Tavandan sarkan elektrik kabloları ölü sarmaşıklara benziyordu.

Del parmaklarını yine ne zaman benimkilere dolamıştı bilmiyordum ama halimden memnundum. Başarmıştık! Yeteneğim sayesinde gördüğüm en korkunç geleceği geride bırakmıştık. Her şeyin yoluna gireceğine inanarak gözümü karartıp saat kulesinden atladıktan sonra zamanın bundan sonra karşıma çıkaracağı şeyle yüzleşmeye gücüm olduğunu biliyordum. Hayatı anbean yaşayacak ve ilerlerken gözlerimi açık tutacaktım.

Samson ve Tucker, Büyükanne Pat'i en yakındaki ve en sağlam görünüşlü sıraya oturttular. Nola ve iki gazi spor salonuna girerlerken Tucker kedisini tutan adama doğru koştu.

"Onu bulmuşsunuz! Kaptan Fırtına'yı bulmuşsunuz."

B-Bug ve denizcilerin Tripp'i molozların altından çıkarmak için yardımımıza ihtiyaçları var mı diye bakmamıza gerek kalmadı. Az sonra onlar da yanımıza geldiler.

"Hurra!" diye bağırdı Er Casey spor salonuna girerken.

"Onu çıkardık," dedi Er Parker hemen arkasından.

Anderson ve B-Bug, Tripp'i spor salonuna taşıdılar. Zayıf çocuğu oturtmak için kollarını birbirine kenetlemişlerdi.

Tripp bizi görünce, "Bu da ne demek oluyor Del?" diye hırladı. "Kız arkadaşın bu akşam burada balo olacağını söylemişti! Siz ikiniz B-Bug'la beni bu ölüm tuzağına çekmek için kumpas mı kurdunuz yoksa? O aptal notu da bu yüzden mi bıraktın? Üçüncü Travis Kaminski'yle uğraştığınıza pişman olacaksınız. Telefonumu geri ver! Seni mahvedeceğim."

Balo mu? Tripp'e balo olacağını mı söylemiştim? Aslında bir bakıma evet. Del'le amcasının dükkânında ilk karşılaştığımda ona büyükanneyi görüp görmediğini sormuş, büyükannenin Larimer Lisesinde bir balo verileceğini sandığını söylemiştim. Tripp konuşmamızın sadece bir kısmını duymuştu. Duyduklarını da yanlış anlamıştı.

"Telefonumu ver dedim Del," diye bir kez daha hırladı Tripp.

Ne yapacağını merak ederek Del'e baktım. Geleceğini göremiyordum. Kaçacak mıydı? Geri adım atmayıp Tripp'e küfür mü edecekti, yoksa Tripp'in telefonunu kırıp milyonlarca parçaya mı ayıracaktı?

Gözlerimi kapatıp tek bir kelime bile söylemeden zamanı durdurdum. Sonra kollarımı göğsümde kavuşturup Del'e döndüm. Diğerleri donmuşken, büyükanne de hâlâ tribünlerde dinleniyorken spor salonunda Del'le yalnız sayılırdık.

"Tripp'in telefonundaki fotoğrafta kötü olan ne var sahi Del?"

"Zamanı bana bunu sormak için mi durdurdun?"

"Evet!"

Del bir kahkaha attı. Ama zamanı onun için durdurmamdan memnun olmuşa benziyordu.

"Bu baş belası neden kız kardeşini kimsenin görmesini istemediğini düşünüyor?"

"Şey, Gözlük." Del yeniden güldü, bu kez biraz sinirli gülmüştü. "Sana terminalde söylemiştim, ben tek çocuğum."

Doğru, diye düşündüm. Bana bunu söylemişti. Samson, Del'e fotoğrafı sorduğunda bir tuhaflık olduğunu anlamıştım.

"Öyleyse açıkla," dedim. "Şu anda bu şehirde belki bin kişi, Tuvalu'da da yirmi yedi kişi bizimle birlikte hareket ediyor ama hiçbirinin bir kabadayının telefonundaki aptal bir fotoğrafı umursadığını sanmıyorum. Gösterir misin şunu bana?"

Del kararsız kaldı, sonra telefonu cebinden çıkarıp Tripp'in çok utanç verici bulduğu fotoğrafı gösterdi.

Fotoğrafı görür görmez ne olduğunu anladım. Bu Del'in fotoğrafıydı. Makyajlı fotoğrafı.

"Zamanı durdurduğun ilk gündü Gypsy," diye açıklamaya başladı Del, gözlerini devirdikten sonra ayaklarına baktı. "Geçen pazar. Hatırladın mı? Zamanı ilk o zaman durdurmuştun, değil mi? Tanrım, o gün bitmek bilmemişti!"

Her şeyin değiştiği o günü nasıl unutabilirdim ki? O gün babam Büyükanne Pat'in hasta olduğunu ve gelip bizimle birlikte yaşaması gerektiğini söylemişti, o gün Samson alev almış ve Tucker ilk defa kocaman olmuştu, o gün kendimi sonsuz yalnız hissetmiş, evi temizleyip kutusundan mısır gevreği yemiştim, kötü şeyler olmasın diye elimden geldiğince çabalamıştım. Otoyola yürüyüp geri dönmüştüm. Annemin bütün mücevherlerini takmış, makyaj malzemelerini kurcalamıştım. Sahi, o gün makyaj yapmıştım! Gülümsedim. Anlaşılan makyaj malzemeleriyle oyalanan tek ben değilmişim.

"Sen dünyanın dönüşünü durdurduğun zaman ben Ray amcamın dükkânında çalışıyordum," diye devam etti Del. "Bir süre rafları dizmekle oyalandım, ne olduğunu anlayamamıştım. Ama çok geçmeden rafa dizilecek mal kalmadı. Ben de patates cipsi yedim. Kendi kendime XOX oynadım. Terminalde dolaşıp insanların şapkalarını birbiriyle değiştirdim. Tripp ve B-Bug oradaydılar, yürüyen merdivenlerin ortasında donup kalmışlardı. Eğer senin yaptığın gibi geleceği görebiliyor olsaydım Tripp ve B-Bug'ı öteki tarafa çevirir ya da ayakkabılarına çan falan takardım. Eğer Tripp'in bir şeyler çalmak ve beni tehdit etmek için Ray'in dükkânına geleceğini bilseydim büyükannemin eski kozmetik tezgâhının arkasında o makyaj işine hiç kalkışmazdım."

Zamanı durdurmam yüzünden başına iş açıldığına üzülerek Del'i dinliyordum.

"Keşke zamanı yeniden nasıl başlatacağını daha çabuk çözseydin Gözlük. Sıkıntıdan kafayı yedim! O kadar sıkıldım ki kendime makyaj yapmaya karar verdim. Terminaldeki insanlar yeniden hareket etmeye başladığı an bir şeyler olduğunu fark etmeliydim. Ama etmedim. Takma kirpik takmakla o kadar meşguldüm ki... O salak şeyler insanı çok zorluyor. Başımı aynadan kaldırdığımda Tripp ve B-Bug karşımda duruyordu. Tripp çoktan telefonunu yüzüme doğrultmuştu bile."

Del kaşlarını çattı. "Geçtiğimiz hafta boyunca Tripp büyükannemin bana sevmeyi öğrettiği ve yapmakta gerçekten iyi olduğum bir şeyi alıp bana kendimi kötü hissettirmek için bunu kullanmaya çalıştı."

Del'in ne hissettiğini anlıyordum. Shelby de aynı şeyi bana yapmış, Flint's Market'ta kendimi kötü hissetmeme neden olmuştu.

Del sert bakışlarla uzun uzun Tripp'e baktı, sonra, "Bunu yapmasına izin vereceğim Gözlük. Hadi zamanı yeniden başlat. Bu çocukla yüzleşmeye hazırım."

"Emin misin?"

"Kesinlikle."

Dünyayı tekrar döndürmeye başladığım anda Tripp kıkır kıkır güldü: "Belki artık ona Del yerine Delphine dememiz lazım. Değil mi B-Bug?"

"Gerçekten mi Tripp? *Öyle mi?*" Del kafasını iki yana salladı. "Oysa daha birkaç dakika önce yardım etmem için yalvardığını gayet net hatırlıyorum. Dangalaklığa bu kadar hızlı dönüş yapacağını hiç sanmıyordum doğrusu. Şu aptal fotoğraf umurumda bile değil. Al işte, telefonun." Del telefonu Tripp'e fırlattı, telefon takırtıyla yere düştü. "Hadi durma Travis. Fotoğrafımı istediğin herkese gönderebilirsin. O fotoğrafta *müthiş* görünüyorum. Büyükannem görse benimle gurur duyardı."

Hâlâ B-Bug'la birlikte Tripp'i havada tutan Er Anderson bakışlarını Del'den kollarındaki semender oğlana çevirdi. Sonra kaşlarını çatarak Üçüncü Travis Kaminski'yi patates çuvalı gibi yere bıraktı. "Bence kendi başına yürüyebilirsin evlat."

B-Bug da bıraktığı için Tripp ânında yere yapıştı.

Bölüm 33

TRİPP YERDE İNLERKEN B-BUG cebinden kan lekeleriyle dolu, buruş buruş bir kâğıt peçete çıkardı. Özür dilercesine bir gülümsemeyle peçeteyi havaya kaldırdı. "Bir dahaki sefere birinden kaçarken nereye gittiğini yazan bir not bırakma Del." Del büyükannenin notunu attıktan sonra Tripp ve B-Bug notu bulmuştu. Notta şu yazılıydı:

> Ne düşündüğün umurumda değil.
> Bu akşam Larimer Lisesindeki baloya gidiyorum.
> Peşimden gelmeye kalkma!

"Ee, hani balo?" diye sordu B-Bug. "Bu akşam burada eğlence falan olması gerekmiyor muydu?"

"Cleavon!" Büyükanne loş salonun karşısından B-Bug'ı görmüş, yetmiş sekiz değil de on altı yaştan beklenecek bir enerjiyle ayağa fırlamıştı. "Cleavon Dorsey! Ne zamandır seni bekliyordum!" Büyükannenin gözleri ışıl ışıldı, sanki başka kimsenin göremediği binlerce parlak ışık ve gümüş rengi süs görüyordu, karmakarışık olmuş kafasının içinde gerçekleşen kış balosunun süslerini.

B-Bug büyükannenin geldiğini görünce peçeteyi elinden düşürdü. Büyükannenin notu görünmez bir hava akımına binerek uçup gitti. Zamanın karanlıklara dağıttığı molozlara karışıp gözden kayboldu.

Samson, B-Bug'a doğru yürümeye çalışan büyükannenin önünü kesti. "O Cleavon değil büyükanne," dedi yumuşak bir sesle. "O..."

"Yapma Samson," dedim kardeşimi durdurarak. "Bırak gitsin. Sorun değil. Güven bana." Byron Berger'a güvenmekle hata etmediğimi umuyordum. Bu defa göze aldığım risk kuledeki kadar büyük ya da korkutucu değildi. Ama büyükannenin buna ihtiyacı vardı. Kış balosuna katılamamıştı. Şimdi dans etmesinin zamanı gelmişti.

Büyükannenin Cleavon Dorsey hayaline doğru ayaklarını sürüyerek mutlulukla ilerleyişini izledim. Büyükanne Pat'in geleceğinin büyük ölçüde sihirden yoksun olacağını biliyordum. Hastalığı *-unutkanlık hastalığı-* sihrin icabına bakacaktı. Ama bir anlığına Patrice Beaumont'ın iç dünyası bir peri masalındaki gibi mutluluk ve sihirle dolmuştu.

"Ah, Cleavon." Büyükanne sonunda B-Bug'ın karşısında durup içini çekti, parmaklarını oğlanın kalın ensesine koydu.

B-Bug kaskatı kesildi, gözleri deli gibi bir Del'e bir büyükanneye kayıyordu. Ama geri çekilmedi. Büyükanneyi itmedi ya da ona kendisini bırakmasını söylemedi, büyükanne yanağını onun geniş göğsüne dayayıp "Bu akşamı görebileceğimi hiç sanmıyordum Cleavon. Buraya gelebilmek için nelere katlandığımı bilemezsin. Babam bana olgunlaşmam gerektiğini söyledi, ben de bir süreliğine öyle davrandım. Ama hiç eğlenceli değildi. Sanki altmış yıldır seninle dans etmeyi hayal edip duruyordum," dediğinde bile yapmadı bunu.

B-Bug beceriksizce de olsa hafif hafif büyükannenin sırtına vurdu ve:

"Şey... ben de?" dedi.

Sonra kısa bir süreliğine Patrice Beaumont'ın prensi rolünü üstlenme gücü olduğunu biliyormuş gibi ellerini büyükannenin beline koyup onunla birlikte yavaş yavaş dönerek spor salonunda vals yapmaya başladı.

Bazen tek bir kişi her şeyi değiştirebiliyor.

Yanımda duran o taş gibi katı Onbaşı Vasquez duygularına yenik düşerek burnunu çekti. Belki de aşk bir savaş meydanı değildi.

"Ne kadar güzel." Vasquez tekrar burnunu çekti. Ama Er Parker ona dansa kaldıracakmış gibi bakınca yeniden denizci ciddiyetine bürünüverdi. Bu durum uzun sürmedi. Az sonra herkes dans ediyordu. Tripp, iki ihtiyar gazi ve... benim dışımda herkes.

Müzik yoktu ama bu kimsenin umurunda değildi. Samson serçe parmağını Nola'ya uzattı. Nola kendi serçe parmağını Samson'ınkine dolayıp sevinçle reverans yaptı. Vasquez, Er Parker'ın tekrar dansa kaldıracak gibi bakmasına meydan bırakmadan iyice eğilip Tucker'ın koluna girdi. Grubun geri kalanı kafalarında çalan ya da mırıldandıkları şarkılara eşlik ederek kendi başlarına dans etmeye başladı.

Ben dans etmiyordum. Dans etmek istiyordum, gerçekten. Ama *Fındıkkıran* çalarken elim kolum sabun paketleriyle dolu Flint's Market reyonlarında hoplaya zıplaya dans edeli daha bir hafta olmuştu. Bir haftada çok şey olmuştu ama Shelby'nin ruhumda açtığı yaralar hâlâ kapanmamıştı.

Geçmişimin acı veren hatıralarına çok fazla dalamadan büyükanne B-Bug'ı bırakıp elimi tuttu.

"Benimle dans et Nettie!" dedi hevesle. "Öyle utangaç durma." Büyükanne kolunu bana doladı, sonra beni döndürerek bıraktı. Buna inanamıyordum! Büyükanne Pat bana sarılmıştı! Benimle dans etmişti! Bana Nettie demesi bile umurumda değildi.

Uzaktan gelen siren sesleri gittikçe yaklaşırken Er Anderson'ın acil ekiplerini aradığını hatırladım. Kış balomuz az sonra bitecekti. Sihirli arabamızın bal kabağına dönme saati yaklaşıyordu. Ama artık en korkunç düşüşlerden sonra bile ayağa kalkıp dans edebileceğimizi biliyordum.

"Hadi Gypsy." Del dönmeyi bıraktığım anda elimi yakaladı, "Sana ay yürüyüşü yapmayı öğreteyim."

Gözlüklerimi çıkarıp gözlerimdeki mutluluk gözyaşlarını sildim. Tam parıltılı mor gözlüğümü tekrar takıyordum ki birden durdum.

Etrafımdaki bulanıklığa bakınca hâlâ geçmişi görme yeteneğine sahipmişim gibi bir hisse kapıldım. Tozlu geçmişine, moloz kaplı spor salonunda düzenlenmiş bütün danslara ve kış balolarına bakınca eski lise binasını canlı, hayat dolu haliyle gördüm. Zihnimde yüzlerce değişik parti görüyordum. Görüntüleri üst üste binmiş binlerce transparan dansçı. Ve bu hayalet figürlerin arasında küçük, nefes alan, canlı bir grup vardı: Büyükanne Pat yavaşça dönerek B-Bug'ın kibar kollarına yöneliyordu; Onbaşı Vasquez eğilmiş, küçük Tuck'la deli gibi swing yapıyordu; Del hemen yanımda ay yürüyüşü yapmaya koyulmuş, mükemmel adımlarını taklit etmemi bekliyordu; Samson ve Nola ise Nola'nın usul usul söylediği bir aşk şarkısı eşliğinde dans ediyorlardı.

Tripp ve ihtiyar gaziler tahta sıralarda otururken, Er Casey, Anderson ve Parker kendi kendilerine deli gibi dans ederken hepsini izledim. Ta ki *-Miyav! Miyav!-* Kaptan Fırtına Tüylüpantolon titrek sesiyle miyavlayıp olanca şirinliğiyle bacağıma sürünene kadar.

Gözlüklerimi takıp küçük kediyi kucağıma aldım. Kaptan Fırtına'nın artık ailenin bir parçası olduğuna şüphem yoktu. Aslında Kansaska-Nebransas'a bir değil iki kediyle dönebilirdik. Tucker'ın kararına bırakılırsa büyükannenin verandasında güneşlenen yaşlı huysuz kedi de bizimle gelirdi herhalde.

Keşke onun yerine Del ve Nola'yı yanımızda götürebilseydik. O akşam birlikte yaşadıklarımızdan sonra Colorado'dan ayrıldığımızda yeni arkadaşlarımı özleyecektim.

"Hey Gypsy!" diye bağırdı Tucker dikkatimi tekrar şimdiki âna vermemi sağlayarak, Vasquez'in onu döndürerek dans edişini izledim. "Bizimle dans etmeyecek misin?"

Bundan sonra sonsuza kadar dans edeceğimin farkında olarak güldüm. Bu bir daha asla değişmeyecekti.

Bölüm 34

BİR FIRTINADAN SONRA TEKRAR toparlanmak zaman alır. Güneş yeniden doğup parlaklığı ve sıcaklığıyla beklenmedik fırtınanın getirdiği karları ve buzları eritene kadar günler, hatta haftalar geçebilir. Bazen fırtına vurmuş birinin el ve ayak parmakları ve kalbi sonsuza dek soğuk ve uyuşuk kalabilir. Bazen de berrak mavi gökler beklendiğinden de çabuk gelip her yere parıltı ve huzur saçar. Kötü hava koşullarını atlatabildiğimiz için güçlenmiş oluruz.

Babam Evergreen'e beklenenden bir gün sonra geldi. Ama geldi. Büyükanne Pat'in sırra kadem bastığını ve kardeşlerimle birlikte büyükanneyi bulmak için atıldığımız çılgın macerayı duyunca onu bizden uzak tutmak için dünyanın ikiye ayrılması gerekirdi.

Babam gelir gelmez hepimizi uzun uzun kucakladıktan sonra, "Ne yaptığınızı sanıyordunuz çocuklar?" diye sordu. Ama Samson, Tucker ve ben sırayla olanları anlattıktan, aldığımız çılgınca kararları ve nedenlerini açıkladıktan sonra babam parmak eklemlerini kel kafasındaki yara izine sürterek, "Hepinizle gurur duyuyorum," dedi.

Tucker ve ben sırıtırken, Samson'ın gözleri de gururla kıpkırmızı parlarken babamın yüzü yeniden sertleşti. Çabucak ekledi, "Umarım bir daha hiçbiriniz böyle şeyler yapmak zorunda kalmazsınız." Sonra hepimizi ikinci bir kez daha kucakladı, sonra da üçüncü kez. Kaptan Fırtına Tüylüpantolon'u da kucakladı, büyükanne uyanınca onu da kucakladı. Büyükanne kucaklanmaya itiraz etmeyince şaşkına döndüm.

"Bebeğim evine dönmüş," diye haykırdı Büyükanne Pat babamın yanaklarını sıkarak.

"Seni eve *götürmeye* geldim anne," dedi babam. "Artık bizimle yaşayacaksın."

Büyükanne iğrenmiş gibi yüzünü buruşturdu. "Sizinle ve evlendiğin şu sözde *mükemmel* kadınla mı yani?"

Anneme baktım, sendelemesini, parmağını kendi gözüne sokmasını ya da bir pastanın üstüne yüzüstü düşmesini bekliyordum. Ama annem bunlardan hiçbirini yapmadı. Sadece güldü ve gülüşü nergislerle dolu bir bahar sabahında çalan kilise çanları gibiydi.

"Artık 'sözde mükemmel kadın' konusunda endişelenmene gerek yok Patrice. O kadının geri döneceğini hiç sanmıyorum," dedi.

Anladığımız kadarıyla yeteneklerimizde meydana gelen değişim kalıcıydı. Babam büyükanneyi tekrar sallanan sandalyesine oturturken, "Sence Büyükanne Pat'in de bir yeteneği var mı?" diye sordum anneme sessizce. "Sence büyükanne insanları değiştirme gücüne mi sahip? Yeteneklerimiz bu yüzden değişmiş olabilir mi?"

Annem kolunu omzuma atıp sorduğum soruları düşündü. "Belki de tatlım, değiştiremeyeceğimiz bir durumla karşılaşınca onun yerine kendimizi değiştirmek için sıradışı yollar buluyoruzdur."

Gözlerimi kısarak anneme baktım, kusursuz olmamanın sıradışı olduğundan emin değildim.

Annem şüphe dolu bakışlarımı görünce kıkır kıkır güldü. "Hatalarıma gülmeyi öğrenebilirsem Gypsy, yeni yeteneğim beni daima güldürecektir. Mizah hayatın sert yönlerini yumuşatmada harikalar yaratabiliyor."

Ne yazık ki mizah Bayan Kim'in mahvolmuş arabasını tamir etmekte tek başına hiçbir işe yaramıyordu. Annemle babam şehirde yaşadığımız talihsizlik konusunda Nola'nın annesiyle babasından bin kat daha anlayışlıydı. Ama sırf biz Beaumont'lar yıllardır mucize ve felaketlerle haşır neşiriz diye kardeşlerim ve ben bu durumdan elimizi kolumuzu sallayarak kurtulacak değildik. Nola gibi biz de yaptıklarımızın sonuçlarına katlanmak zorundaydık. Kim'lerin sigortası SUV'un tamir masraflarını karşılasa da arabaya yaptıklarımız için özür dilemeliydik.

Colorado'dan ayrılmadan önce Nola, Samson, Tucker ve ben anne baba mahkemesine çıktık. Dördümüz dördünün karşısında oturup savunma yaptık:

"Biz Bayan B'yi kurtarmaya çalışıyorduk!" dedi Nola.

"Bu kadar hasar vermek istememiştik," diye mırıldandı Samson, alev alma yeteneği yeniden canlandığından Nola'nın annesiyle babasının önünde serinkanlılığını korumak için elinden geleni yapıyordu.

"Biz baş belası bir iblis sürüsü değiliz," dedim. "Biz..."

"Kahramanız!" diye cıyakladı Tucker sözümü keserek. "Gerçekten büyük kahramanlarız. Ne kadar büyük olduğunu görmek ister misiniz?"

"Hayır Tucker, istemezler!" diye bağırdı herkes bir ağızdan, zavallı Bay ve Bayan Kim ürkmüştü, zaten bize fosfor yeşili fillerden oluşan bir sürüye bakar gibi bakıyorlardı.

Samson, Nola'dan sırrımızı ailesine söylememesini istemişti, sonra da gecenin bir yarısı Nola'ların ön bahçesinde havaya alev alev yanan kalpler çizerek sırrımızı kendisi ele vermişti, Bay ve Bayan Kim'in evde olduklarının ve pencereden onu seyrettiklerinin farkında değildi.

Bitmeyecek gibi gelen bir süre oturduğumuz yerde kıvrandıktan sonra her birimizden kendi cezasını kendisinin seçmesi istendi. Hepimiz geçmişten ne kadar pişman olduğumuzu ve gelecekte ne kadar sorumlu davranışlar sergileyeceğimizi gösteren bir yol seçecektik.

Nola hemen yerel hastanede gönüllü olarak çalışmayı önerdi. "Ayrıca ehliyetimi almak için on yedi yaşımı bekleyebilirim," diye de ekledi çabucak, onlar söylemeden cezasını ağırlaştırmak istemişti. Annesinin SUV'unu bariyerlerden buz tutmuş bir dereye yuvarladıktan sonra Nola'nın yakın zamanda tekrar direksiyona geçmek için hiç acelesi yoktu.

Samson'ın ceza olarak sessiz sakin ve tek başına yapabileceği bir görev seçmesini bekliyordum, halk kütüphanesinin karanlık raflarına kitap dizmek gibi. Ama beni şaşırtarak, "Eve döndüğümüzde itfaiye merkeziyle iletişime geçeceğim ve beni itfaiyeci çırağı olarak işe alırlar mı diye soracağım."

"Evet, ben de bir dahaki Cadılar Bayramında topladığım bütün şekerleri Bay ve Bayan Kim'e göndereceğime söz veriyorum," dedi Tucker, en büyük fedakârlığı kendisi yapmış gibi ciddi bir tavırla başını sallıyordu.

Büyükannenin evinde ayıklayıp ayırdığım eski fotoğrafları ve hatıra eşyaları hatırlayınca benim aklıma farklı bir fikir geldi. Ânında ne yapmak istediğime karar verdim.

"Büyükanneye Kansaska-Nebransas'taki odasını düzenlemekte yardımcı olmak istiyorum, hayatının kalanı mümkün olduğunca güzel geçsin diye. Onun için bir de hatıra albümü oluşturmak istiyorum, böylece artık hatırlayamadığı insanları ve yerleri orada görebilir."

Kimse en ufak itirazda bulunmadı.

Denver'ın fırtınalı sokaklarında deli gibi koştururken yeteneklerimi kontrol etmek konusunda çok şey öğrenmiştim. Eve gidince zamanı yeniden durdurmak için sabırsızlanıyordum. Ceylanları korkutmadan yeni doğmuş yavruları okşayabilecektim. Dört temmuzda tadını daha fazla çıkarmak için havai fişekleri dondurabilecektim. Hatta eğer istersem Shelby Foster ve yeni arkadaşlarının etrafında çıplak ayakla dans etmek için bile zamanı durdurabilirdim.

Yine de unutmamam gereken on dokuz milyon insan vardı. On dokuz milyon insanın doğum günü benimkiyle aynıydı. Hollanda'da bir çocuk, Çin Seddi'nde bir turist rehberi, Denver'da dans dersi alan ikiz kızlar...

Bu insanlardan hiçbirinin Kansaska-Nebransas'lı Gypsy Beaumont adlı kıpırdak kızdan ve onun zamanı durdurma yeteneğinden haberi yoktu.

Bir oğlan dışında.

Bu tatlı ve esprili çocuğun diğer insanları değiştirmek ve kendi içlerindeki güzelliği görmelerine yardım etmek gibi olağanüstü bir becerisi vardı. Tıpkı bana yaptığı gibi. Antwon Delacroix bu halimle harika olduğumu söylemişti. Ben de ona inanıyordum.

Denver'da birbirimize veda etmeden önce Del'le duvarlarda saatler ve kurtarılması gereken insanlar olduğu müddetçe arkadaşlığımızı -ve Zamansız Savaşçılar misyonumuzu- sürdüreceğimize ant içmiştik. Zamanın durmasına ihtiyaç duyduğunda beni aramasını söylemiştim, Del de arayacağına söz vermişti.

Bazen on üçüncü doğum günümün sabahında girdap gibi dönen yeteneğimle ilk gördüklerimi düşünüyorum. Gördüğüm kişi…

Tucker'dı.

Daha büyüktü.

Pastasındaki on üç mumu üfledi ve sonra… *Olamaz*!

Eğer Tucker'ın on üçüncü doğum günüyle ilgili gördüklerim gerçekleşirse, tıpkı daha önceden gördüğüm diğer şeyler gibi, Tucker'ın yeteneği yine değişecek demekti. Belki Tucker gelecekte de yine büyüyüp Büyüyüp KOCAMAN olmaya devam edecekti ama mumları üflediği anda aynı zamanda KÜÇÜLÜP Küçülüp küçücük olma yeteneğine de kavuşacaktı.

Beş yıl sonra Tucker plastik askerleri kadar küçülecek,

Kaptan Fırtına'ya binerek fare, sincap ve kötü adamlar kovalayacaktı. Hem hayali hem de gerçek yaratıkları. Bu da zamanın herkese beklenmedik ve olağandışı değişiklikler getirdiğini bir kez daha kanıtlıyordu.

Büyükanne Pat'i Kansaska-Nebransas'a taşıdıktan ve Büyükbaba Bomba'nın eski odasına yerleştirdikten bir hafta sonra annemle birlikte büyükanneyi Flint's Market'a götürdük. Kilerin eksiklerini tamamlamamız gerekiyordu. Ayrıca büyükanneyi matkap ve çekiç gürültüsünden uzaklaştırmamız lazımdı.

Marangozlar ve elektrikçiler hâlâ evin önünde açılan dev Tucker şeklindeki deliği tamir etmeye uğraşıyorlardı ve büyükanne gürültü patırtıya dayanamıyordu. Annem bir marketin tanıdık reyonlarının büyükanneyi rahatlatacağını düşünmüştü.

Bizi görünce Bay Flint'in gözleri neredeyse yuvalarından fırlayacaktı. Ama paltosunun altına pazen gecelik giymiş yaşlı bir kadının koluna girdiğimi görünce yüzü yumuşadı ve içeri girmemize engel olmadı. Annem takılıp düştüğünde ve sergilenmek üzere kule gibi dizilmiş kâğıt mendilleri devirdiğinde de bizi marketten atmadı.

Anneme kâğıt mendilleri toplamasında yardım ettikten sonra büyükanneyi çiçeklerin ve saksı bitkilerinin üstünde parlak balonların asılı olduğu çiçek reyonuna götürdüm. Bay Flint nihayet kış tatili dekorasyonunu değiştirmişti. Artık hoparlörlerden "The Little Drummer Boy" yükselmiyordu. Şimdi bir aşk şarkısı çalıyordu ve her şey Sevgililer Günü pembeleri ve kırmızılarıyla dekore edilmişti, bu da bana Evergreen'den ayrılmamızdan önce Samson ve

Nola'nın büyükannenin evinin arkasında gizli gizli mucuk-mucuk-mucuk diye öpüşmelerini hatırlatıyordu. Eve geldiğimizden beri her gün Samson için kırık kalple geçen bir sevgililer günüydü. Şiir yazmaya bile başlamıştı.

Etrafımdaki çiçeklere ve kokulara odaklanarak mutlulukla içimi çektim. Neredeyse markette tekrar Shelby Foster'la karşılaşmayı bile istiyordum, sırf ona dans etmem ve çiçek toplamam hakkında ne düşündüğünün umurumda bile olmadığını söylemek için. Ayrıca markette gecelikle gezen bir büyükanneye sahip olduğum için ne düşündüğü de umurumda değildi.

Gül, zambak, karanfil, hatta cennet kuşu çiçeği gibi farklı farklı çiçekleri dokunup koklaması için kaldırıp büyükanneye gösteriyordum ki büyükanne, "Burada ne arıyoruz?" diye sordu.

"Cleavon'a butoniyer alamamıştın ya," dedim. "Yakasına takması için ona çiçek almak istiyordun, hatırladın mı? Belki şimdi onu hatırlamak için özel bir çiçek seçmek istersin diye düşündüm… balo gelip geçmiş olsa bile."

"Balo mu? Ne balosu?" Büyükanne kaşlarını çatıp bir elini havada salladı. "Neden söz ettiğini bilmiyorum kızım. Burada… burada ne arıyoruz biz?"

"Ton balığı almaya geldik büyükanne," dedim, ton balığını hatırlayacağını düşünerek. Ama büyükannenin gözleri bulutlandı ve kafası karıştı.

"Ton balığı mı? Ben ton balığı seviyor muyum?"

Cevap vermek yerine bir arap sümbülü dalı alıp büyükannenin beyaz saçlarının arasına sıkıştırdım. Sonra bulabildiğim en büyük, en parlak renkli papatyayı da kendi saçıma taktım.

Bir tane daha bir tane daha derken saçlarımız bir grup orman perisi tarafından süslenmiş gibi görünmeye başladı.

Yavaşça Büyükanne Pat'in elini tutup yukarı kaldırdım, dönerek kolumun altından geçsin diye bekliyordum. Ama büyükanne inat edip yerinden kımıldamadı. Bizimle olduğu süre boyunca Büyükanne Pat'le hayat rüzgâr kadar uğultulu ve değişken olacaktı.

"Ânı yaşa Gypsy," dedim kendi kendime.

Bay Flint birdenbire karşıma dikilince -ve saçlarımdaki çiçek tarlasına kaşlarını çatarak bakınca- gözlerimi kapatıp fısıldadım, "Dur, dur, *dur*." İnat etse de etmese de büyükanneyle yaşadığım bu ânı biraz daha uzatmak istiyordum.

Colorado'dan döndüğümüzden beri zamanı her durduruşumda aklıma hemen Del geliyordu. Eğer Del markette benimle olsaydı herhalde Bay Flint'i mumya kılığına sokmak için önce tuvalet kâğıdı, sonra da kozmetik reyonuna koşardı. Sonradan Del'le gülmek için ben de aynı şeyi yapmayı düşündüm. Ama mumyalar ve makyajlar Del'in tarzıydı, benim değil. Onun yerine kulağımın arkasına taktığım kırmızı güllerden birini alıp sapını Bay Flint'in ön dişleri arasına sıkıştırdım.

"Hımmm." Büyükanne hoşnutsuzlukla market sahibine baktı. "Bu suratsız adamın biraz parıldamaya ihtiyacı var gibi."

Büyükanneye bakıp gülümsedim, "Evet büyükanne. Bence de."

Binlerce kalp atışı ve iki şişe simli jelden sonra dimdik durup zamanı yeniden başlatmaya hazırlandım. Zamanı yeniden kendi dansına ve doğal akışına bırakmaya hazırdım.

Ne olursa olsun.